ERLEND LOE

Bildiğimiz Dünyanın Sonu

Roman

Çeviren
Dilek Başak

YKY
YAPI KREDİ YAYINLARI

Yapı Kredi Yayınları - 5122
Edebiyat - 1468

Bildiğimiz Dünyanın Sonu / Erlend Loe
Özgün adı: **Slutten på verden slik vi kjenner den**
Çeviren: **Dilek Başak**

Kitap editörü: **Devrim Çakır**
Düzelti: **Hüseyin Kıran**

Kapak tasarımı: **Nahide Dikel**
Sayfa tasarımı: **Mehmet Ulusel**
Grafik uygulama: **Akgül Yıldız**

Baskı: Vizyon Basımevi Kağıtçılık Matbaacılık ve Yayıncılık San. Tic. Ltd. Şti.
Beylikdüzü Organize Sanayi Bölgesi Orkide Cad. No: 1/Z Beylikdüzü / İstanbul
Telefon: (0 212) 671 61 51 • Faks: (0 212) 671 61 50
Sertifika No: 28640

Çeviriye temel alınan baskı: Cappelen Damm, Oslo, 2015
1. baskı: İstanbul, Haziran 2018
6. baskı: İstanbul, Ocak 2020
ISBN 978-975-08-4259-7

Bu kitap NORLA tarafından verilen çeviri desteği ile yayımlanmıştır.

Yapı Kredi Kültür Sanat Yayıncılık Ticaret ve Sanayi A.Ş.
İstiklal Caddesi No: 161 Beyoğlu 34433 İstanbul
Telefon: (0212) 252 47 00 Faks: (0212) 293 07 23
http://www.ykykultur.com.tr
e-posta: **ykykultur@ykykultur.com.tr**
facebook.com/**YapiKrediKulturSanatYayincilik**
twitter.com/**YKYHaber**
instagram.com/**yapikrediyayinlari**

Yapı Kredi Kültür Sanat Yayıncılık
PEN International Publishers Circle üyesidir.

BİLDİĞİMİZ DÜNYANIN SONU

Erlend Loe, 1969 yılında Norveç'in kuzeyinde yer alan Trondheim şehrinde doğdu. Öğrenci değişim programıyla Fransa'da bulundu. Üniversitede sinema (Danimarka Film Okulu) ve edebiyat eğitimi aldı. İlk romanı *Kadının Fendi* (YKY, 2019) 1993'te yayımlandı. *Naiv.super* (*naif.süper*, 2003; Tavanarası Yayıncılık, 2018; Siren Yayıncılık) 1996'da yayımlandı ve büyük bir uluslararası başarı kazandı. 1999'da belgesel kitabı *L* yayımlandı. Modern seyyah kültürünü alaya alan bu kitap, 2006'da "Prix Europée des Jeunes Lecteurs" ödülüne (Avrupalı Genç Okurlar Ödülü) layık görüldü. Loe, 2013 yılında Norveç'in en önemli edebiyat ödüllerinden Aschehoug Edebiyat Ödülü'nü kazandı.

Loe, *Doppler* (YKY, 2016), *Volvo Lastvagnar* (2005) ve *Bildiğimiz Dünyanın Sonu* (YKY, 2018) adlı kült romanlarında yer alan kahramanı Doppler'le modern insanın betimlemesini yapar. *Muleum* (2007) kitabının kahramanı ise ölümden çok yaşamdan korkan yalnız Julie'dır. 2009'da *Stille dager i Mixing Part* ve 2013'te *Vareopptelling* yayımlanır. *Vareopptelling*, başarısız bir şair olan Nina Faber'in "Bosporos" adlı şiir kitabının hunharca eleştirilmesine isyanını konu alır.

Çok sayıda senaryosu da bulunan, aynı zamanda çocuk kitapları yazan Loe'nin *Kadının Fendi* adlı romanı 2007 yılında, *Kurt blir grusom* (Kurt Kudurdu) adlı çocuk kitabı 2001 yılında beyazperdeye aktarıldı.

Eserleri 20'den fazla dile çevrilen, Loe, Oslo'da ailesiyle birlikte yaşıyor. Romanlar, çocuk kitapları ve senaryolar yazıyor; Norveç'in *Aftenposten* gazetesi için film eleştirileri kaleme alıyor.

Dilek Başak 1962 yılında İstanbul'da doğdu. Darüşşafaka Lisesi, BÜ İngiliz Dili ve Edebiyatı ve Oslo Üniversitesi Tiyatro Bilimi Bölümü'nden mezundur. Mimar Sinan Üniversitesi Tiyatro Ana Sanat Dalı'nda öğretim görevlisi olarak; AFA Yayınları, Yapı Kredi Yayınları ve Tavanarası Yayıncılık'ta editör ve telif hakları direktörü olarak çalışmıştır. Norveçce ve İngilizceden çeviriler yapmakta, Oslo'da öğretmenlik görevine devam etmektedir.

Erlend Loe'nin YKY'deki kitapları

Doppler (2016)
Bildiğimiz Dünyanın Sonu (2018)
Kadının Fendi (2019)

“Gizemi kabul et.”

Ciddi Bir Adam (Joel ve Ethan Coen)

BİRİNCİ BÖLÜM

Çamın Tepesinde Geçen Aylar

Doppler, sabahın erken saatlerinde ormanın derinliklerinden çıkageldi; eriyen kar suları gürül gürül akarak onu coşkuyla karşılıyor, ipekkuyruk kuşları çalılara tünemiş hoş bir şeyler olmasını bekliyorlardı. Ona doğru avaz avaz cıvıldıyorlardı; bekledikleri oymuşçasına, o bir mesihmişçesine. Tesisatçıların tesisatlarını döşediği, tüketicilerin keyifle günün ilk ürünlerini tükettiği işyerlerini ve çocukların yüzlerini cama yapıştırıp önlerinden geçen sakallı adamı inceledikleri çocuk yuvalarını geçti. 3. Çevreyolu'nu, 2. Çevreyolu'nu, 1. Çevreyolu'nu geçti. Bıraktığı izleri taşımadan pek az kişinin terk edebileceği, ancak sonunda yine de geri döneceği bu harikulade şehri, tam merkezinden geçip boydan boya yürüyerek katetti.

Bedeninde ve ruhunda alışkın olmadığı türden bir gerginlik hissetti; vaktini ağaçlar, dereler ve geyikler arasında geçirip insanlara geri dönenlerin hissettiği türden.

Tam eski sokağına sapmak üzereyken iyimserliğe benzer bir şeyler hisseder gibi oldu. Hani neredeyse mutluluğu andırıyordu bu. Çocuklarını görmeye can atıyordu. Büyümüş ve bir sürü şey öğrenmişlerdi muhakkak. Onu özlediklerini düşünüyor ama buna inanmaya pek de cesaret edemiyordu. Onu delicesine özlemiş olmalarını ve baba hasretinin başlarına türlü işler açmış olmasını umuyordu. Uyuşturucuya bulaşmış olmalarını, okulun Çocuk Esirgeme Kurumu'na kaygı dolu mektupları yolladığını ve kurumun da duruma müdahale etme tehdidiyle onları görüşmelere çağırmış olmasını umuyordu. Çocuklarının onu gördüklerinde mutluluktan böğüre böğüre ağlamalarını ve birkaç gün sonra da –annelerinin duyacağı şekilde– hatırladıkları kadarıyla ilk kez kendilerini bütün bir insan olarak hissettiklerini söylemelerini bekliyordu.

Evi gördüğü anda öylece kalakaldı. Çantasının arkasına Norveç tarzı bir dokuma kemerle asılı kar ayakkabıları bir rüya kapanının sopaları gibi birbirine vurmaktaydı. Bir şeyler yanlıştı. Bunu şıp diye anlamıştı. Ev olduğu yerde duruyordu ancak rengi değişmişti.

Burası her zaman beyaz bir ev olmuştu. Başka bir renkte olması için de bir sebep yoktu. Doppler ve karısı bu konuyu etraflıca konuşmuşlardı. Solveig bir renk kataloğuyla çıkagelmişti ve kataloğu canını çıkarana kadar karıştırmışlardı. Doppler koyu yeşil önermişti, oldukça temkinli bir biçimde, pek de önemli olmadığını belirten bir ses tonuyla, ki aslında bu, onun için önemliydi. Ya da kendimizi bir tutmaktan hoşlandığımız becerikli insanlar arasında modern bir renk olmaya başlamış mat siyah tonlardan biri, demişti. Solveig bu teklifi anında reddetti; bir biçimde de –Doppler'in aslında renklerden bihaber olduğunu ikisi de bildiğinden– bu konuda hiç arıza çıkarmaması gerektiğini ima etti. Ev beyaz olmalıydı, beyaz olacak, dedi ve öyle de oldu. Ama şimdi orada öylece mavi mavi dikiliyordu. Üstelik sadece mavi olmakla kalmıyor, bir bakıma toplumun direği olan finans kurumlarının ve yapılarının mükemmelliğine kraldan çok kralcı bir tavırla inanmayı ima ediyordu.[1] Ev, onun tanıdığı aileyi temsil edemeyecek kadar kendinden emin bir mavilikteydi. Ayrıca bu renk aileye yakışmıyordu. Hiç mi hiç. Son metrelerde yavaş yavaş ve dikkatlice yürüdü. Mavi renk yabancıların eve yaklaşmasını engelleyen bir enerji alanı yaratmıştı sanki. Doppler bunu anlayamıyordu. O yabancı değildi ki. Kendi evine bu rahatsız edici, yabancılaştırıcı duyguyu hissetmeden yaklaşabilmeliydi. Bu renk şokunun nelere gebe olduğunu hâlâ bilmiyordu ama içgüdüsel bir şekilde bunun kötüye delalet, talihsiz bir şey olduğunu anlıyordu. Midesinin bulandığını hissetti ve aileyi kendinden haberdar etmeden önce biraz vakte ihtiyacı olduğunu anladı. Aile hâlâ orada yaşıyorsa tabii. Bilinmeyen bir adrese taşındıklarına, evi başkalarının maviye boyadığına inanmaya hazırdı. Bu pek çok şeyi açıklardı. Başkaları maviye boyama gibi işlere kalkışabilirdi. Başkaları kesinlikle görgüsüz işlere kalkışabilirdi.

Neyse ki içeride ışıklar yanmıyordu. Yani Solveig ve çocuklar, hâlâ orada yaşıyorlarsa, kesinkes okulda ve işteydiler. Kapıyı çalıp hızla biraz önce durduğu köşeye kaçtı ve giriş kapısını dikizledi. Açan olmadı. Biraz daha sakinleşti, yavaşça evin etrafında dolandı ve o korkunç renge rağmen, geri döndüğü için bir tür rahatlama hissetti. Burası yine de, yoğun deneyimlerle dolu can alıcı yıllarını geçirdiği eviydi. Çocuk doğumları, ebeveyn sorumluluğu, kahkaha

1 Romanın yazıldığı yıllarda iktidarda olan Sağ Parti'nin simgesi mavidir (ç. n.).

ve gözyaşı, yüksek bir tempo ve yüksek bir başarı vardı. Ama ne adamdı be o zamanlar. Her şeyi hallederdi. Güvenli, canlı, esnek ve şen şakrak denebilecek kadar keyifliydi. Hiç hastalanmazdı, hep çalışırdı ve bir bakıma, meslektaşlarının ona imrendiğine inanırdı. Yemeğe çıkıldığında, hazırlıksız doğru lafları edebilen adamdı o ya da mesela meslektaşlarından birinin çocuğu hastaysa ve ciddi bir şey olacağından korkuluyorsa, birkaç hızlı kontrol sorusu sonunda müjdeli sonuç gelirdi: Hayır, öyleyse bu menenjit değil. Bunları şıp diye biliverirdi, doktor olmamasına rağmen. Böyleydi işte. İş bilen tabiri, o zamanlar olduğu adamı tarife yetersiz kalırdı. O, en iyisiydi. Kesinlikle. Pırlanta. Sorunların içine sızamadığı bir balonun içinde dolanıyordu sanki. Sorunlar yoktu. Her sabah başka insanların sorunlarını gazetede okurdu. Ve başını sallardı. Kafa yorardı. Hayır hayır. Hiç öyle şey olur mu ya? İnsanlara acıdığı olurdu. Yarım yamalak bir güdü denetimi, yetersiz bilgi, şanssızlık, aptallık, merak, arzu ya da bunların farklı karışımlarından ötürü kendi kendilerinin içine eden zavallılara üzülüyordu.

Geçmişteki harika hayatı, o kadar dolu dolu ve eksiksiz yaşamıştı ki, hızın gözünü kör ettiğinin farkına varmamıştı Doppler. Yıllara yayılan bir şekilde gerçekleşmiş olmalıydı bu. Artık detayları hatırlayacak durumda değildi ama bir noktada etrafındaki her şeyin dış hatlarının silikleşmeye başladığını hatırlar gibi oldu. Hız ve kendi kendinden memnun olma hali, yavaş ama emin bir şekilde bazı bir şeyleri bulanıklaştırmıştı; sonunda ne insanların ne de olayların dış hatları ya da temiz çizgileri kalmıştı geriye, her şey lekeli biçimlere dönüşmüştü. Hâlâ yapması gerekenleri yapıyordu. İşindeki görevleri, ortaklaşa işler, ahbaplar, antrenman, tatiller, armağanlar, nezaket ve özen. Her zaman bir adım ilerdeydi. Ta ki, birdenbire artık öyle olmayana kadar.

Farz edelim ki buralara yeniden gelebildi. Farz edelim ki daha önce en yüksek burçlarına hiç zorlanmadan tırmandığı her bir kaleyi fethedebildi. Bunun pek oluru yoktu ama Doppler, bu posta numarasının temsil ettiği bölgedeki en iyi adamın bir zamanlar kendisi olduğunu bilmenin mutluluğunu hissetti.

Geri dönmeyi hem istiyor hem de istemiyordu. O zamanlar göremediği ince ayrıntıları görüyordu artık. Bu yoğun yıllar sandığı kadar sorunsuz geçmemişti. Tempo o kadar yüksekti ki kontrolü kaybetmişti. Bunu şimdi görebiliyordu. Ama işte. Şimdi bahçede anılar üstüne abanıyordu. Şurada Nora'nın kum havuzu dururdu. Ona yer açabilmek için koca bir alandan kırmızı-beyaz keçisakalı bitkisi sökmüştü. Mini bir kepçe kiralamak zorunda kalmıştı. Kusur mu kalsındı? Bu aklına gelince gülmeden edemedi. O zamanlar hiçbir şey mesele değildi onun için. Önüne çıkan engelleri, bunlar henüz gerçek sorunlara dönüşmemişken çözebiliyordu. Minik kepçe kapıya teslim edilmişti. Solveig ve iki yaşındaki Nora salonun büyük penceresinden ona el sallarken, o kepçesini sürüyordu. Bir cumartesi gününü böyle geçirmişti. Keresteci dükkânına kapanmadan yetişmiş, emprenye edilmiş malzeme, köşe demiri ve uygun kereste çivileri alıp çimenin üstünde duran iş lambasıyla gece yarılarına kadar inşaata devam etmişti. Hele bir de Nora pazar sabahı uyandığında o kum havuzu hazır olmasın. Nora mutlu mesut havuzun içinde saatlerce oturmuştu. Solveig onu öpmüş, kimsenin onunki kadar iyi bir babası olmadığını söylemişti. Haklıydı da.

Şuradaki yaşlı elma ağacının pek de uygun olmayan bir dalında, Nora'nın salıncağı biraz yamuk bir biçimde asılıydı. Kuşların yemliklerini astığı metal direkte elini gezdirdi, artık orada değillerdi; kuş bakımını bir sonraki kuşağa devretmeyi belli ki becerememişti. Bu zavallı küçük yaratıklara olan sevgimi Solveig'la hiç paylaşamamıştım aslında. Onları gürültücü ve pis bulurdu. Kuşlar kendi yiyeceklerini kendileri bulamaz mıydı? Sonuçta doğanın yaratıklarıydılar, kendi kendilerine hayatta kalmak üzere dünyaya gelmiş olmaları gerekiyordu. Bu insanlara bağımlı olma meselesi, bu parazitlik asla aklına yatmıyordu Solveig'in. Bahçe mobilyaları yeni ve süssüzdü. Brandayı kaldırınca altından Trabant araba büyüklüğünde bir mangal çıktı. Aynı derece çirkin, sakil bir odun fırını da yeni beton zemini çevreleyen duvara monte edilmişti. Meret yer Kanarya Adaları sanki. Bu nedir yahu? Mavi bir ev ve zevksiz bahçe eşyaları. Olayın derinliklerine inmeliydi. Meseleye açıklık getirmek için posta kutusuna yöneldi. İlkten, iyimser ancak hastalıklı mavi renk gözünü aldığından önünden geçip gitmişti. Posta kutusunun üzerindeki isim hanesinde adı yoktu. Üstü çizilmiş falan da değildi; toptan kaldırılmıştı. Birisi büyük bir özenle kabartma harfleri yerinden sökmüştü. Hobi bıçağı kullanmış olmalılar, diye düşündü Doppler. Bayağı zaman almış olmalıydı. Birileri adını oradan silmeyi içtenlikle istemiş olmalıydı. Önceleri "Nora, Gregus, Bjørnstjerne,

Solveig ve Andreas Doppler/Rohde" yazılı olan yerde şimdi "Nora, Gregus, Bjørnstjerne, Solveig" (uzun ve boş bir alan) "Rohde" ve altta, birazcık daha büyük kabartmayla ve kesinlikle büyük harflerle şu yazılıydı: "EGIL HEGEL".

Egil Hegel? Kimdi lan bu Egil Hegel? Solveig, Doppler'den vazgeçip sorgusuz sualsiz yeni bir adam mı bulmuştu? Bunun için aradan iki üç yıl geçmiş olması gerekmiyor muydu yahu? Hani hayati önem taşıyan bu sürede insan bir düşünüp taşınsın, bir kendini geliştirsin. Kişi bir dakika ortadan kaybolmaya görsün, hemen her türlü orospuluk ve hedonizm serbest miydi yani? Yaşamını ve yatağını paylaştığı Solveig, iş buraya varınca eni konu bir sürtük müydü?

Doppler bu kadarına katlanamayacağını hissetti. Bırakıp kaçtığı akıl karıştıran o insan sinyalleri şimdi yeniden gırtlağına çöküvermişti. Ormanda bu türden sinyallere rastlanmazdı. Orada güvendeydi. O uzun orman gezisi insan sinyallerinden bir kaçıştı. Ama sinyaller kaybolmamıştı. Sadece pusuda bekliyorlardı. Sinsiydiler; çıt çıkarmadan öylece durmuşlar, geri geldiğinde, en kırılgan olduğu anda üzerine çullanmak için keyifle beklemişlerdi. Ne kadar kafa karıştırıcı olabileceklerini unutmuştu Doppler. İnsanlar bir şey isterler, sonra tam tersini isterler, ardından birazcık daha farklı bir şey isterler ve aslında ifade ettiklerinden başka bir şey istediklerini anlamadığında da sinirlenirler. Geyikleri yorumlamak daha kolay, diye düşündü Doppler. Yemek isterler, dinlenmek isterler. Yani öyle ahım şahım bir durum söz konusu değildir. Doppler elinde olmadan titredi, şimdi birdenbire yabancılaşan kocaman, mavi eve korkuyla baktı. Gözlerinden yaşlar boşaldı. Ev havada yüzmeye başladı, biçimi bulanıklaştı, yuvarlak köşeli, belirsiz mavi bir nesneye dönüştü; yaz sonu, sakin bir öğlen vakti suya girmişken ve kendini tek başına zannederken, tehditkâr bir biçimde denizde süzülen bir balina gibi. Bahçenin ucundaki çam ağacına doğru zar zor ilerledi. Sağlam bir şeyden destek alma ihtiyacı duydu, mavi renkli olmayan herhangi bir şeyden. Kocaman ağaca yaslanıp uzunca bir vakit öylece kalakaldı ve kustu. Bu duruma şaşırdı. En ufak şeyden kusacak kadar çıtkırıldım biri değildi ama belli ki gırtlağına kadar gelmişti artık. Ormanda geçirdiği seneler, insan sinyallerine dayanmayı öğrenmesine yetmemişti. Böyle bir karşılama beklemiyordu. Dakikalar geçti. Titremesi geçmemişti, sonunda yere oturmak zorunda kaldı. Çantasını yere bıraktı, sırtını eve dönüp ağaca yaslanarak oturdu. Düşüncelerini toparlayamadan, bahar toprağının kıçını ıslatmasını umursamadan öylece oturdu kaldı. Bir müddet sonra, ne kadar bir süre geçtiğini bilmiyordu, tanıdık bir sesle irkildi. Ses bahçe kapısından geliyordu, kapı her zamanki gibi gıcırdıyordu. Evi aldıkları sene siyaha boyadığı eski demirdöküm kapı. O zaman da menteşeler gıcırdıyordu; yağlasa bile kısa süre sonra yine gıcırdıyorlardı. O tip bir bahçe kapısıydı işte. Eski moda ama yine de paranın satın alabileceklerinden en iyisi. Doppler dizlerinin üzerinde doğruldu ve çamın arkasına iyice saklanarak yukarı baktı. Üzerinde siyah tayt ve koşu ceketi, koşu beresi, koşu ayakkabısı, koşu eldivenleri ve nabız ölçen koşu saati bulunan sinek kaydı tıraşlı bir adamın posta kutusunun yanında durup mektupları aldığını gördü. Terden sırılsıklamdı ve zarfları karıştırırken kendinden bir hayli memnun olduğu belliydi. Çitin yanındaki atık kâğıt bidonuna gitti ve parlak kâğıttan üretilmiş iki üç istenmeyen postayı bidona attı; sonra da çantasını kemikleşmiş bir alışkanlıkla omzundan sıyırıp evin kapısına yönlendi. Kemer çantasının cebinde, bir araba markasının logosunu taşıyan anahtarlığın zinciriyle çantaya bağlı olan anahtarları buldu. Bu kişinin, Egil Hegel olduğunu anladı Doppler. Egil Hegel olduğuna hiç şüphe yoktu. Tam da o küçük orospu Solveig'in bayılacağı tipte birine benziyordu. Düzen hastası. En parlak dönemlerinde Doppler de öyleydi, ancak bu, daha iyi antrenmanlı ve manasız bir biçimde mutlu bir adamdı. Bir köpek gibi.

Her şeyden habersiz, çok mutlu bir köpek.

Egil Hegel, güzel adam diye tanımlananlardandı ne yazık ki, Doppler'e göre. Her şeyi simetrikti. Yüzü adamı sinir edecek kadar düzgündü. Bir yanında olan her şey öbür yanında da vardı. Kadınların aklı fikri simetridedir, diye bir yerlerde okuduğunu hatırladı Doppler. Bunu aramak için programlanmışlardı. Yamuk yumuk olanı istemiyorlardı. Düzenlilik onların yumurtlamasını sağlıyordu. Egil Hegel gibi bir adama rastladıklarında içlerinden çiftleşmek geliyordu. Kahretsin. Olan biten aynen buydu; o mavi kerhanede şu sıralar bir çiftleşme olayının süregeldiğini dehşetle fark etti.

İçgüdüleri ona, çamın arkasından fırlayıp Egil Hegel'i yere yatırmasını ve onu gırtlağından ısırmasını söylüyordu ama Doppler'in ataları, binlerce yıl boyunca titizlikle gelişmek için boşuna çabalamamışlardı. Cinayet amacını aşacaktı.

Man Down[2]. Rum pa pa pam, rum pa pa pam.

Yok yok. Bu iş özenle halledilmeliydi.

2 "Adam vuruldu."

Egil Hegel bodrumdaki büyük banyoda duş alacak kadar evi benimsemişse, Doppler'in yaşamını ve işlevini topyekün üstlenmiş demektir, diye düşündü Doppler. Geçiş dönemi tamamlanmış bile. Bu durumda Egil Hegel, evin erkeği rolünü sıkıntısız bir şekilde üstlenmiş olmalı. Onu evden sepetlemek zor olacak. Ama Egil Hegel, üst katta, herkesin kullandığı banyoda duş yaparsa, hâlâ bir miktar umut var demekti. Bunu öğrenmesi lazımdı. Buz tutmuş çimeni askerler gibi dizlerinin ve dirseklerinin üzerinde sürünerek geçip evin, yani mavi evin kuzeybatı köşesindeki bodrum pencerelerine doğru ilerledi ve içeri baktı. Haklıydı; Egil Hegel orada dikilmiş, Doppler'in on on bir yıl önce kendi inisiyatifiyle yaptığı perdesiz, kocaman duş köşesinde şehvetle duş alıyordu. Her şey eksiksizdi, her şey olması gereken yerdeydi; şu yabancı adamın, çıplak Egil Hegel herifinin varlığı dışında. Herifin fiziksel durumu da iyiydi; dümdüz karnı yeterince sinir bozucuydu zaten, ince ve adaleli kolları vardı. Çok ve sıkça koşan biriydi bu adam. Öyle dört nokta üç kilometre koşup Facebook ve Twitter'da "Dört nokta üç kilometre koştum" diye yazanlardan değildi. Egil Hegel tam bir koşu adamıydı. Belliydi bu. Yürürken ilk insanlar gibi önce ayağının ön kısmı yere basıyordu. Bu adam koşmak için yaratılmıştı. Neyse ki cinsel organı Doppler'inkinden küçüktü. Doppler bunu aklının bir köşesine not etti. Hem ince hem kısaydı, çok şükür. Tabii ki kan dolaşımı hızlandığında doğal olarak bazı değişiklikler olabilirdi. Ama yine de. Bunlar dışında Egil Hegel uysal ve hoş birine benziyordu. Başka koşullar altında Doppler bir ihtimal onunla arkadaş olabilirdi. Ancak şu anki durumda Egil Hegel'in ortadan kaybolması gerekiyordu. Doppler, Egil Hegel çekip gidene kadar gözüne uyku girmeyeceğine dair kendine söz verdi. Bunu bir an için düşündü, düz anlamıyla değil hani... Uyumam lazım ama. Olmazsa olmaz. İş çığırından çıkar. İnsanın uyuması lazım.

Doppler günün kalanını çam ağacının arkasında geçirdi. Aile üyelerinin sırayla eve girmelerini seyretti. Önce Gregus geldi. Büyümüştü, toparlak bir okullu çocuk olmuştu. Bahçe kapısından içeri girerken sırt çantası omzundan yamuk bir şekilde sarkıyordu. Gregus'u görmek güzeldi ama onun böyle keyifli gözükmesinden hoşlanmadı Doppler. İnsanın babası üç yıldır ortalıklarda yoksa içinin rahat olması mümkün değildir yani, diye düşündü. Gregus kapıyı açtı, içeri girerken gayet enerjik ve keyifli bir şekilde merhaba dedi. Bir süre sonra Doppler salondaki ışığın renginin değiştiğini gördü ve Gregus'un, bugünlerde çocuklardan beklendiği gibi televizyonun başına çöktüğünü varsaydı. Bir müddet sonra Solveig, Bjørnstjerne ile çıkageldi. El ele tutuşmuş yavaş yavaş eve yürüyorlardı, neşeyle laf kaynattıkları belliydi. Solveig bir an başını arkaya atarak Bjørnstjerne'nin söylediği bir şeye güldü. Bulaşıcı kahkahası Doppler'e kadar ulaştı ve aslında onu çok sevdiğini hatırlamasına vesile oldu. Terk ettiği o değildi kesinlikle. Onun sinyalleriydi. Her yöne dağılıyordu bu sinyaller. Egil Hegel insan sinyallerini yorumlayabilen bir şeytan olmalıydı. Solveig'i büyük harflerle yazılmış, kolay okunan bir kitap gibi okuyup hep kündeye getirmiş olmalıydı.

Ayrıca Bjørnstjerne akıllı bir tipe benziyordu. Doppler, sıradan bir günde, yeşil tulumu içinde yuvadan eve gelirken annesini güldürebilen bir oğlu olduğu için gurur duydu birden. Mavi eve girip gözden kayboldular. Doppler, ev, içindeki insanlar, Egil Hegel gibi kavramlardan giderek daha az haz ediyordu artık. Şimdi düşününce, Egil Hegel'in azgın bir erkeğe benzediğini fark etti. Solveig ve Egil Hegel arasındaki bir kaçamak bakış, yanından geçerken öylesine verilen ve çocuklar yattıktan sonraki daha kapsamlı bir beden teması ihtimaline işaret eden bir öpücük gözünün önüne geldi. Bir de azgın Egil Hegel yeni duş almıştı, kesin zapt edilemezdi artık. Bu, koşan herkes için geçerlidir zaten; şehvetten kaçmaya çalışırlar ama şu fevkalade kaslı vücutlara sahipken yitirilen her sevişme fırsatını şahsi bir hakaret olarak algılarlar.

Solveig Doppler'i kalbinden söküp atmış, onun yerine eve bir canavar almıştı.

Doppler, ikinci kattaki koridoru görebilmek için çam ağacına tırmandı. Bir halatın yardımıyla sırt çantasını yukarı çekti, sonra da çamın eve bakmayan yönünde oldukça rahat bir düzenek oluşturdu. Uyku tulumu matını bile yukarı çekmeyi başardı ve içine kıvrılıverdi. Sıcacık oluverdi. Giriş kapısını da görebiliyordu buradan, hatta ve hatta kapının alarmını da. Dürbününü kullanacak olursa alarmın kodunu bile görebilirdi. Ayrıca oturma odasının bir penceresine, banyonun ve dört yatak odasının –bir zamanlar onun ve Solveig'in olan yatak odasının– kapısının da açıldığı üst kattaki koridora bakıyordu. Bu evde yaşarken perdeler asla çekilmezdi. Bu yönde, evin içine bakan hiçbir ev bulunmuyordu ve birinin kalkıp çama tırmandığını da görmüş değillerdi. Zaten tırmanmak için uygun bir ağaç da değildi, dallar çok yukardaydı ve çok sıktı. Sonuçta manzara iyi, diye düşündü Doppler. İçerde çevirdikleri her haltı rahat rahat izleyip değerlendirecek ve yargılayacaktı.

Doppler, uyku tulumunun iki fermuarını da ortalarsa arada bir küçük açıklık bırakabileceğini, vücudunu biraz çevirirse ağaçtan inmeden işini halledebileceğini keşfetti. Dışkısı komşunun arazisindeki çalıların arasına düşüverdi. Tabii biraz talihsiz bir durumdu bu, çünkü bu bölgede arazisinde dışkı olmasından hoşlanan pek fazla komşu bulunmazdı. Ama burada oturan Sara hem çok iyi hem de bağışlayıcı biriydi; iyi eğitim görmüş, bilgili ve hatta güzel bir kadındı. İklim ve Çevre Müdürlüğü'nde çalışıyordu. Çirkin ve aptal kocasını yıllar önce kapı dışarı etmişti. Doppler ağaçtan onun yatak odasını da görüyordu. O yöne bakmamaya çalışıyordu ama bazen, böyle bir niyeti olmasa da insanın gözü oraya buraya kayıyordu işte. Ağaçtan seyredilebilecek bir sürü şey vardı etrafta.

Doppler uyku tulumunun içinde sakin sakin yattı. Dünya kadar zamanı olduğunu hissetti. Bilginin ayağına gelmesini bekliyordu. Yapacak fazlaca bir şey yoktu. Ama yiyecek durumları biraz daha iyi olabilirdi. Bir çam kozalağı yemeye çalıştı ama tadı güzel değildi. Daha sonra markete gidip günlük yiyecekler bölümünden bir şeyler araklamalıydı. Yiyecek çalmanın en kolay yolu buydu. İçeri gir, bir balık köftesi ya da soğanlı ve domuz pastırmalı hamburger ısmarla, paket içindeki ürünü al, marketteyken hepsini ye. Örneğin, tuvalet kâğıtları yığınının arkasında ya da daha başka bir yerde. Ayrıca son yıllarda daha az yemeyi öğrenmek zorunda kalmıştı. Zayıflamak niyetiyle değil elbette ama ormandaki yaşam –ilkin Norveç'teki, sonra İsveç'teki– metabolizmasını değiştirmişti. Vücudunun yiyecek ihtiyacı eskisi kadar sık değildi ve lüks yiyecek maddelerinden çoktan vazgeçmişti. Şimdi eline ne geçerse onu yiyordu ve fazla bir özlem de duymuyordu. Terk edilmiş bir dağ kulübesinde krikkırak bulacak olursa onu afiyetle mideye indiriyordu, peksimet bulmuşsa ona da eyvallah diyordu.

Gece geç vakit Nora geldi. Doppler donakaldı. Nora bir kadın olmuştu. Kırıtarak eve yaklaştı. Uzun ve renkli eşarbı havada uçuşuyordu. Ağır bir el çantası sol kalçasına doğru yaslanmıştı. Yuh olsun, diye düşündü Doppler. Çocuklar. Onları bir an için boş bırakmaya gelmiyor, anında büyüyüp adam oluyorlar, sanki bu, dünyanın en doğal şeyiymiş gibi.

Doppler, Nora herhalde artık üniversiteye gidiyor, diye düşündü. Bu, onu hiç mi hiç şaşırtmazdı. Doppler'in adını bile duymadığı yazarları okumaya başlamıştı çok önceleri. Daha o zamandan Doppler duruma müdahale etmeliydi, en azından neler olup bittiğini sormalıydı ama kendi derdi başını aşmıştı. Nora, okuma salonundan geliyor olmalıydı. Muhakkak diğerlerinden çok daha uzun kalmıştı orada. Çok heyecanlı bulduğu, hayatını belirleyecek, ona kapıları birbiri ardınca açacak şu ya da bu dersin içinde kendini kaybettiğinden emindi Doppler. Saatler geçtiğinin farkına varmamıştır ya da umurunda olmamıştır. Ama neden şu azgın herif Egil Hegel'in mavi evine gelmeyi seçti? Bunu aklı almıyordu Doppler'in. Evde yaşamak ekonomik açıdan mantıklıydı ama genç insanlar bunları kafaya takmıyordu ki. Nora bu kadar mı pratik biri olup çıkmıştı? Üniversite on dakikalık yürüme mesafesinde; kafanı sokacak bedava yer, sıcak suyu akan duş, sınırsız yiyecek ve aynı zamanda dört başı mamur bir özgürlük. Ama, diye umutlandı Doppler, belki de burada yaşamıyordur. Sadece üvey babasına bağırıp çağırmak ve belki de o orada annesinden birkaç kuruş koparmak için uğramıştır.

İki saat sonra Nora hâlâ evden çıkmayınca, Doppler onun da o mavi evde yaşadığı sonucuna varmak zorunda kaldı. Hayal kırıklığına uğramıştı, kızgındı, üzgündü ve bu iğrenç ideal aile tablosunu, hayatının geri kalanına mal olsa bile mahvetmeye son derece hazırdı.

İsveç ormanlarındaki uzun, güzel ancak pek de enine boyuna düşünülmemiş konaklamaların sonlarına doğru bir gün, aniden ve belli ki mantıksız bir şekilde duruverdi Doppler, tam da Jämtlands civarında donmuş bir dere yatağına kunduz kapanı kurarken. Ne yapıyorum ben yahu, diye sordu kendine. Doğru dürüst bir cevap veremeyince de geyik geyik durmuş genç bir ardıcın kabuğunu kemiren Bongo'ya ters ters baktı. Bongo çiğneyip duruyordu. Şimdi biraz aklımın karıştığını hissediyorum, diye devam etti Doppler. Sen bir anlamda yaşam koçum sayılırsın Bongo; iyiliğimi gözeterek karşı çıkmak ve tavsiyede bulunmak görevin ama Oslo'daki birtakım insanların bizi sevip özlediklerini, en azından beni, tamamen unutmuş gibisin. Beni çok özlüyorlar. Senin varlığından bile haberleri yok ne yazık ki, ama ben biliyorum. Kunduz kapanını yere bıraktı. Gel, dedi ve çantasını alıp içinde iki kış geçirdiği minnacık kulübeye doğru yürüdü. Topladığı kürkleri kapıp eve yöneldi.

Ormanların içinden güneye, oradan da batıya varması neredeyse elli gün sürdü. Tarlalar boyunca, savaş sırasında mültecilerin kaçmasına yardım edenlerin kullandığı daracık yollarda, patikalarda ilerledi. Nesli tükenen yerel tarihçiler şimdilerde boş zamanlarını bu yolları işaretleyip düzenlemek için harcıyorlar. Bongo'ya veda işi çığırından çıkmasaydı çok daha makul bir zaman harcamış olacaktı. Ama öyle oldu işte. Tam anlamıyla. Çok zor ve güç bir veda oldu. Doppler onu, çeşitli nedenlerden dolayı pek keyfi yerinde olmayan boynuzlular için bir bakımevine teslim etti. Bakımevi sahibi hayvanları yeniden vahşi yaşama geri kazandırmak konusunda kararlı, hevesli bir gençti. Bongo'nun Doppler'e kedi gibi sürtündüğünü, anında okşanmayı ve sevilmeyi beklediğini görünce, bunun durumu pek belli olmaz, deyiverdi.

Belli olmaz, dedi düşünceli bir biçimde.

Hevesli çocuk, Doppler'in veda etmek için günlerce ayak sürümesinden pek hoşlanmadı. Göbek bağının duygusallaşmadan kesilmesi gerektiğine inanan bir ekolden geliyordu. Oyalanmak durumu daha da kötüleştirir, aynı şey yuvaya başlayan çocuklar için de geçerlidir, dedi. Çocuğu bırak ve git. Çocuk işinin ehli kişilerin bakımındadır artık. Sen gittikten sonra ortalık sakinleşir. Bu geyik için de aynı durum söz konusu, dedi.

Bu geyiğin aslında bir adı var, Bongo. Ve o benim en iyi arkadaşım.

İsim gidecek, dedi hevesli çocuk, hayvanların ismi yoktur, bu tabiata aykırı. Hayvan hayvandır, içgüdülerinin yap dediğini yapar. İsim kafa karıştırır ve her şeyi birbirine sokar. Arkadaşım lafları falan da tam bir saçmalık. Bu, senin ilişkiye yüklediğin bir şey, sırf buna ihtiyacın var diye. Geyiğin umurunda bile değil.

Doppler, hevesli çocuğun ağzının içine bakıyordu bezmiş bir halde. Dudakları oynuyordu, açılıp kapanıyordu, sürekli laf laf laf; hevesli çocuk, çocuk sahibi olunca alışması için onu yuvaya bırakıp gidecekti, ayrıca bunun için uzun bir süre beklemesi de gerekmiyordu, gözüne bir kadın kestirmişti bile, hem de göğüs kafesi küçümsenmeyecek kadar büyük bir kadın. Hevesli çocuk, Doppler'in ondan beklediğinden daha ince bir hareketle duruma açıklık getirdi.

Doppler için bu bir süreçti. Kendisi de çocuklarını yuvaya bırakmış, bahçe kapısının önünde titreyerek durup hayatın ne kadar gelip geçici olduğunu düşünmüştü. Şimdi bu duygu sinsice geri gelmişti. Çocuğunu sisteme teslim etmek çok fena ve acayip acımasızdı. O sistem ki, sosyalleşmeyi, yeni referanslar ve ufuklar edinmekle ilgili her şeyi içerir. Tüm bunlar, uzun vadede çocuğu ve köklerini sürüklenen kıtalar gibi birbirinden ayırır ve uzaklaştırır; giderek daha da uzaklara, her geçen yıl artan bir mesafeyle. Yabancı ortamlar şekillenir, bağlar zayıflar ve yeni hatıralar yaratılır ki en kötüsü de budur, diye düşündü Doppler: Bongo, Doppler'in bir parçası olamayacağı hatıralar oluşturacak. Sonunda çocuk, oracıkta kendi kendine bir birey olup çıkmıştır; kontrol edilemez, bağımsız.

Bu çok boktan bir şey.

Doppler defalarca hoşça kal dedi ve yürümeye başladı, arkasına dönüp bakmamaya çok kararlıydı. Ancak iç gözüyle Bongo'nun ateş kırmızısı bakışını, titreyen alt dudağını ve tuhaf yabancıların bunu yanına bırakmayacağından korktuğu için zorla tuttuğu gözyaşlarını gördü. Geri dönüp son bir kez daha vedalaşmak zorundaydı. Bongo'nun suratı aydınlandı. Dostu ve sahibi olan bu adamın fikrini değiştirip geri döneceğine zaten hep inanmıştı.

Hevesli gencin sabrı sonunda taşıverdi.

Eee, git artık, dedi sinirle.

Sen daha gençsin, hayvanlarla insanların en derin duygularını ve özlemlerini anlayabilmek için çok gençsin, dedi Doppler. Hangi yıl doğdun genç arkadaşım?

1987, dedi hevesli genç.

Ben de öyle düşünmüştüm, dedi Doppler. Gözlerini kapayıp geçmiş yıllara dönüverdi. İyi bir yıldı. Paris'in güneyinde Fransız bir ailenin yanında kalıyordum, değişim öğrencisi olarak.

Peki, dedi hevesli genç.

Lisan öğrendim, diye devam etti Doppler. Peynir fondüsü yedim ve Fransızların kültürlerinin şahane olduğunu düşündüklerini öğrendim. Ne kadar iyi olduğunu düşündüklerini ifade edecek kelime bulamıyorlar.

Hevesli genç, pek de umrunda olmadan başını salladı.

Olgunlaşmaya başladığımı sanıyordum, diye sözüne devam etti Doppler ama öyle değilmiş. Aradan çook uzun yılların geçmesi gerekti dişe dokunur bir şeyleri anlamam için. Yüzüne bir gülümseme yayıldı, bütün bunların hatırası gözünde canlanmış gibi. O yıl doğmuşsun. Kimin aklına gelirdi?

Hevesli genç temkinli bir biçimde başını salladı.

Doppler kendi kendine, 1987, dedi. Bu kadar genç olman ne güzel. Önünde daha ne kadar çok kış ve bahar var, bir düşün. Ne kadar çok mutluluk, kırgınlık, üzüntü var. Kaç kez yeni ayakkabı alacağını, kaç kez bir gazete okuyup küçük kuşların aslında ne kadar çok yediklerine ve insanların ne kadar aptalca işler yaptıklarına şaşıracağını bir düşün. Yaşamın zengin geçecektir eminim; inişler, çıkışlar ve kelimelerle tarif edemeyeceğin bir duygu kaleydoskopu olacak. Gel, dedi ve kollarını açıp hüngür hüngür ağladı. Allah kahretsin! Buraya gel, sana bi sarılayım.

Hevesli genç tedirgin bir biçimde ona doğru yürüdü. Doppler onu kollarıyla sardı, sıkı sıkı ve uzunca bir süre. Kocaman bir sarılma. Bongo da tıngır mıngır geliverdi ve bu küçücük sevgi çemberine dahil oldu.

Bir müddet öylece kalakaldılar ve hep birlikte ağladılar.

Sonraki günlerde Doppler, Bongo'yla uzun uzadıya vedalaştı. Sabahtan akşama kadar boynuzlu hayvanlar için çevrilmiş küçük çayırda oturdu ve şimdi olacaklarla olması gerekenlerin önkoşullarını gözden geçirdi. Çıkar yolu yoktu, Doppler dostunu bu sınır bölgesinde terk ederken gönlü bu işe hiç razı değildi ama vallahi de billahi de bunu yapmak zorundaydı. Bu, son çareydi. Biliyorsun ki dostum, dedi Doppler ve başını Bongo'nun karnına iyice yasladı, benim uzun zamandır görmediğim bir ailem var, seni bu konuda pek fazla bilgilendirmediğim için özür dilerim ama bu mevzu canımı yakıyordu. Bir şey yokmuş gibi davrandım ama bu, meselenin ortadan kalkması anlamına gelmiyor; tersine, adamın sürekli nasırına basıyor Bongo, yok olmuyor. İşin aslı, son yıllarda ideal bir koca olamadım, baba olarak daha da kötüledim. Her türlü ilişkime ihanet ettim. Böyle işte. Karım büyük ihtimalle benden çoktan vazgeçmiştir, bir şey diyemem. Ama belki de vazgeçmemiştir. İçimde bir şey onun, kaderin yoluna çıkarttığı sınavlar karşısında sabırla ve acılaşmadan bekleyen bir tip olabileceğini söylüyor. Bunu araştırmak zorundayım. Hesaplarıma göre şimdilerde yetişkin olmuş bir kızım, bir de altı, belki de yedi yaşına gelmiş bir oğlum var. Bunlar yetmezmiş gibi, bir tane de çok az gördüğüm bir oğlum daha var. Şimdilerde iki üç yaşında olmalı. Babasız büyüyor, bu yanlış Bongo, işler kötüye gidebilir, bu beni yiyip bitiriyor. Karşılarına çırılçıplak ve açık, sadece ben olarak, evcil hayvansız ya da başka herhangi bir aksesuar olmadan çıkarsam, ailemi geri kazanabilme şansımın daha yüksek olacağını düşünüyorum. Böyle işte. Bunun sana korkunç geldiğini anlıyorum ama aileler böyle işte, n'apacaksın; tuhaf şeylerden hoşlanmıyorlar, geyiklerin burunlarının dibinde olmasına alışkın değiller, yoksa huzursuzlanıyorlar. Aileler her şeyin normal olmasını ister, o yüzden burada kalmalısın Bongo. Ama bunun son veda olmadığını bilmelisin. Alakası yok. İşler yoluna girer girmez dönüp seni almaya geleceğim, yine beraber olacağız, bundan hiç şüphem yok. Ama önce aile meselelerini bir yoluna koyayım, ne kadar zaman alır bilmiyorum, belki kısa sürer, çok kısa; bunu kestirmek imkânsız çünkü aileler olabilecek en karmaşık şeyler, insanoğlunun en gelişmiş örgütlenme modeli. Ailelerdeki sinyal miktarı acayip fazla Bongo, çok fazla. Milyonlarca bilgi parçasını saniyede işlemden geçirmen gerek genel durumu değerlendirmek için. Her şey sakin ve yolunda gözükebilir ancak yüzeyin hemen altında tonlarca duygu kaynamaktadır Bongo. Her bir duygu, her yöne dallanıp budaklanarak önceden kestiremeyeceğin türden bir arap saçına döner; düşününce bile yoruluyorum Bongo, vahşi bir orman bu. Ama bu vahşi ormana dalmak zorundayım, silahsız, geyiksiz, herhangi bir yardımcı güç olmaksızın, yalnız. Ve orada hayatta kalmak zorundayım, zehirli sürüngenlerce ve böceklerce ısırılmaktan kaçınmalıyım, hangi bitkilerin şifalı, hangilerinin öldürücü olduğunu öğrenmeliyim ve en büyük ağaçlardan birinin tepesine çıkıp etrafı kolaçan etmeliyim; daha yaşanılabilir bölgelerin yolunu gösteren bir nehir, bir düzlük ya da herhangi bir şey var mı diye bakınmalıyım.

Sessizce yattılar ve bunları sindirmeye çalıştılar. Doppler, Bongo'nun kulağının arkasını yumuşak ve ağır hareketlerle okşuyordu.

Sence vahşi orman metaforunu biraz abarttım mı, diye sordu bir müddet sonra. Yapmışımdır kesin. Öyleyse özür dilerim. Metaforlarla aram pek iyi değil. Bu alanda biraz daha iyi olabilirim.

Hayvan ve insan arasındaki bu derin veda sürecini gözlemleyen hevesli çocuk, daha alçakgönüllü biri olduğunu hissetti. Önünde yeni yolların açıldığını gördü ve daha önce hiç aklına gelmeyen fikirleri düşündü. Doppler ona *The Secret Language of Animals* adlı kitabı ısmarlaması için yardımcı oldu, ateşin etrafında oturup içki içtiler. En sevdiğin boynuzlu hayvan hangisi, sorusuna hevesli çocuk Alaska geyiği, diye cevap verdi.

Neden?

Çünkü çok büyük.

Büyük olanları mı seviyorsun?

Evet.

Doppler gülümsedi. Gençlik. Ne kadar güzel bir masumiyet. Ayağa kalkıp hevesli çocuğu kucaklamak geldi içinden.

Benim için Bongo'ya bak, dedi. Ödeme olarak, uzun bir süre sistematik olarak avladığım kunduzların bu süper kürklerini veriyorum sana. Vicdan azabı çekiyorum desem yeridir çünkü doğaya verdiğimden fazlasını aldım. Günümüzde bu çok normal ama yine de... Yaptığımdan gurur duymuyorum. Tabii ki eti yedim, özellikle kuyruk kısmı çok lezzetli, yağlı bir kunduz kuyruğu için ruhunu satabilecek şu basit kuzey Norveçlilerden öğrendiğim kadarıyla, bu hale gelindi yani. Ama ben ne yazık ki doğaya herhangi bir şey geri veremedim, dışkımı saymazsak, bu da doğal olarak bir şeydir, büyümeye ve yeniden yaratıma kendince bir katkısı oluyor, işte böyle, burada durmuş çene çalıyorum. Her şeye rağmen bu kürkleri alacaksın. İyi bir ödeme sayılır. Kendine bir araba falan alırsın artık. Ben de evde işleri yoluna koyduktan sonra gelir Bongo'yu alırım.

Peki ya geyiğini çoktan eski haline döndürmüş olursam?

Döndüremezsin.

Ya yaparsam?

Unut gitsin. Bongo senin, benim gibi. Ormanlarda tek başına dolanmak, kurtlar tarafından hırpalanmak ya da testosteron düzeyleri tavan yapmış gençler tarafından vurulmak ona göre değil. Hayır. Bongo'nun gözü yükseklerde. Sen ve ben ona yardım etmeliyiz. Onun iyiliğinden kişisel olarak seni sorumlu tutuyorum.

Hevesli genç ertesi sabah uyandığında Doppler gitmişti. Hâlâ karlarla kaplı toprakların üzerindeki kar ayakkabısı izleri ormanın içine doğru gidiyordu.

Çam ormanlarında geçirdiği aylar boyunca, iyice düşünüp taşınacak zamanı bulmuştu Doppler. Bu türden bir şeye en son zamanı olduğunda o kadar gençti ki, bu ayrıcalığın büyüklüğünü anlayacak halde değildi. Geride kalan on yıllar içinde, düşündüğüne inandığı zamanlarda aslında düşünmediğini, sadece hissettiğini anladı çamın tepesindeyken. Bunun düşünme olduğuna inanıp kendini kandırmıştı. Böyleydi işte. Bunu çamın tepesinde anladı. Bir başka düşünce pırıltısına daha yaklaştı çamın tepesinde ama çok cılızdı bu; pırıltılara tutunmaya çabaladı, onların içinde olmak istedi ancak parıltılar içerisinde var olunamayacağını anladı. Çünkü insan hep olduğu yerdedir ve saniyeler tik tak geçer; insan başkası olacaksa çok büyük fedakârlıklar ve değişimler gereklidir. Bunu anladı Doppler çamın tepesinde.

Ya başka bir yerde doğmuş olsaydı, başka yemekler yemiş, başka bir dil konuşmuş, başka pencerelerden bakmış, başka kıtalarda, başka semtlerde yaşamış olsaydı. Ya başka insanları tanımış olsaydı. Ya hayatında hiç kar görmemiş olsaydı. Ya Doppler'inkilerden önce başka spermlerden biri gelmiş olsaydı, ya çocukken iyi futbol oynasaydı ya da müzik yapabilseydi. Ya asker, fırıncı, kız, balık, keseli hayvan olsaydı. Ya bir albatros olsaydı.

Çamın tepesinde her bir gün yüzlerce saate bedeldi.

Doppler çamın tepesinde ailenin ve tabii Egil Hegel'in hareketlerini bir güzel gözlemleyebildi. Aile bireylerinin ne zaman evden çıktığını ve ne zaman eve döndüğünü; kimin ne zaman ne türden boş zaman aktiviteleriyle meşgul olduğunu; alışverişi, yemeği kim yapıyor, yıkanacak çamaşırları aşağıya, yukarıya kim taşıyor, kim keyifli, kim ağlamaklı, kim azgın, kızgın ya da bütün bunlardan bir demet. Epey bir şey anladı. Gregus'un salıları futbol oynadığını, çarşambaları gitar çaldığını fark etti. Futbol meselesinden pek hoşlanmadı, bunun bir zayıflık ve konformizm belirtisi olduğunu düşünüyordu ama gitar vaziyeti biraz kurtarıyordu ona göre. Müzik nihayetinde iyi bir şey; insan duygular ve ortamla bir iletişim kuruyor, en iyi ihtimalle, insan genç yaşta kendisiyle bile iletişim kurabilir, diye düşündü. Bu da iyi bir şey olmalı. Doppler bunu tam olarak bilemiyordu. Kendisi kırkına varmadan önce kendisiyle iletişim kurmuş değildi. Bir kez daha düşününce, kırkına vardığında bile bunu yapabildiğinden pek emin olamadı. Bunun bir yanılsama, yaşamın şeytani mekanizmalarından biri olduğunu düşünmeye meyilliydi.

Aslında böyle olmasa da insan iç dünyasıyla iletişim halinde olduğuna inandırıyor kendini. İnanılacak gibi değil. Ama yaşam, anasının gözü bir iblis gibi, diye düşündü. Tek derdi her şeye rağmen hayatta kalmak. Hayata tutunmaya çalışan birinin kendi kendisiyle iletişim kurma ihtiyacında olduğunu algılarsa, beynin bir yanılsama yaratması basit bir işti. Ama bunlar neden aklına geldi şimdi? Evet. Gregus. Müzik. İnsan, yaşamını müzikten çok daha fena şeyler üzerine kurabilirdi anlaşılan.

Bjørnstjerne'nin, muhtemelen bodrumda bir kafes içinde kalan bir tavşan edindiğini keşfetti. Buna canı sıkıldı. Solveig ve Doppler, eve hayvan alınmaması konusunda her zaman hem fikirdi. Eski köye yeni âdetler getiren Egil Hegel olmalıydı. Bjørnstjerne'yi tavşanla tavlamıştı. O yüzden muhtemelen çocuğu olmuyordu. Azgın kısır. Çocuklarımı kandırmaya çalışıyor, diye düşündü. Egil

Hegel'in ne kadar kirli bir oyun oynadığını Solveig'in görmemesi onu sinir etti. Bir de Nora'nın eve canının istediği gibi gidip geldiğini fark etti. Mesela soğuk bir pazar gecesi, beş buçukta karşı cinsten biriyle birlikte geldi eve.

Oğlanın, cehennemin dibine kadar uzanan maddi olanaklara, aynı zamanda gerçekçi ve mantıklı tutkulara ve pırıl pırıl bir geleceğe sahip bakımlı bir tip olduğu ortadaydı. Bu insanlara hatalarının ve eksikliklerinin hatırlatılması gerekiyordu. Doppler kendi kendisiyle mücadele etti. İçeri dalmak için yanıp tutuştuğunu hissetti ancak uzun vadeli planları açısından bunun ters bir etki yaratacağını anladı. Bir başka deyişle, küçük not defterini çıkarıp olayı not etmekten başka bir şey gelmiyordu elinden; çamın tepesinde geçirdiği aylar boyunca tüm olaylarla ilgili olarak yaptığı gibi gözlemledi ve not etti bunu. *Tavşan. Kısır ve azgın. İşe yaramaz erkek tanıdık.* Sonra sonra bir sürü anahtar sözcük oluştu. Mesele konuya hâkim olmaktı.

Her şeyin bir zamanı vardı. Şu sıralar bilgi toplama zamanıydı. Analizin de zamanı gelecekti, sonra da harekete geçmenin zamanı tabii ki.

Çamın tepesinde geçirdiği ilginç ancak pek çok yönden hiç de pratik sayılmayan az konforlu günlerden sonra bir gün, şehir merkezine inip ağaç çadırı denilen bir alet çaldı Doppler. Kolay kandırılan, nazik satıcıya göre bu çadır, yenilikçi orta direği ve ağırlık nispetine maksimum güç veren TG alüminyum kullanımıyla piyasanın en iyisiydi. Alüminyum ayrıca korozyon direnci sağlamak için anodize edilmişti. Tüm hassas bölgelerde çift kat polyester kumaş kullanılmıştı. Yamaçta asılı uyumaları gerektiğinde dağcılar bu türden çadırlar kullanıyorlardı. Millete bak, diye düşündü Doppler. Ne matrak insanlar ama. İnsanların keşfedip üretemeyeceği şey yok doğrusu. Yamaçta asılı uyumak mı? Buyrun bakalım.

Birazcık uğraştıktan sonra çadır çamın tepesine asıldı. Ayrıca rengi yeşildi, sık dalların arasında kaybolup gitti. Doppler böylelikle ağacın tepesine taşınmış oldu. Orada ikamet etmeye başladı. Bir çamda yaşıyorum, diye düşündü. Bu tür bir insanım artık.

Evin rutinine iyice alıştıktan sonra aile ve Egil dışarıdayken içeri girmeye başladı. Yedek anahtar, garajdaki bir kutunun içinde duran plastik saksıdaydı ve alarmın şifresini de dürbünle görmüştü. Aşağıdaki banyoda yıkandı ve buzdolabından yiyecek aldı. Arada sırada da bir iki şeker ve günlük gazete aşırdı. Egil Hegel'in donlarını da aşırdığı oldu, fırsat bulunca adamın banka ekstrelerine bir göz attı. Bunları büyük bir merakla okudu. Alışveriş, alışveriş, Kolombiya'da sponsoru olduğu çocuk için yardım, yol ücreti, alışveriş, telefon faturaları, kablolu tv, Bangladeş'te sponsor olduğu çocuğa yardım. Tabii ki Egil'in sponsorluk yaptığı iki çocuk olmalıydı. İnsan daha ne kadar sempatik olabilir ki, diye düşündü Doppler. Bir de bu tip adamlarla yarışmak zorunda kalıyoruz. Sağ kolonda şöyle yazıyordu: "Maaş: 73.400". Bu semt için oldukça normal bir aylık gelir. O kadar da olsun. Maaşının daha yüksek olmaması Doppler'i bir anlamda rahatlattı ancak biraz da kırıldı doğrusu, çünkü Solveig'in adamı parası yüzünden almadığını anladı. Onu, Egil Hegel olduğu ve değer verdiği nitelikleri taşıdığı için almış olmasından korktu. Başka insanların iyi nitelikleri Doppler'in bildiği en korkunç şeydi. Bunların karşısına neyle dikilebilirsiniz ki? Hiçbir şeyle. Bazıları bizden daha iyi işte ve bununla yaşamayı öğrenmek zorundayız. Bu sebepten Egil Hegel'i bok rahat bırakırdı artık.

Doppler çekmeceleri karıştırırken Egil Hegel'in işvereninden gelen bir yeni yıl kartı buldu. Sistemler geliştiren bir firma. Pek tabii ki, diye düşündü Doppler, sistemleri ve sinyalleri geliştiren biri o. Egil Hegel, insan gürültüsüne, belirsizliklere, yorumlaması zor anlara, ortamlara, mesajlara ve duygulara katkılar sağlıyordu. Bunu düşünmemişti. Ormanda geçirdiği yıllar boyunca, sistemlerle ilgili olarak günden güne daha şüpheci olmuştu Doppler. Başını salladı. Egil Hegel bilgisayar teknolojisi mühendisiydi. Koşan, güvence arayışında olan, azgın ve aranılan uzmanlığa sahip basmakalıp bir adamdı. Belki de personelden sorumluydu ve insanların gözdesiydi.

Doppler insanların gözdelerinden nefret ederdi. Özellikle de azgın olanlarından.

Doppler uyku tulumunun içine gömüldü, gözlerini kapadı ve Egil Hegel'in düşüşünü düşledi. Arabada müzik dinlerken aklı başka yerde olduğundan Solveig'in, Egil Hegel'i arabayla garaj duvarı arasına sıkıştırdığını gözünün önüne getirdi. Egil Hegel'in paslı bir çiviye basıp yaralandığını ve bunun pek de tehlikeli bir şey olmadığını düşündüğünü kurdu. Egil Hegel'in ufacık cinsel organını bir biçerdövere kaptırdığını ya da önüne bakmadan koşarken bir metrelik bir deliğe haykırarak düştüğünü hayal etti. Ağaca asılı çadırda günler ve saatler böylece geçiverdi. Ormandan çıkageldiğinde aklında olan hayat bu değildi belki ama daha kötüsü de olabilirdi. En azından başını sokacak bir yeri vardı ve neyse ki ailesiyle görsel bir ilişki içerisindeydi. Her kanun kaçağının böyle bir lüksü yoktu.

Mavi evin sokağında hayatın sabah beş buçuk gibi başladığını keşfetti Doppler. İlkin, otuz yaşlarındaki gazete dağıtıcısı kadın geliyordu. Yalnızca birkaç sene önce, beyaz genç bir adam vardı, diye hatırlıyordu Doppler. Arada sırada laflarlardı. Doppler'in küçük çocukları vardı ve her çocuk gibi zaman zaman sabahın köründe uyanıyorlardı. Küçük çocuklar saatin kaç olduğunu hiç sallamazlar, kendi ritimlerine körü körüne bağlıdırlar. İşte bu yüzden Doppler, bazen sabahın beşi gibi sinir içerisinde gazete dağıtan çocuğu beklerdi. Ancak mahallenin gençlerinden biri olan ve biraz paraya ihtiyacı olduğu için bu işi yapan gazete dağıtıcısı çocukla konuşmaya başlayınca siniri geçerdi. Oğlan, üniversitede matematik okumayı planlıyordu, bunu becerirse Doppler ona saygı duyacaktı. İyi bir plan, demişti; biraz cep harçlığı çıkarmak için gazete dağıtmak hem akıllıca hem de mantıklıydı. Ama sabah yataktan kalkmak o kadar kolay olmuyor, dedi gazete dağıtan çocuk. Evet, kesinlikle olmuyordur, diye cevapladı Doppler. Ama insan belki de buna alışır, değil mi, diye sordu. Hayır, diye cevapladı çocuk. Buna hiçbir zaman alışamayacağım, her gün aynı zorluğu yaşıyorum. Ama yine de bu işi yapıyorsun? Evet, yine de bu işi yapıyorum. Yumruk yaptığı elini dostane bir biçimde öne doğru uzattı Doppler, oğlanın yumruğuna vurmak istedi, çünkü gençlerin şimdilerde böyle yaptığını görmüştü, hem medyada hem de gerçek hayatta. Oğlan da jestini gördü, yumruklarını tokuşturup kuşaklararası bir bağı mühürlemiş oldular ve her ikisi de bu işten keyif aldı.

Doppler ağacın tepesinde, genç ve beyaz erkeklerin artık Norveç'in başkentinde gazete dağıtmayı bıraktığını fark etti. Siyah ve genç kadınların gazete dağıtmasının hiçbir sakıncası olmadığını kendine hatırlattı, çünkü çamın tepesindeki ağaç çadırının içinde, etik bir mayın tarlasına girmek üzere olduğunu anladı. Ama Norveçli genç erkeklerin, ayrıca büyük ihtimalle Norveçli kadınların da, en azından kentin kuzeybatısındaki bu bölgede artık gazete dağıtmaması onu etkiledi. Doppler'e göre bunun nedeni şuydu:

Belki de genç Norveçli erkeklerle kadınların birkaç bininin bu yoldan para kazanmaya ihtiyaçları yoktu. Ya da en azından bu parayı kazanmak için feda edilmesi gerekeni feda etmeye niyetleri yoktu. Yani bu paraya çok da ihtiyaçları yok, diye düşündü Doppler. Tarihte ilk kez pek çok Norveçli genç erkek ve kadın ihtiyacı olan her şeye ve daha fazlasına sahipti. Bunu kutlamak lazım, diye düşündü Doppler ama kutlayamadı. Aksine kendini mutsuz hissetti. Not defterini çıkarıp bunu kıyamet işaretlerinden biri olarak not etti. İncil'deki ya da başka bir dini anlayışta olduğu gibi değil de, daha genel bir şeylerin cehennemin dibini boylamak üzere olduğuna dair bir işaret gibi.

Altı gibi ilk işçiler geçmeye başladı. Şimdi işçi lafı pek doğru olmadı, diye düşündü Doppler, çünkü bu semtte çok az işçi oturuyordu; yani yüzünü nadiren gördükleri patronların emrinde kol gücüyle çalışan, az eğitimli, mesaisi belli ve görevleri başkalarınca tanımlanmış kişiler anlamında. Her neyse işte, insanlar geçmeye başladı. Pek kalabalık değillerdi. Biri bisikletiyle, biri yürüyerek geçti; sonra devlet destekli elektrikli arabasında bir çift. Yaş ortalaması yüksekti. Doppler, bunların yetişkin çocukları olan ancak emekliliklerine birkaç yıl kalmış insanlar olduklarını düşündü, erkenden işe gitmeyi seviyorlardı; yaşlılar erken kalktıklarından ofise gitmeyip ne yapacağım ki, diye düşünüyorlardı. Bu da yaşamın bir müddet sonra ne kadar boş olduğunun erken belirtisi. Doppler, kendisi de ofiste çalışırken bunu düşünmemişti ama şimdi düşünüyordu, çamın tepesinde. Bu mekaniği daha önce görmemesine sinir oldu. Yaşlılar ofisteki sabah saatlerine apaçık bayılıyorlardı, başkaları gelmeden önceki sakin vakit; her şeyi *print* edebilir, Dropbox'a çeki düzen verebilir, işlere yoğunlaşabilirlerdi. Ayrıca eve iki üç gibi dönebilirler, kayağa çıkabilirler, bulmaca çözebilirler ya da başka bir şehirde oturan torunlarıyla Skype'ta görüşebilirlerdi. Saat altı buçukta Egil Hegel dışarı çıkıp gazeteyi aldı. Çoğunlukla üstü çıplaktı. İlk seferinde bu durum Doppler'i şaşırttı, sonraları sadece korku ve nefret hissetti. Saat yedi gibi bir sürü insan geçmeye başladı. Bazıları koşuyordu. Gayrisafi milli hasılaya katkıda bulunmak için aceleleri vardı gerçekten. Sekizde Egil Hegel, Gregus'la birlikte evden çıktı; üstünde eşofman vardı tabii ki, şık koşu çantasının içinde de mutlaka bir sandviç olmalıydı; üç dilim siyah, ev yapımı ekmek diye tahmin etti Doppler ve belki de turunçgillerden bir meyve, evet ya, diye düşündü, turunçgillerden bir meyve olduğuna hiç şüphe yok. Sekizi çeyrek geçe Solveig ve Bjørnstjerne çıktılar. El ele tutuşup yuvaya doğru ilerlerken gözden kayboldular, ikisinin de neşelerine diyecek yoktu. Fazla neşeliydiler, diye düşündü Doppler; akıllarına hiç gelmiyordu demek, hiç var olmamıştı sanki. Dokuz dokuz buçuk gibi Nora ortadan kayboldu. Belli günlerde saat on gibi çöp bidonları boşaltılıyordu, on ikide posta arabasıyla postacı geliyordu, on dört otuzda öbekler halinde pelet[3] taşıyan araba geliyordu. Peletçi, evin caddeye bakan yüzündeki tuğlayla örülmüş bodrum penceresinden bir fil çükü gibi çıkan on santimetrelik kamloku, kalın bir hortumla arabasına bağladı. Doppler meraklandı, ağaçtan indi, peletçiyle sohbete başladı. Evet, bu evdekiler iki yıl önce mazottan pelete dönmüşlerdi. Belediyeden neredeyse altmış bin kron yardım aldılar, diye bilgi verdi peletçi; duyduğu kadarıyla sistem mükemmel çalışıyordu. Senede bir ya da iki kez gelip evin erkeğinin kendi elleriyle yaptığı bodrumdaki siloya tonlarca pelet dolduruyordu. Böylece, hem radyatörlerin hem de suyun ısınması neredeyse yüzde yüz yenilenebilir kaynaklardan sağlanıyordu. Bu evin tüm mahalle için, bu manada, bir örnek teşkil ettiğini söylemek yanlış olmazdı. Pelete geçenler sadece birkaç kron harcayarak bütün gün duş yapabilirler, dedi peletçi ağzı kulaklarında. Pelete geçenler ülkedeki en temiz insanlar, dedi bir de. Öyle mi, dedi Doppler. Aynen öyle diyorum, dedi Peletçi. Kapı gibi gerçek.

3 Her türlü odun, odun artığı ve ormansal atıkların öğütülerek talaş tozu haline getirildikten sonra, yüksek basınçla preslenerek sıkıştırılmasıyla oluşturulan küçük yakıt parçacıkları (ç. n.).

Bir Nisan gecesi, geç saatlerde, Egil Hegel ve Solveig'in yavaş yavaş, birlikte ve aynı anda soyunduklarına dehşetle şahit oldu Doppler. Sonra odanın ışığı söndü ama ortalık yine de tamamıyla kararmadı ne yazık ki. Sokak lambalarının ceryanında bazı fotonlar vardı maalesef, o yüzden Doppler hareket eden pırıltılı beden parçalarından gelen zayıf yansımaları görüyordu. Solveig'in baldırını ve poposunu tanımaktan başka bir şey gelmiyordu elinden; tüm isteksizliğine rağmen Egil Hegel'in dümdüz karnını da seçti. Bu mide bulandırıcı bir sıkıntıydı, iğrençlikti. Gözünün önünde cereyan eden namussuz bir ihanetti. Gözlemlerini ve hüsranını not aldı, mürekkep deftere yayıldı ama bunun da hiç faydası olmadı. Eylem sakinlediğinde titreyerek çamdan aşağıya indi, Sara'nın tarafındaki tahta perdenin üzerinden atladı. Kapısını çaldı, saat gece yarısını biraz geçtiğinden kapının açılması zaman aldı. Aaaa, sen misin, dedi Sara kapıyı açtığında. Üzerinde sabahlığı vardı ve gözünden uyku akıyordu. Gerçekten şaşırmıştı. Geri döndüğünü bilmiyordum. Kimse bilmiyor, diye açıkladı Doppler. Şuradaki ağaçta yaşıyorum şimdilik. Sara ağaca bakıp yavaşça başını salladı. Şimdi beni dinle, diye söze girdi Doppler, görünüşe göre Solveig yeni bir adamla birlikte.

Egil Hegel, dedi Sara.

Doppler başını salladı.

İyi bir adam, dedi. Bir gece onlara yemeğe davetliydim.

İyi bir adam değil, dedi Doppler. Yeri gelmişken, az önce Solveig ve Egil Hegel'in soyunup yetişkinlerin ara sıra birbirlerine yaptıklarını yaptıklarına şahit oldum. Ağacın tepesinden bunları gördüm ve bu bana hiç de doğru gelmedi.

Yani seyretmek mi demek istiyorsun?

Hayır, yaptıkları.

Sara anlamış gibi başını salladı ama bir şey anladığı yok, diye düşündü Doppler.

Ama daha sonra meselelerde bir denge sağlanabilir diye düşündüm, o yüzden sana bir şey sormak istiyorum.

Öyle mi?

Ne diyecektim? Ha... Egil Hegel ve Solveig'in az önce yaptığını yapsak ne iyi, ne keyifli olurdu, diye düşünüyorum. Önce bir duş yapabilirim istersen. Bu iyi olur. Belki sen de çevreci bir biçimde banyo yapabilmek için pelete geçmişsindir, değil mi?

Sara başını salladı. Bunu düşünüyorum, dedi. Egil Hegel beni ikna etmeye çalışıyor. O çok memnun kalmış. Durmadan pelet konuşuyor. Ayrıca belediyeden de 60 bin kron destek alabiliyorsun.

Ben de duydum, dedi Doppler. İkisi de başını salladı.

Harika bir ülkede yaşıyoruz, dedi Sara.

Kesinlikle, dedi Doppler. Sara harika ülke düşüncesini kafasında sonlandırana kadar sessiz kaldılar.

Ama senin bir banyon var, değil mi, diye sözüne devam etti Doppler.

Evet.

Güzel. Öyleyse ne diyorsun?

Sara hemen cevap vermedi. Doppler bunu, Sara'nın cinsel organına, bir başkasının cinsel organının şipşak girmesiyle pek ilgilenmemesine yordu. Ya da sadece içeri girip otuz bir çekebilirim, diye önerdi Doppler. Belki de en iyisi bu, değil mi? Böylelikle istemediğin bir şeye dahil olmaktan kurtulursun. Sara doğrudan karşı çıkar gibi görünmüyordu, daha çok düşünceli ve tereddütlü gibiydi. Yine de kapıyı açıp Doppler'i içeri aldı. Seni rahatsız etmek istemem, deyip oturma odasının hemen girişinde ilk gördüğü sandalyeye oturdu ve aynı anda pantolonunu dizlerine kadar indirdi Doppler. İstemiyorsan görmek zorunda değilsin. Bu şekilde burada oturuyor olmamın bile bir faydası oldu. Sara bir şey demedi. Öylece hödük gibi durup bir şeyler olmasını bekler gibiydi. Bakışlarından hayret ve korku okunuyordu. Doppler yavaşça kendine dokunmaya başladı. Pek de küçük sayılmazmış, dedi Sara dikkatlice. Asla küçük değildi.

Samimi olmak gerekirse bu iş biraz ani oldu, diye sözüne devam etti Sara; sen devam et, ben mutfakta bekliyorum. Doppler, bu işin Sara'nın ve başka insanların alışkın olduğu doğru-yanlış anlayışına biraz ters düştüğünü fark etti. Yaptığının uygunsuz kaçabileceğinden, zamanlamanın kötü olmasından korktu. Belki de orada öylece pantolonu dizlerine inmiş halde oturması talihsiz bir durumdu. Ama uzun zamandır kendini hiç bu kadar uyarılmış halde bulmamıştı. Açık havada geçen yıllar, yaşamın bu yönünden uzaklaştırmıştı onu. Norveç ve İsveç ormanları, onu kendine ya da bir başkasına dokunması için herhangi bir şekilde tahrik etmiş değildi. Ama burada, şehirde, sistemlerin ve sinyallerin orta yerinde durum bambaşkaydı. Kafası karıştı. Bu arzu uyandıran hareketi durdurmaya çalıştıysa da başaramadı. Sanki beynindeki bağlantılar kesintiye uğramıştı ya da en azından arıza yapmıştı. Ayrıca epeyce yol katetmişti, şimdi durmak olmazdı. Yanlış olurdu. Ne yaparsa yapsın yanlış olacaktı aslında. Karnında kıpraşmalar hissetmeye başladı. Oh, diye düşündü kendi kendine ve mutfağa doğru asabi bir bakış fırlattı. Sara'nın çaktırmadan bakmasından korkmuştu ama öyle bir durum yoktu. Aptal aptal işlere kalkıştığını hissetti, ortaokuldan bu yana hissettiğini hatırlamadığı tuhaf duygular içindeydi. Ortaokuldayken hem de her gün böyle hissediyordu, tabii ki başkalarının önünde mastürbasyon yapmıyordu; yürüyordu, ayakta duruyordu ve herkes ne yapıyorsa onu yapıyordu.

Ve az sonra, kapaklı masanın açılır yazı sehpası üzerinde duran Sara'nın kızının fotoğrafının üzerine boşaldı. Tatlı kız! Fotoğraf okul yıllarındandı. Doppler'in bakışlarını takip eden Sara, fotoğrafın üzerinden akan iki küçük süt beyazı damlayı fark etti. Jane bu sıralar neler yapıyor bakalım? Danimarka'da okuyor ve bir şeyler hakkında ünlüce bir blogu var. Keyfi yerinde öyleyse? Sanırım. İyi. Sara'nın kızının iyi olması meseleyi toparlamış gibi bir kez başını salladı Doppler. Sonra da yeniden kendine geldi. Bana bir bez verirsen ortalığı silerim. Boş ver. Yok, boş veremem, insanların evine girip bu şekilde sağa sola boşalma huyum yoktur, öyle sanma sakın. Bu tip bir davranışla anılmak istemem. Sara sıcacık gülümsedi. Böyle şeyler herkesin başına gelebilir, dedi. Doppler bu dostluk karşısında duygulandı, Sara'ya sıkı sıkı sarıldı, sonra da kapaklı masanın önünü ve fotoğrafı sildi. Mutfağa gidip bezi yıkadı, sıktı. Sonra mutfak kâğıdıyla halıyı sildi. Ortalık bir güzel batmıştı, iyice batmıştı diye düşünebilirdi insan, olay bu türden atraksiyonlar içeren bir filmde geçseydi. Bu süre boyunca Sara öylece durup seyretti. Ne düşündüğünü kestirmek zordu. Öyle işte, dedi Doppler işini bitirdiğinde. Lekeler çıkmazsa haber ver. Belki eskilerin önerdiği bir şey vardır ya da internetten bir çare bulabiliriz. Son yıllarda internetim yoktu ama eskiden her türlü öneriyi orada bulurdum. Ben bakarım, dedi Sara. Sen kafanı yorma artık. Peki o zaman, ben de çok özür diliyorum, yine görüşelim. Sara başını salladı. Bir de Solveig ve Egil Hegel'e eve döndüğümü söylemezsen iyi olur. Yok, söylemem tabii. Halının ve kapaklı yazı masasının üzerine boşaldığımı da söylemezsen iyi olur. Sara söylemeyeceğine dair söz verdi.

Sonra vedalaştılar ve Doppler yine ağaca tırmandı. Aslında hafiflemiş ve aşağılanmıştı ama her şeyden önce kendine şaşmıştı. Sen git, iyi bir komşunun kapısını çal ve kapaklı yazı masasının üzerine boşal. Olacak iş değil.

Doppler, Egil Hegel meselesini nasıl halledeceğinden emin değildi. En güzeli, Egil Hegel daha ne olup bittiğini anlayamadan onu uzaklaştırmak olurdu. O zaman Doppler bir açıklama yapmaktan kurtulur ve en iyi ihtimalle, mahvolmuş ailenin karşısına çıkıp onları kurtarırdı. Hatta ve hatta işin kaymağını da o yerdi. Başka bir deyişle, Egil Hegel'in ailedeki imajını yerle bir etmeliydi ki Solveig onu kapı dışarı etsin. Sara'daki o küçük aptal olay, Doppler'in uzun zamandır ilgilenmediği bir düş gücünün kapılarını açtı. Komşusunu sevme ihtimaline artık açık olduğunu fark etti, mesela Egil Hegel'i, ama biraz farklı bir biçimde. Egil Hegel'e, kendisine davranılmasını istemediği biçimde davranmayı istediğini hissetti. Bu, çocukken öğrendiği şeylerle çelişiyordu ve ahlaklı olmaktan genelde anlaşılana da ters düşüyordu. Koyver gitsin. Bu işin boyutları büyük ve her yol mubah.

Zaman her şeyi silip süpürür. Doppler çamın tepesindeki çadırda bunu da düşündü. Onu o yapan dakikaları, sabahları, günleri, akşamları, geceleri, hafta sonlarını, mevsimleri, yılları, tüm o geçmiş zamanları. Birbirini takip eden sabahların, günlerin vızıldayan kakafonisi; her zaman daha fazlası. Yıllar boyu uyanıp korkuyla etrafına bir göz attı, uyandı da uyandı, hep nerede olduğunu, kim olduğunu merak etti ve sonra aniden ne kadar becerikli biri olduğunu hatırlayıp kendini büyük adam sınıfına koydu. Yataktan zıplayıp hemen işe koyuldu. Enerjik, iyimser. Tabii ki aslında neler olup bittiğine kafa yormadığı sürece. Durup düşündüğü an aşağıya baktı ve cesaretini aşacak kadar yukarılara tırmandığını hisseder hissetmez panikledi. Böyleydi işte. Böyle de giderdi. Bazen. Ağacın tepesinde düşündü. Ormanda dolandığı yıllardan önceki zamanların düzenli kaosunu özlemiş olabilirdi. O zamanlar her şeyin yolunda gittiğine, her şeyin olması gerektiği gibi olduğuna inanıyordu. Zaman, hedefler ve olaylar arasındaki molalar olarak algılanıyordu. Bir hafta, taco yenilen Cuma geceleri[4] arasındaki dakikalardan ve saatlerden ibaretti. Bir yıl ise veli kuruluna sınıf temsilcisi ya da veli temsilcisi seçilmemek için gözlerinizi kaçırdığınız zamandan bir sonrakine kadar geçen araydı. Ormanda yaşadıktan sonra zaman dağılıvermişti. Günlerin isimleri, yılların sayıları yoktu artık. Düşünceler gelip gidiyorlardı, düzensizce, yavaşça, başa çıkabileceği seviyede. Aklına bir şey koyduğunda o şey kendiliğinden kaybolana kadar peşini bırakmıyordu. Bazı şeyleri doğru yapıyordu. Bazı şeyleri yanlış yapıyordu. Bir defasında idrar içmişti mesela. Bu olay tuhaf bir şekilde aklına gelip duruyordu. Aşmışlığın ta kendisi. Bir barın merdivenlerine bırakılmış bira bardağını kafaya dikmişti genç bir öğrenciyken. Bir yudum içince idrar olduğunu anlamıştı. Tadını pek de iyi hatırlayamıyordu. Başka tatlar nasılsa o da öyleydi işte. Ama düştüğü durum çok kötü ve aşağılayıcıydı. Suratına yumruk yemişçesine. Kimse merdivenlere içilebilecek yarım litre birayı bırakıp da gitmez. Bunu kafana sok. Yok öyle bir dünya.

4 Norveç'te cuma geceleri en çok yenilen yemek, bir Meksika yemeği olan taco'dur (ç. n.).

Doppler, evin ritmini saptadıktan, aile bireylerinin ve Egil Hegel'in hareket düzeninin analizini yaptıktan sonra eyleme geçti. Artık vaktin geldiğini hissediyordu. Bir sürü can sıkıcı olay, çamın tepesindeyken kafasında yavaşça şekillenen planı bir an önce uygulamaya geçirmesine sebep oldu. Bunlardan biri, Nora'nın gece yarıları, hem de hafta içi, eve sürekli yeni ve genç adamlarla gelmesiydi. Annesi gibi kaltağın teki olma yolunda ilerliyordu. Doppler yargılamak istemiyordu çünkü herkesin günü gelince kaltak olduğunu içten içe biliyordu. Yani insanlığın nesilden nesile geçen kalıtımsal bir tür özelliği bu. Bütün kalıtımsal malzemede bir kaltaklık geni var. Dopplerlerinkinde de var. Ama işte... Kendi kızında bunu görmekten hoşlanmadı. Sorunun Egil Hegel'de olduğundan kesinlikle emindi. Baba özlemi Nora'yı zorlamıştı, duyguları onu her yöne çekiştirip başını derde sokacak durumlara itmişti. Doppler kızının imdadına yetişmeliydi. Durum acildi. O yüzden, bir Mayıs sabahı çamdan inip eve girdi. Tavan arasına çıkıp eski bebek telsizini buldu. Pil çekmecesinde pilleri buldu, eskileri musluğun altındaki geridönüşüm kutusuna attı ve bebek telsizini Solveig'in yatak başının üstündeki kitap rafına yerleştirdi. Alet doğru dürüst çalışıyor mu diye test etti ve sonra da Solveig'in yastığının üstüne boşaldı. Bu pek içine sinmemişti, ancak sıradan burjuva cinsellik biçimlerinin ve ifadelerinin kendisini sınırlandırmasına izin vermemeye kararlıydı. Bu, eski hayatını yeniden inşa etme planın önemli bir parçasıydı ve bencil bir zevkle hiç alakası yoktu. Boşalmadan keyif almış değildi, aklı hedefindeydi. Fikri, bir zamanlar evine müzik setini çalmak için giren ve canı isteyince eğlence olsun diye dairesindeki eşyaların üstüne fışkırtan adi bir suçludan almıştı. İnsanların aklına gelebilecek acayiplikler skalasında başı çekebilecek eylemlerden biri bu, iddiasında bulunmuştu adi suçlu. Duyulmamış şey değildi tabii ama yalnızca biraz tuhaftı. Bu şekilde kendi kendini defalarca haklı çıkardı Doppler.

Geceleyin çadırda yatıp bekledi. Yatak odasında ışıklar yanınca bebek telsizini çalıştırdı ve sesini açtı. Egil Hegel'in soyunup yatakta

Doppler'in eski yerine uzandığını görebiliyordu. Başucu lambasını açıp kitabını okumaya başladı. Bir süre sonra Solveig geldi. Her zamanki gibi elbiselerini düzgünce kapının yanındaki taburenin üstüne koydu, geceliğini giyip yatağa girdi. İyi geceler Egil, dediğini duydu Doppler. Egil Hegel de iyi uykular, dedi. Kitabı bir kenara bıraktı ve ışığı söndürdü. Bir müddet için sessizlik hâkim oldu. Doppler, bebek telsizinin ses kaydettiğinde yanan mavi ışıklarına heyecanla baktı. Ses ne kadar yüksekse ışıklı mavi çizgiler de o kadar artıyordu.

Sessizlik. Sessizlik. Ama işte en sonunda: Egil, yastığımda bir tuhaflık var.

Nasıl bir tuhaflık?

Sanki kurumaya başlamış yapış yapış bir şey.

Hay Allah!

Işık yandı. Doppler, ikilinin yastığa doğru eğildiğini görebiliyordu. Yanılıyor olabilirim ama bu semene benziyor, dediğini duydu Solveig'in. Egil Hegel'in, ne, diye şaşırmış bir ifadeyle cevap verdiğini duydu; yastığı ışığa yaklaştırıp incelediğini gördü. Yapışkan şeye parmağıyla da dokundu. Artık pek yapışkan değildi herhalde; ertesi sabaha kadar çocukların sırt çantasında kalan beslenme çantalarındaki yoğurt lekelerini andırıyordu belki de. Hani lekelerin üstünde sertleşmiş bir zar oluşur, insan parmağıyla zara bastırırsa leke patlar ve parmaklara bir gün önce beslenme çantasına koyduğunuz çilekli ya da başka aromalı yoğurt bulaşır ya, onun gibi diye, düşündü Doppler. Egil Hegel parmağını burnuna götürüp kokladı. Hiçbir şey demedi.

Yastığıma mı boşaldın? Solveig'in sesi, inanamıyorum tonunda çıktı, neredeyse ağzı açık kaldı.

Hayır!

Yaptıysan, en başından söylemen lazım diye düşünüyorum.

Tabii ki yapmadım.

Yapmadın?

Hayır.

Bu evde cinsel olgunluğa erişmiş başka oğlanların ya da erkeklerin yaşamadığının farkındasın herhalde.

Evet.

Ama sen yapmadın?

Hayır, buna inanman beni çileden çıkartıyor.

Hiçbir şeye inandığım yok.
Benim yaptığımı ima ediyorsun ama.
Bir şeye inandığım yok. Yalnızca yastığımın üzerinde semen olduğunu fark ediyorum ve bu da beni şaşırtıyor. Bırak da şaşırayım.
Ben de şaşırıyorum.
Evet, o zaman ikimiz de şaşırıyoruz.
Evet.
İyi.
Solveig yastık kılıfını çıkardı ve onunla birlikte odadan çıkıp gitti. Kısa bir süre sonra temiz bir kılıfla geri döndü. Kılıfı yastığa geçirdi, yatıp ışığı söndürdü. Sessizlik oldu. Doppler kendi kendine gülümsedi. Kıkırdadı. Sessizlik birkaç dakika daha sürdü. Sonra birdenbire yeniden Egil Hegel'in sesi duyuldu.
Solveig, yastığının üzerine ben boşalmadım, buna inanmalısın.
Tamam ama bu konuyu yarın etraflıca konuşsak?
Olur.
Tekrar iyi geceler o zaman.
Evet. İyi geceler.

Başarısından dolayı coşan Doppler, ertesi gün birinci kattaki büyük camların yanındaki şöminenin üstünde duran Japon şans kedisinin üzerine boşaldı. Yüzünde Doppler'in mütecaviz bulduğu bir tebessümle orada, öylece hiç durmadan elini sallıyordu. Daha önce bir şans kedisi yoktu orada. Bunun, Egil Hegel'in sapıkça icatlarından biri olduğundan şüphelendi Doppler.

O bu işle meşgulken Sara evinden çıktı. Başını kaldırıp baktı, onu görünce el salladı. Doppler boşta olan eliyle el salladı ve gülümseyerek bisikletine binip gözden kaybolan Sara'nın ardından baktı. Hoş, anlayışlı kadın. Bunlardan bulunmuyor artık, diye düşündü kendi kendine.

Geceleyin bir kez daha heyecanla bebek telsizinin başında bekledi. Solveig ve Egil Hegel yatıp ışığı söndürdüler. Sessizlik o kadar uzun sürdü ki Doppler uyuduklarını sandı. Ama sonunda ekrandaki mavi çizgiler ışıldadı.

Egil?

Mmmmm?

Bugün şans kedisinin üstüne boşaldın mı?

Ne diyorsun ya?

Şans kedisinin üzerinde semen vardı da... Sen mi yaptın yoksa başka birisinin işi mi bu diye merak etmiştim.

Ben değilim tabii ki.

Bu işin biraz tuhaf kaçtığını düşünüyorum, yani o kediyi alan sensin sonuçta, şimdi onu semene bulamak, ne bileyim, bu biraz canımı sıkıyor, sıkılıyorum valla.

Ama Solveig, canım, şans kedisine asla böyle bir şey yapmam, anlıyorsun değil mi? Onu Kyoto'daki eski bir tapınaktan aldım, ona karşı hislerim saygı ve sevgiden ibaret.

Cinsel hayatından ya da bizim cinsel hayatımızdan konuşmak istiyorsan ben varım, ancak bu evin orasına burasına anlamsızca fışkırtma meselesi rahatsız edici. Ne demeye çalıştığını merak ediyorum, ben konuşulması zor biri miyim? Yanlış bir şey mi yaptım?

Yanlış bir şey yapmadın Solveig, tabii ki yapmadın.

Yani başka bir deyişle, sen mi yanlış bir şey yaptın?

Hayır.

Son söylediğini bir itiraf olarak aldım.

Kesinlikle değil... Hayatım boyunca hiçbir şans kedisinin üzerine boşalmadım.

Yani diyorsun ki, biz evde yokken başka bir adam evimize girip bunu yapıyor.

Öyle görünüyor.

O zaman bu iş, polislik bir iş.

Evet, belki öyledir ama önce bir bekleyip görelim, yeniden olacak mı diye. Yarın sabah erkenden alarmın kodunu değiştiririz, tamam mı?

Tamam.

İyi uykular o zaman.

Sonraki birkaç hafta boyunca Doppler durumu tırmandıracak hareketlerde bulunmadı. Gereği yoktu. Her şey kendi halinde gelişti. Eve yalnızca yiyecek bulmak için girdi, bunun dışında sadece yatıp bekledi. Egil Hegel ve Solveig'in ilişkisi gergin ve sessizdi. İlişkinin sıcak rengi şüpheler ve bahaneler yüzünden değişmişti. Egil Hegel geceleri koşmaya başladı. İşe gidip gelirken koşmak yetmemişti besbelli. İyi geceler muhabbeti, yerini tek heceli sözcüklere bırakmıştı. Çocuklar da bir şeylerin yolunda gitmediğini fark etmişti. Küçük Bjørnstjerne, birkaç kez tavşanla birlikte verandaya çıkıp onu okşamak için orada oturdu. Yalnızdı, evin gerginliğinden kaçıyordu. Çocuklar Solveig ve Egil Hegel'e başka gözlerle bakmaya başlamışlardı, endişeliydiler, belki de biz bir yanlış yaptık diye korkuyorlardı. Doppler her şeyi gördü. Bundan keyif almıyordu ama bu durum canını da sıkmıyordu. İnsanı canlandıran heyecanlı zamanlardı bunlar. Müdahalesi dışında durumun kötüleşmesinin zor olduğunu anladığında çamın tepesinden inip Sara'nın kapısını çaldı. Merhaba, kimler gelmiş, dedi Sara ağzı kurabiyeyle dolu. Doppler başını salladı. Son seferde olduğu gibi mutfağa geçmemi ister misin? Teşekkürler, çok incesin ama onun için gelmedim. Sana biraz nazik bir soru soracağım. Söyle bakalım, dedi gülümseyerek. İçtenlikle gülümsedi. Ne kadar açık ve şahane bir tutum. Keşke Solveig'den önce onunla tanışmış olsaydı Doppler. Ama Solveig de iyiydi. Bütün kadınlar bir biçimde iyiler. Of, yine kafayı dağıttı. Kendini toparladı, bak dinle, dedi. Bir fotoğrafını çekebilirim belki diye düşündüm. Evet, tabii ki çekebilirsin. Ama üst kısmın çıplak olacak ve yüzün gözükmeyecek. Öyle mi olmak zorunda? Evet. En iyisi bu. Kullanacağım şey için yani. Ne için kullanacaksın peki? Egil Hegel'in kitabında ayraç olarak kullanacağım. Seni kurnaz şey seni, deyip gülmeye başladı Sara, etkilenmiş bir biçimde Doppler'in koluna dokundu. O ne okuyor bu arada, dedi. Birtakım cinayet romanları sanırım. Kapakta kanlı bir şeyin resmi vardı. Kürek miydi? Hayır, sanmıyorum. Anahtar mıydı? Hayır? Bıçak değildi, değil mi? Hayır, değildi. Bu biraz fazla kaçardı diye düşünüyorum. Evet. Portakal olabilir mi? Hayır. Belki de bir oyuncaktı? Olabilir. Bir oyuncak ayıcıktı. Ama üstünde kan vardı? Evet. Sanki başından yanağına ve karnına doğru kan akıyordu. Öfff. Başkasının kanı olmalı diye düşünüyorum çünkü oyuncak ayıların kanı olmaz, canlı değiller.

Haklısın, dedi Doppler. Oyuncak ayılar yaşamaz. Kesinlikle başkasının kanı olmalı. Sara başını salladı ve bu konu üzerine biraz düşündü Doppler'e kalırsa.

Egil Hegel, insanların kanunsuz ve ahlaksız işler çevirdiği, bazılarının da bunları kimin yaptığını bulduğu kitaplara bayılıyor sanki, diye devam etti Doppler. Tabii insanın gayet düzgün bir hayatı olunca, her günü kan revan içinde geçmiyor, dedi Sara. İkisi de kafa salladı; Egil Hegel'i bir güzel sıkıştırdıklarını düşündüler. Sen şimdi benim üstsüz bir fotoğrafımı istiyorsun, Egil Hegel'in macera kitabına ayraç olarak koymak için, öyle mi? Evet, teşekkürler, lütfen, ama ne kameram var ne de fotoğrafçılara harcayacak param, yani bu işi benim için halledersen çok memnun olurum. Daha sonra, düzlüğe çıkıp da para kazanacak duruma geldiğimde tabii ki bu iyiliğini öderim. İlk maaş günü pat diye paranı geri alırsın.

Kafaya taktığım para değil.

Ne peki?

Üstümde bir şey olmadan fotoğraf çektirmeye pek alışık değilim.

Eminim çok kolaydır, dedi Doppler. Sadece elbiselerini çıkaracaksın, ne kadar zor olabilir ki bu? Sara bir an düşündü, sonra gidip bir kamera getirdi ve soyundu. Doppler pozunu ayarlamaya başladı; bir kol şöyle, diğer kol böyle, çene biraz yukarı, kafayı yana eğ, hayır, bir de ellerini göğüslerinin altında tutabilir misin onları ikram ediyormuşsun gibi, evet, harika, dedi ve çekmeye koyuldu. Yüzün görünmemesine dikkat etti. Çektiği bir pozda çenenin altındaki o güzel kavis görünüyordu. Bir yüzün Solveig'i huzursuz edeceğini anlamıştı. Böyle de insan sarrafıydı işte. Ayrıca mesele göğüslerdi. Yüzler, Egil Hegel gibi azgınların umrunda bile değildi. Sonra Sara gözleme yaptı ve fotoğrafları bilgisayara yükledi, en iyisini basıp PVC ile kapladı. İklim ve Çevre Müdürlüğü'nde görevli yalnız yaşayan kadınların evlerinde PVC kaplama makineleri var, hayret bir şey diye düşündü Doppler. Bunu dünyanın sonunun geldiğine dair alametlerden biri olarak mı görsün yoksa insanlık için büyük bir çağın habercisi, olumlu bir eğilim olarak mı kabul etsin, bilemedi. Kitap ayracı güzel görünüyordu. Ev yapımı, hafif yamuk, mükemmel bir ayraç. Steiner okulunun Noel kermesinde pekâlâ elli krona satılırdı, özellikle Rudolf Steiner azgın biri idiyse ama belki de öyle biri değildi. Doppler, Steiner hakkında çok az şey bildiğini aklının bir köşesine not etti.

Haziranın ortalarında Doppler muhteşem bir gece yaşadı. Çadırında oturmuş, evden aldığı birasını içiyordu. Bir yandan da bebek telsizinin yanıp sönen ve güzelce dans eden ışık göstergesini inceliyordu. Yatak odasındaki tartışma harika bir amper tutturmuştu ve giderek de daha yüksek noktalara tırmanıyordu. Solveig'in ilginç ve aynı zamanda korkunç bulduğu şey, ki buna tekrar tekrar değindi, deliller bu kadar ağır basarken Egil Hegel'in her şeyi reddetmeye devam edebilmesiydi. Kendi yastığında, şans kedisinin üstünde, televizyon ekranında kendi deyimiyle biyolojik izler bulmuştu; şimdi de kim olduğu belirsiz adi bir orospunun fotoğrafını bir kitabın arasına saklama çabası. Egil Hegel'in ne düşündüğünü anlamıyordu Solveig, onu aslında hiç tanıyamadığını hissediyordu, hiçbir şey anlamıyordu, sanki toprak ayağının altından çekilivermişti. Her şeyi sorgulamaya başlamıştı, kim olduğunu, değer yargılarını, her şey bulanıklaşmıştı. Egil Hegel masumiyetini ispatlamaya çalıştı ama hiç şansı yoktu çünkü Solveig onu temize çıkarabilecek tek şeyi yani DNA testini istemiyordu. Bu utancı bana yaşatamayacaksın, dedi. Alarm hiç mi hiç çalmamıştı, kodunu değiştirmişlerdi, bir şey çalınmamıştı, bana baksana sen, dedi Solveig, Doppler onun bu lafı böyle söylediğini daha önce hiç duymamıştı, sen beni salak mı sandın? Ve lafını, öğrenciyken alameti farikası olan bir argümanla sonlandırdı; Solveig'in bunu daha önce de kullandığını duymuştu Doppler – bu aslında on dördüncü yüzyılda Ockhamlı William'ın ileri sürdüğü bir ilkedir: Bir olgu ya da bir olayın birkaç makul açıklaması varsa, en basit açıklama doğruya en yatkın olandır.

N'aber?

İKİNCİ BÖLÜM

Mavi Evdeki Zaman

Evdeki ilk zamanlar harikaydı. Baba gelmişti. Ölmemişti işte. Şu koca sakala bir bakın. Ne kadar adaleli ve güçlü görünüyordu. Onun hakkında her şey çok cazip ve heyecan vericiydi. Küçük Bjørnstjerne başlarda biraz tepkiliydi; babasının hem sakalından hem de cüssesinden ürkmüştü. Bu tuhaf kokan adamla arasındaki bağı anlamamıştı, babasını kısa hayatında şu ana kadar gördüğü hiçbir şeye benzetememişti. Kan bağını hissedemiyordu ama annesiyle kardeşlerinin onu kabul ettiklerini fark etti, yavaş yavaş daha az temkinli davranmaya başladı. Solveig, Egil Hegel'i defettikten sonra kendini olağanüstü bir durum içerisinde bulmuştu. Uyanık Doppler de bunu görüp kapı hazır aralanmışken, içeri sızıverdi. Hayat zaten kocaman bir olağanüstü durumdan ibaret, diye düşündü Doppler; bir yanda sessizlik, diğer yanda hiçlik, ortada ise yaşam. Buna olağanüstü durum demeyeceksek neye diyeceğiz? Normalde, ormanda birkaç yıl geçirdikten sonra hiçbir şey olmamış gibi eve dönemezdi ama Solveig'in dengesinin bozulması onun radara takılmasını engelledi. Solveig her zamankinden daha açık ve daha duyarlıydı. Şans işte. Hain Egil Hegel'i unutma arzusu o kadar büyükmüş ki, Solveig eve dönüşümle ortaya çıkan cevapsız soruları gözardı etmeyi tercih etti, diye düşündü Doppler. Solveig'in tepkisi aşırıya kaçtı, kafası güzelmiş gibi ortalıkta dolanıyordu. Kocam eve döndü, dedi bunu duymak isteyen herkese ve konuyla hiç mi hiç ilgilenmeyen bir sürü insana daha. Birkaç yıl ormanda yaşadı ama şimdi yeniden evde. Meslektaşları ve çevresindeki insanlar Solveig'in biraz fazla geniş davrandığını düşünüyorlardı. Pek çoğuna göre Doppler/Rohde ailesi, aşkın ne kadar esnek ve güçlü olabileceğine bizzat örnekti. Geleneklere takılmadan kendi yoluna gidebilen heyecan verici, modern bir aile oluvermişlerdi. *Nordre Aker Budstikke* yerel gazetesinden bir gazeteci, hikâyeyi yazıp üç sayfa üzerinden mutlu bir haber yaptı. Aile bahçede. Aile divanda. Aile tavşanıyla. Solveig gülümseyerek mutfakta tencerenin başında dururken, Doppler sosun tadına bakmak için parmağını tencereye daldırıyor. Ağzı kulaklarındaki Bjørnstjerne'yi gıdıklayan Doppler, şöminenin önünde yerde oturuyor. Zor günleri geride mi bıraktınız, diye soran gazeteciye Solveig, zor günler geride kaldı, diye cevap verdi. Birkaç yıldır Andreas'tan hiç ses çıkmamıştı ama işte sonunda yine beraberiz. Bazen böyle şeyler oluyor. Doppler de onlara katıldı. Şimdi ne yapacaksınız, diye sordu gazeteci. Kaybettiğim her şeyi geri alacağım, diye cevap verdi Doppler. Çocukların en büyük desteği ben olacağım, yemek yapıp evi, bahçeyi çekip çevireceğim. Belki eski işime bile geri dönebilirim. O zaman avarelikle geçen yıllar geride kaldı, öyle mi, diye lafını sonlandırdı gazeteci. Evet, avarelikle geçen yıllar geride kaldı, diye cevap verdi Doppler. Bu da başlık oldu.

Nora, babasını kendine itiraf edebileceğinden çok daha fazla özlemişti. İsilik ve baş ağrısıyla boğuşmuş, kendini yiyip bitirmişti. Doppler'in geri dönüşünden sonraki ilk dönemde bu sorunlar çözülmeye başladı. Cildi gerginleşti ve kaymak gibi oldu yeniden. Baş ağrısı geçti. Okuldaki inekliği biraz geriledi ve divanda babasının yanında oturup sadece birlikte televizyon seyredebilmek için birkaç defa okulu kırdı. Nora bedenine yayılan yeni bir huzur keşfediyordu. Doppler'siz geçen gecelerin acısını çıkarttıklarını hissetti. Öyleydi muhakkak ama Doopler öncelikle yorgun ve şaşkındı. Evde, aile içinde ne yapılır, ailenin sistemine ve sinyallerine nasıl uyum sağlanır, unutmuştu. Hiç kıpırdamadan oturmaya ihtiyacı vardı, boşaltılıp doldurulmaya ihtiyacı vardı, yüksek sesleri kaldıramıyordu, üzerine bir hassasiyet çöküvermişti sinsice, büyük ihtimalle bir orman yarası, kendi kendine geçer diye düşündü. Planladığının aksine tavşanla uğraşmaktan vazgeçip üstüne üstlük ona iyice bağlandı. Diğerleri günlük görevlerini yerine getirmek üzere evden ayrıldıklarında, Doppler'in ilk işi birkaç saat tavşanla keyif yapmak oluyordu. Televizyon seyretmekten de hoşlandığını fark etti ve bunu aklının bir köşesine yazdı. Daha çok televizyon seyretmeliyim, diye düşündü. Daha fazla televizyon seyretmeye gayret etmeliyim.

Divanda geçirdiği birkaç günden sonra Nora'ya ne okuduğunu sordu. Tıp. Tıp okuyordu. Pek tabii ki öyle olacaktı. Psikiyatri dalında uzmanlaşmayı planlıyordu. Bunu hiç düşünmemişti. Kahretsin. Gelecekte bir gün kızı tarafından çözümlenebilme fikri ona acayip itici geliyordu, hemen kanal değiştirdi. Discovery'de *Köpekbalığı Haftası*'ydı ama tam o sırada araya reklamlar girdi. Köpekbalıkları, n'olcak, diye düşündü kendi kendine. Köpekbalıkları. Canları cehenneme.

Psikiyatride uzmanlaşabileceğim bir konuda eğitim almayı planlıyorum, diye tekrar etti Nora. Babasının onu ilk defasında duymadığından korkmuştu.

İyi, dedi Doppler, iyi. Ama sen bir elmasın, unutma.

Nora anlamadı.

Sen bir elmasın.

Ben bir elma mıyım?

Evet.

Ne demek istiyorsun?

Sen bir elmasın demek istiyorum ve insan bir elmadan bir sürü ısırık aldığında geriye sadece koçanı kalır. Böyle işte.

Öyle mi? Ama bu ne demek?

Bu şu demek: Karşı cinsten kişilerle ilişkilerinde biraz daha dikkatli olman gerektiği kanısındayım. Bence kendini biraz geride tutmalısın, nazlanmalısın. Çeşit çeşit adamları eve getirmemelisin, sana canlarının istediğini yapmalarına izin vermemelisin.

Bunları neden söylüyorsun?

Ben sadece senin bir elma olduğunu söylüyorum.

Nora bunu tuhaf buluyordu. Uzun bir süre sessiz kaldı. *Köpekbalığı Haftası* programı başlamıştı. *Kaplan Köpekbalığını Bir Zombiye Dönüştürmek.*

Ben bir elma değilim, dedi Nora bir müddet sonra.

Evet, öylesin.

Hayır, kesinlikle bir elma değilim.

Evet, Nora, sen bir elmasın.

Hayır.

Doppler ona baktı.

Tropik bir cennetin sahilinde, birileri kocaman bir kaplan köpekbalığının karnını ortadan yararken Doppler televizyonun bekleme düğmesine bastı.

Nora, bu senin hayatın, senin seçimlerin, ben karışmamaya çalışacağım ama ne dersen de, nafile..... Sen bir elmasın.

Solveig'in eve dönüşüne gösterdiği reaksiyon yüzünden kütüphaneden bir psikoloji kitabı ödünç aldı Doppler. Kitap pek işine yaramadı. O kadar çok parametre, davranış biçimi ve zihinsel işlem vardı ki, kitabı ileri geri bir saat karıştırdıktan sonra pes etti. İnsanların nasıl düşündüklerinin, nasıl karar aldıklarının ve çevrelerini nasıl algıladıklarının anlatıldığı kognitif terapi bölümde biraz bir şeyler çakar gibi oldu ancak sonra yine kafası basmadı. Kavramlar karmaşıktı ve en son okuduğu kitabın üzerinden de epey zaman geçmişti, ayrıca yazar Solveig'i tanımıyordu. O yüzden bütün bunların bir faydası olmadığını düşündü. Bunlar yetmezmiş gibi bir de Solveig etrafında dolanıp duruyor, zaten bir lokmacık olan konsantrasyonunu da toptan kaybetmesine sebep oluyordu. Televizyonu açmak çok daha kolaydı. Gün içerisinde Solveig pek çok defa, aralarının eskisi gibi olduğunun teyit edilmesini istiyordu; eskisinden, hatta her zamankinden bile daha iyi olduğunu ona düşündürecek birtakım sinyallerin peşindeydi. Bu da Doppler'e sıkıntı veriyordu. Orada burada fingirdemeleri gerekiyordu. Geziler, ortak etkinlikler, sözün durmadan Doppler'e verildiği ve ormanla ilgili hikâyeler anlatmasının beklendiği aile yemekleri söz konusuydu. Orada neler yaptın? Bu mutlaka sorulurdu. Bu sorulunca, masadaki diğer konuşmalar kesiliveriyor, misafirler sakalını, Solveig'in isteği doğrultusunda daha kentli, temiz, akıllı ve günümüze uygun görünecek bir biçimde kesmiş Doppler'e dönüyor, herkes heyecan içinde onun anlatacaklarını dinlemeyi bekliyordu. İnsanlar, Doppler'in etrafını bir bilgelik halesinin sardığını düşünüyor gibiydiler. Yıllarca ormanda kalmış insanlarda bir şey varmış gibi hissediyorlardı. Tam olarak ifade etmek zordu ama bu, gizemli ve cazip bir şeydi. Hatta ve hatta tahrik edici. Gizemin, insanların ormanda ne yapılacağını gözlerinin önüne getirmekte zorlanmalarından kaynaklandığını sonradan anladı Doppler. Bunu gözlerinde canlandıramıyorlardı. Pek çoğu doğada birkaç saatten fazla vakit geçirmiş değildi. Orada öylece bulunmanın, Doppler'in yaptığı gibi, mümkün olup olmadığından bile bihaberdiler. Öyle çok özel bir şeyler olmamıştı. Sakin takılmıştı. Biraz gezinmişti, biraz avlanmıştı, uyumuştu, ateşin karşısında oturmuştu. Anlattıklarını dinliyorlardı ancak gözlerinden inançsızlık akıyordu.

Her zaman gerzeğin teki çıkar, ama neler yaptın – gerçekten, diye sorardı. Doppler önceleri bu soruyu doğru dürüst cevaplayamıyordu. Sonradan, onları tatmin edecek daha dramatik nitelikte olaylar uydurmaya başladı. Doppler'in ormanda, ağaçların, hayvanların arasında geyiğiyle yaşadığını bilmek, bıraktım kalbim çarpsın, zaman geçsin, dediğini duymak zaten onları kesmeyecekti. Bu yüzden, yaşadığı heyecan dolu anları, avcı-balıkçı hikâyelerini ve bir defasında buzun üstünde yatmış uyurken, büyük İsveç ırmaklarından birinin baharda karların erimesi yüzünden nasıl çatlayıverdiğini anlattı. Dinleyiciler bu hikâyeyi çok beğendiler. Ooo, diye düşündüklerini gördü. Buz hikâyesi bütünüyle yalan değildi, bunu kendi gözleriyle görmüştü ama kıyıdan, güvenli bir yerden. Gerçekte olan biteni biraz çarpıttığında, bunun milletin hoşuna gittiğini fark etti. Bir başka seferinde de düşüp ayağını kırmış bir Sami[5] kıza rastladığını anlattı. Ayrıca kızın gözüne, kurt sürüsünden kaçarken bir ardıç ağacı dalı girmişti. Anne babasının ve kardeşlerinin onun kadar şanslı olmadıklarını, o kendine özgü, sözcüksüz Sami tarzında anlattı kız, dedi Doppler. Tüm aile yenilip yutulmuş, kemikleri tertemiz sıyrılmıştı. İnançsız dinleyicilere dönüp başını salladı ve Kuzey İsveç gerçeği bu, dedi. Akşam yemeğine gelen misafirler için dünyanın bu bölgesinin Londra, New York ya da Avustralya'nın iç bölgelerinden bile uzak sayıldığını çok iyi biliyordu. Vahşi hayvan saldırılarının kulağımıza gelmemesinin sebebi, İsveçli yetkililerin olayların üstünü kapatmalarıdır, dedi.[6] Ne kurt dostu bir ülke olmaktan vazgeçmek ne de oraya gitmeye hevesli az sayıda turisti kaybetmek istiyorlar. Bazı Samilerin ve gezgin Hollandalıların ara sıra ortadan kaybolmalarını sineye çekmeyi öğrenmişler.

Doppler kırmızı şarabından bir yudum alıp anlatmaya devam etti. Sami kızın gözünden dalı çıkarmıştı. Huş ağacı dallarından bir sedye yapmış ve bunu Umea'daki hastaneye kadar Bongo'ya çek-

5 İsveç, Norveç, Finlandiya ve Rusya'da yaşayan bir azınlık (ç. n.).

6 Bazı Norveçliler, koyunlara zarar verdiklerinden ülkedeki kurtların neslinin tükenmesini istiyor. İsveçliler ise kurtlara karşı daha ılımlı bir tavır içindeler (ç. n.).

tirmişti. Yolculuk tam on gün sürmüştü. Her gece kamp kurmuş, yiyecek bulmuş, yaralı göze elinden geldiğince pansuman yapmıştı. Bütün bu süre içerisinde kızla hiç konuşmamışlardı. Doppler hayatında hiç kimseye bu kadar yakınlaşmamıştı da. Geceleri kamp ateşinin karşısında hiç konuşmadan saatlerce oturabiliyorlardı ancak yine de dünyadaki her şeyle ilişki kurabiliyorlardı. Doppler, ne anne babasına ne de çocuklarına karşı böyle hisler beslediğini söylüyordu. Ama Solveig'le zaman zaman buna benzer şeyler yaşamıştı. Bunu eklemek akıllıca olur, diye düşündü. Tam bu sırada, Solveig'e dönüyor, yakın oturuyorlarsa onun elini tutuyordu. Ancak arada sırada, birisi çıkıp kızın gözünün iyileşip iyileşmediğini bilmek isterdi. Çok kötü oldu, diyordu Doppler. Kız kör oldu ve içine kapandı ancak yine de kaybını gururla taşıdı, Samilerin hep yaptığı gibi. Orman böyledir; o alır ve o verir...

Bir akşam televizyonun önünde otururken Solveig parmağıyla Doppler'in alnına küçük bir fiske atıp şöyle dedi: Hey, benim tuhaf, eve geri dönmüş kocam. Şimdi nerelerdesin? Burada mısın? Yanımda mısın? Doppler şaşkın bir halde ona baktı ve korktuğu halde gülümsemeye çalıştı. Çünkü Solveig kendi sinyallerini yaymak için insanı düşüncelerinden ve tv programlarından koparmakta hiç tereddüt etmeyecek bir tipti belli ki.

Tabii ki buradayım, diye cevap verdi kendini toparlayabildiğinde. Solveig'i yanağından öptü ve o alınmadan televizyona ne zaman dönebilirim acaba, diye düşündü. Program, en yeteneklisinin hangisi olduğunu bulmaya çalıştıkları bir grup amatör aşçı hakkındaydı. Tam da o an, çok zor bir sos yapmaları istenmişti aşçılardan. Doppler yarışmacılardan birinin yana yakıla ağladığını duyabiliyordu ve tabii ki dağılmıştı ama televizyona dönecek olursa Solveig buna bozulacaktı. Bu kadarına aklı eriyordu. Evde olmayı seviyordu ve bu rahatı tehlikeye atacak bir şey yapmak istemiyordu. Yumuşak yatağını, divanı, yabanmersini dolu buzluğu seviyordu. Hepsi güzeldi. Ama Solveig ve çocuklara alışmakta güçlük çekiyordu. Onlarla bir alıp veremediği yoktu ama ormanda geçirdiği yıllar ailesel içgüdülerini köreltmişti. Ne kadar oradaydı ya da değildi türünden tartışmalara pek girmek istemiyordu. Buna hiç hali yoktu. Geçmişte zaman zaman oturup konuşmalarının faydası olmuştu, bunu hatırlıyordu. Araları biraz bozulunca Solveig ve o oturup konuşurlardı. Sözcükleri, üzerlerinde bir yerde buluşurdu ve bunun da bir faydası olduğunu görmüştü. Sözcüklerin tınısının iyileştirici bir etkisi olduğunu hatırlıyordu; anlamlarının değil, sadece tınılarının. Ama şimdi buna hiç tahammülü yoktu. Buna inanmıyordu. Nedenini formüle edemiyordu. Sadece belirsiz bir duyguydu. Solveig'in bu ölümcül sorunlarına cevap vermek, her şeyi didik didik etmek, uzun zamandır girmediği odalara dalmak anlamına geliyordu ki bu odalarda her an her şey olabilirdi. Okula başladığından bu yana oralara hiç girmemişti. Ormandayken bile.

Ormandayken eni konu çıt çıkarmadan oturup hiçbir şey olmamış gibi davranıyordu. Bu önemliydi, ama bunun ne faydası olduğundan –bir faydası varsa tabii– emin olamıyordu. Sanki uzun bir sürecin ilk evresiydi bu. Ah, süreçlerden nasıl da nefret ediyordu; onlardan nefret ediyordu, onlardan iğreniyordu, onlardan korkuyordu, bütün bu iğrenç süreçlerden. Solveig'in aslında zararsız olan sorularına cevap vermek, zarardan başka bir şey getirmeyecekti. Tatsız ve tehlikeli olacaktı. Doppler buna hazır değildi. Aslında saklanmak istiyordu. Kabuğunu değiştiren bir pavurya gibi ortalarda kalacaktı. Ölümcül. Yeni kabuğuna yerleşene kadar herkeşe yem olabilirdi. Solveig ona ilişememeliydi, bunu biliyordu Doppler. Ama Solveig neye ilişememeliydi, onu tam olarak kestiremiyordu. Amatör aşçı tam o sırada hıçkırarak ağlamaya başladı. Hiç beceremediği türden bir sostu bu, kısaca onun kâbusuydu. Tekrar Solveig'e baktı. Yüzündeki tebessümün pek de masum olmadığını Solveig'in bildiğini hissediyordu. Burada mısın? Doppler kesinlikle burada değildi. Nerede olduğundan bihaberdi gerçi ama en azından burada olmadığını biliyordu. Buranın dışında her yerdeydi. İnsanın birbirine söyleyemediği her şey, bir düzene sokamadığı tonlarca düşünce, işte bu yüzden akıntıya kapılıp beynimizin içinden hiç durmaksızın akan ırmağın dibine bir balçık tabakası gibi seriliveriyor. En altta çamur ve ince kum, sonra birbirinin peşi sıra gelen daha büyük parçacıklar. Irmak, bir ada oluşturana ya da tamamen yeni bir yol bulana kadar balçık tabakası yavaşça yükseliyor. Yangtze Nehri üzerindeki Üç Boğaz Barajı'nın[7] binası yüzünden iki yüz milyon metreküp alüvyon, dev su bendine doğru birikiyor, diye okumuştu bir gazetenin haftasonu ekinde kısa süre önce. Kendini Yangtze Nehri'yle özdeşleştirdi. Baraj kurulmadan önce, nehrin doğal olarak topladığı tüm çökeltiler su kütlesiyle birlikte geliyordu: Çer çöp sonunda denize dökülüyordu. Şimdi bu düzen bozulmuştu. Her gün su birikintilerinde yüzen üç bin ton civarında plastik çöp bir araya geliyordu. Ayrıca baraj suyu altında kalan binlerce köy, alüvyonların altına gömülüyor. Dün suyun üstündeydiler, sonra suyun altında kaldılar, bugün ise daha önceleri usulca akıp giden sert bir çökelti tabakasının altındalar. Barajın alt kısmında kalan nehir boyunca uzanan verimli topraklar ise kuraklaşmak üzere,

7 Çin'in Hubei eyaletinde bulunan dünyanın en büyük hidroelektrik barajı (ç. n.).

çünkü ihtiyaçları olan su ve besinlerden yoksunlar. Yangtze Nehri benim, diye düşündü Doppler. Gömülüp yok olan köylerim ben. Plastik çöplerim. Besinden yoksun verimli topraklarım. Kafamın içinde bir baraj kuruldu bir ara, doğal akışa engel oluyor, diye düşündü. Bunu Solveig'e nasıl anlatabilirim? Olmaz, çok geç, her şeyin anında söylenmesi gerekiyor, söylenmezse kemikleşiyor, başka şeylerin altında kalıp görünmez oluyor. Ancak aynı zamanda Solveig'in yanında divanda oturmanın iyi olduğunu düşünüyordu, başka bir yerde olmak istemiyordu. O yüzden Solveig'in elini aldı, şefkatle tuttu, tekrar televizyona döndü. Zavallı amatör aşçının sosu yapamayacağı ve bu yüzden de son haftalarda birlikte çok eğlendiği, çok bağlandığı diğer amatör aşçıları terk etmek tehlikesiyle karşı karşıya olduğu artık iyice belli olmuştu.

Haftalar geçmiş, Doppler aile ekonomisine bir katkıda bulunmamıştı. Solveig bir şey dememişti, belki de aklına bile gelmemişti. Ancak Doppler üzerinde bir baskı hissediyordu. Egil Hegel, her şey bir yana, eve her ay 73.400 kron getiriyordu. Bu hiç de küçümsenecek bir meblağ değildi. Bu para, hem pelet, hem yemek hem de kıt kanaat geçinilen ülkelerdeki müsrif her şey dahil tatil masraflarını karşılamaya yeter de artardı bile.

Doppler'in hiçbir geliri yoktu, gelir elde etmeye niyeti de.

Sürekli eski işine gidip bir merhaba demeyi ve yeni görevlere hazırmış intibası uyandırmayı düşünüyordu. Kahvaltıda Solveig'e bundan söz etti birkaç kez. Solveig başını hevesle sallayıp gayet olumlu bir tonla şöyle dedi: Bunun çok iyi bir fikir olduğunu düşünüyorum. Ama sonra işin peşini bıraktı. Doppler'e bunu yapıp yapmadığını sormadı. Doppler'in bunu yapacak halde olmadığını biliyordu muhtemelen; onu utandırmak istemiyordu. Haklıydı da. Doppler yeni görevlere hazır değildi. Hiç mi hiç. En son ne zaman yeni bir göreve kendini bu kadar hazır hissetmediğini hatırlamıyordu. Sözcüğün kendisi bile öğürmesine neden oluyordu. *Proje* sözcüğü de. Ayrıca *hedef gözetme* de. *Seminer* onu dizlerinin üzerine çökertiyordu; üstelik yüksek sesle söylenmesine bile gerek yoktu, düşünmesi yetiyordu. Keza *geri dönüş* ve *değerlendirme* de. Ama en kötüleri: *Netleştirme*, *vizyon ve stratejiye dönüştürme*'ydi. Hiç dinmeyen bir baş ağrısına sebep oluyordu bunlar. Alnında ıslak bir bezle divana uzanması gerekiyordu. Tavşanı hiç durmaksızın okşaması gerekiyordu. Birkaç saat boyunca televizyon izleyemiyordu.

İş bulmayı reddeden tavrı yüzünden evde kalmaya devam edip, ortalığı silip süpürmeye başladı. En azından bunu yapabiliyordu. Kahvaltı sekiz buçuktan önce masadaydı, çocukların beslenme çantası özenle hazırlanıyordu; evde yapılmış ekmeğin üstü komik kesilmiş peynirlerle süsleniyordu. Çeşitli besin gruplarından yiyecekler konuyordu çantaya. Tüm bunlar, modern beslenme çantalarının akıllı bölmelerine itinayla yerleştiriliyordu. Ev her daim derli toplu ve tertemizdi. Daha önceleri eve haftada bir temizliğe gelen Doğu Avrupalılara yol verilmişti. Akşam yemeği saat altıda sofradaydı. Çamaşırlar yıkanıp katlanmış, tavşana yemeği verilmiş ve onunla oynanmış, ödemeler Solveig'in internet bankası aracılığıyla yapılmış oluyordu. Doppler hâlâ finans mavisi renk tonundan acayip nefret ediyordu ama gelen geçenin bu evde toplumun önde gelenlerinden birilerinin oturduğunu sanmalarından kendisinin bile anlayamadığı nedenlerden dolayı hoşlanıyordu.

Solveig evdeki etkinlikten hoşlandığını ifade etmişti ama Doppler, bu kadarcık şeyin evdeki mevcudiyeti için yeterli bir gerekçe olmadığını hissediyordu. Evi çekip çevirmenin parasal karşılığını ölçmek zordu. Buna çok kafa yordu. Milyonlarca insan, özellikle de kadınlar kuşaklar boyu bunu içlerinde hissetmişlerdi. Bu bir işti. Tabii ki öyleydi. Bedenini kullanıyordu, öncelikle ellerini ama sırtını ve bacaklarını da. Gün boyunca yüzlerce eşyayı bir o yana, bir bu yana taşıyıp duruyordu. Bu da acısı birkaç yıl sonra çıkacak olan yüklenmelere ve yıpranmalara sebep oluyordu. Günün önemli bir kısmında aktif olarak çalışsa da bundan para kazanmıyordu, yani geleneksel anlamda. Ne kadar önemli bir iş yaptığını düşünürse düşünsün, bunun 73.400 krona tekabül etmediğine kalıbını basardı Doppler. İnsan böyle bir şeyi nasıl ölçer? Bu, pek net değildi. Doppler cevabı bilmiyordu ve birilerinin bildiğinden de emin değildi. Özellikle devletin. Devletin, ev işlerini para ekonomisine çevirmeye yönelik mevcut sistemlerini google'ladığında midesi bulandı. Doppler artık interneti kaldıramadığını fark etti. İnternetteki bilgi miktarı devasaydı. Dünyayı çok geniş bir elektronik ağla birbirine bağlamanın hastalıklı bir fikir olduğunu düşündü.

Utanç ve değersizlik duygularını bastırmaya yönelik bir dolu çabaya rağmen bu iki yıkıcı güç yine de yapacağını yaptı. Titreme ve sıcak basmaları olarak ortaya çıktılar. Geceleri gözüne uyku girmiyordu Doppler'in. Sabahları evin içinde ruh gibi süzülerek beslenme çantası hazırlıyordu. Solveig'in bir şey söylemeye niyetlendiğini fark edecek olursa, önce o bir şey söylüyordu çabucak, Solveig ona eve para getirmediğini hatırlatacak olursa diye. Bütün gün onu etkileyebilmek için çabalıyordu. Duvarları siliyor, ayakkabıları boyuyordu. Solveig'in yöresel folklor giysisinin[8] her santimetrekaresini diş fırçasıyla elde temizliyordu; elbise, cafcaflı bir el sanatları dergisindeki rotüşlenmiş bir reklam fotoğrafı gibi parıldayana kadar. Solveig'in ona harçlık diye verdiği parayla okul kermesine gidip içinde *Ustabaşının Tarifleri Kulübü*'ne ait yüzlerce yemek tarifi bulunan bir kutu satın aldı. Her bir yemek tarifi sevimli yuvarlak köşeleri olan kartlara yazılıydı. Kartın bir yüzünde yemeğin renkli bir fotoğrafı vardı, öbür yüzünde malzeme listesi ve yapılışı detaylı bir biçimde anlatılıyordu. Evin temizlik işlerini daha efektif bir biçimde yapmaya başladı ki, akşam yemeği için hazırlıklara bir iki saat ayırabilsin. Yemek kartlarını sistematik olarak kullandı. Kategori numarası yedi olan *Baharatlı Sosis Yemekleri*'ne gelene kadar aileden dişe dokunur olumlu bir tepki almamıştı. Bunun nedenini anlamadı ama böyle işte, diye düşününce rahatladı. Sakin bir öğleden sonra sosis meselesini sorduğu neşeli bir market çalışanından aldığı bilgiye göre, Norveçliler sosise bayılıyor; kişi başına yılda yüzden fazla sosis yiyorlar. Bu olumlu cevap üzerine Doppler coştu ve gemi iyice azıya aldı. Gregus'un sekiz yaşına bastığı doğum günü partisinde evi balonlar ve konfetilerle süslemişti. Otuz beş numaralı karttaki *Çeşnili Sosis Yemekleri* serisinden bir tarifi yaptı: *Çocuk Partilerinin Sosis Kirpisi. Sosisleri ikiye bölün,* yazıyordu. *Sıcak bir servis taba-*

---

8 Norveç'te her bölgenin kendine ait bir yöresel giysisi vardır. Elde dikilip işlenen ve bu yüzden oldukça pahalı olan bu giysiler düğün, Bağımsızlık Günü, vaftiz törenleri gibi önemli günlerde giyilebilir (ç. n.).

ğının içine patates püresini koyun, buna kirpi şekli verin, ön tarafını küçük bir burun gibi sivrileştirin, gözler için kapari taneleri kullanın. Sosisleri diken gibi pürenin etrafına batırın. Üzerine yeşil baharatlar serpin. Tarif, nispeten basit ve incelikten yoksun olmasına rağmen yemek çok başarılıydı. Yaşına göre olgun olan Gregus doğaldır ki yemeği çocukça buldu ama diğer çocuklar bu eğlenceli sosis kirpisine bayıldılar. Bazı anne babalar bu yemeği çocukluklarından hatırladı; çocuklarını almaya geldiklerinde nostaljiye kapıldılar, yemeğin çok ilginç olduğunu söylediler. Doppler acayip ilgi topladı, isteyenlere tarifi yazıp verdi. O gece Solveig'in ona sıcak davrandığını düşündü. Bunu sosis kirpisi başarısına yordu ve geliştirmeye başladığı sosissel el becerilerinden dolayı insan ve eve katkıda bulunan biri olarak mavi evdeki değerinin arttığını hissetti.

İlginç sosis yemeği sayesinde aldığı övgüler Doppler'in kendine güvenini o kadar arttırdı ki, eski işverenine başvurmaya hazır olduğuna inandırdı kendini. Özgüveninin kritik noktayı aşmasını sağlayan *Çeşnili Sosis Yemekleri* – otuz altı numaralı karttı: *Büyük Sosis Sürprizi.*

Sosisin üzerindeki zarı soyun, dilimleyin, yazıyordu kartta. *Dilimlerin bir yüzüne ince bir tabaka hardal sürün. Bir fırın kabını yağlayın ve sosis dilimlerinin yarısını hardallı yüzü yukarı gelecek şekilde yerleştirin. Kuru erikleri ikiye bölün, elmaları ince ince dilimleyin, meyveleri ananasla birlikte sosis dilimlerinin üzerine yayın ve kalan sosis dilimleriyle de üzerlerini örtün. Bu kez hardallı taraf aşağı gelecek.*

İşin sırrı muhtemelen bu hardal hamlesindeydi, diye düşündü Doppler, gece uyumadan önce tarifi ezberlerken. İlkin hardallı tarafı yukarı gelecek sosis dilimleri, sonradan da hardallı tarafı aşağı gelecek olanlar. İşe yarar cesur bir hamle olmuş, diye özetledi durumu. Tarifi yazan kişinin meyvelerle ananası ayırmasına da bayıldı.

Devamı: *Kremayı, soyayı, ketçabı ve ananasın suyunu karıştırıp üzerine dökün. Ekmek kabuğu rendesi serpin ve küçük tereyağı topakları koyun.*

Ailenin ilkten biraz çekimser kaldığını söylemek yanlış olmaz. Ama yemeğin tadına baktıklarında masada bir şaşkınlık yaşandı ve herkesin yüzüne bir tebessüm yayıldı. O gece hiç de fena bitmedi: Solveig, Doppler ağacın tepesinden onu seyrederken, Egil Hegel'le olduğundan daha cilveli hareketlerle giysilerini çıkarttı, hem de tamamen kendi isteğiyle. Çeşnili sosis yemekleri Solveig'i açmıştı, her ikisini de açmıştı. Tanrı sosisleri korusun.

Ertesi gün Doppler, cesaretinden dolayı şaşkın bir halde, kendini şehir merkezinde, eski işyerinin kapısının önünde buldu. Eski meslektaşlarından pek çoğunun hiç şüphesiz hâlâ çalıştığı binanın pencerelerine baktı; uzun süre orada öylece dikildi. Girişin önünde bir saat kadar durmasına rağmen hâlâ içeri girememiş olmasının yarattığı hayal kırıklığıyla caddeyi geçip yıllarca kendi ofisinden gördüğü bir banka oturdu. Ormanda geçirdiği süre içerisinde bu bank bir kez olsun aklına gelmemişti ama şimdi, bilgisayar ekranındaki Excel sayfasından başını kaldırıp kelimenin hem düz hem de mecazi anlamıyla aşağıya baktığını hatırlıyordu; başkaları, örneğin Doppler ve onun tanıdığı tüm yetişkinler yoğun bir günde toplumun çarklarını döndürürken, oturma fırsatı bulan işe yaramaz kaytarıcılara bakıyordu tepeden. Şimdi bu bankta kendisi oturuyordu ve çevresinde akıp giden hayata bakıyordu. Daha önce bunu hiç yapmamıştı. Dağıtıma çıkmış araçlar, belli ki çok acil olan paketler ve mektuplar taşıyordu. Taksi şoförleri köşeleri sinyal vermeden dönüyorlardı her zamanki gibi ve bisikletliler onlara parmaklarını gösteriyordu. Her şey her zamanki gibiydi. Dükkânlar bir yük kamyonu ordusundan mallar teslim alıyordu. Ve Doppler malların o gün erkenden ya da bir gün önceden tırlarla güneyden, ya İsveç üzerinden karayoluyla veya Almanya ya da Danimarka üzerinden feribotlarla geldiğini biliyordu; bazıları uçakla da gelmiş olabilir, diye düşündü Doppler bankta otururken, mesela iyi restoranlarda bulunan taze ve egzotik ürünler. Malların bir kısmının, hatta muhtemelen pek çoğunun büyük konteynerler içinde yük gemileriyle geldiği ve limanda boşaltılıp gümrüklendiği, daha sonra da kamyonlara konulup götürüldüğü aklına geldi bir müddet sonra. Böyle olmalıydı. O bankta oturdukça, düzenin mal ve hizmet akışını sağlamak için kurulduğunu daha iyi anlıyordu. Tüm ürünler, satılabilecekleri ve kullanılabilecekleri yerlere çabucak yetiştirilmeli, tüketilmeli, atılmalı, toplanmalı, geri dönüştürülmeli ya da imha edilmeliydi; kâğıtlar içeri, kâğıtlar dışarı, plastik, lastik, metal, içeri, dışarı, yukarı ve aşağı, mallar içeri, atıklar dışarı; daha fazla tüketimi, daha çok ihtiyacı, yeni ürünleri, daha fazla ürünü üretmek için yapılan reklamların çağrısına uyumlu bir biçimde. Her şey ustaca, büyük bir hızla tüketilmeye yönlendirilmişti. İnsanların da kesinlikle bu yüzden sokaklarda dolandıklarını şimdi anlıyordu Doppler; işe gidiyorlardı, işten geliyorlardı, zamanı geldiğinde onları bir işe yönlendirecek eğitim kurumlarına girip çıkıyorlardı ki, bir gün gelip nakit para ödemeden edindikleri evlerin, dairelerin, arabaların, malların borcunu ödeyebilsinler; pek çoğunun ölene kadar kurtulamayacakları borç batağını bir an olsun unutabilmek ve biraz da kafayı dağıtmak için bir yerlerde geçirecekleri tatillerin parasını ödeyebilsinler. Sanayi Devrimi'nden önceki bin yıl süresince büyüme yılda 0.01 oranındaymış, diye okumuştu Doppler bir gazetede. Ancak yaşam standardı on yedinci yüzyılın ortalarından itibaren, elli yılda bir ikiye katlandı. Böylesine bir artış, Sanayi Devrimi'nden önce altı bin yılda gerçekleşiyordu. Sahip olmaya alıştıklarımıza, sahip olmaya alışılması manyakça yani. Pek çok kişinin bu bankın önünden aceleyle geçmesinin nedeni muhtemelen, güçlerinin yettiğinden daha pahalı bir sürü şey almış olmaları, diye düşündü Doppler. Sistem şu şekilde işliyordu: Tüketmek için para kazanmayı beklemeyelim diye bankalar borç vermek için sıraya girmişlerdi. Tüketim genç yaşlarda başlıyor ve asla sonu gelmiyordu. İnsanlar, borç almak için ödedikleri ekstra kronları memnuniyetle çıkarıp veriyorlardı çünkü öbür türlüsü dışlanmak anlamına geliyordu, bu da istenmiyordu, tatsızdı, hatta ve hatta tehlikeliydi.

Doppler, oturduğu bankın azgın bir nehrin ortasındaki, güneşin ısıttığı huzurlu bir kaya olduğunu fark etti. Kayanın üstüne çıkıp kendini kurtarmıştı, orada oturmuş, etrafından akıp gidenleri seyrediyordu. Doğru cankurtaran malzemeleriniz varsa, iyi talimatlar aldıysanız, tecrübeliyseniz ya da sadece talihliyseniz, nehirde pekâlâ hayatta kalabilirsiniz, Doppler'in senelerce yaptığı gibi; başını su üstünde tutmuştu ve ayakları önde, düzgün bir biçimde oturmuştu, suyun yüzeyinde görünmeyen ama nehrin dibinden haince fırlayan taşları tekmelemeye hazır bir biçimde. İnsanın buna alıştığını şimdi görebiliyordu. Daha doğrusu, insan çocukluğundan bu yana bu duruma alışmış, böyle olması gerektiğine inanmıştı. Mesele yetenek meselesiydi, ancak mesele öncelikle, kişiye vaftiz armağanı olarak ne türden cankurtaran malzemeleri verildiğiyle ilgiliydi. Bazıları ne can yeleğine sahipti ne de yüzme biliyorlardı. Onlar hemen battılar. Bazıları üzerinde küçük delikler olan kolluklar almıştı; onlar birkaç yıl dayandı. Bazılarının tekne büyüklüğünde can yelekleri vardı. Tuttuğunu koparanlar, bir yandan debelenip bir yandan kendi yeleklerini kendileri yaptılar, başkalarına yelek satıp bundan iyi para kazandılar. Bazıları diğerlerinden daha hızlı ilerledi suda, belki biraz daha yavaş ama ne olursa olsun hep nehrin içindeydiler, hep birlikteydiler ve burası güvenliydi. İnsan hoş bir biçimde sırılsıklam, uyuşuk, bitkin ve umarsız oluyordu; her allahın günü aynı insanları görüyordu. Nehrin bazı yerlerinde batmadan daha rahat yüzülüyordu; akıntı daha hızlıydı, dipten çıkan taşlar daha azdı, buraları kapmış olanlar dibe batarlarsa, birileri onların yerini alıp akıntıya kapılmış mallarla ve ürünlerle yan yana, eskisinden daha iyi süzülüp yol alabilirdi suda. Yeterince becerikliyseler tabii, diye düşündü Doppler. Zamanla sahip olabilmeyi şiddet ve arzuyla hayal ettikleri mallar ve ürünler de akıntıda sürüklenip duruyordu. Bankta otururken, işlerin böyle yürüdüğünü aniden kavrayıverdi Doppler. Bu son derece banal yapıyı olduğu gibi göremeden yıllarca akıntıda sürüklenmesine şaştı kaldı ve buna canı sıkıldı. Her şey, konumlar, yüzme yeteneği, cankurtaran malzemeleri için verilen bir kavgadan ibaretti. Her şey bir konumlar ve nesneler panayırından ibaretti. Nehrin suyu neredeyse ayak bileklerine geliyor, onu serinletiyordu. Şimdi böylece oturuyordu orada. Arkaya doğru kaykıldı ve etrafını saran binlerce ofis penceresine baktı. Orada, bir zamanlar onun da aralarında bulunduğu, yüksek eğitimli çalışanlar bulunmaktaydı ve bunlar sunumları, taslakları, notları, duyuruları, incelemeleri, stratejileri, bütçeleri, modelleri –önümüzdeki elli yıl içerisinde ekonomiyi ikiye katlamayı hedefleyen araçları– netleştirirken diğer çalışanlar, takvim programlarının onlara, katılmak zorunda oldukları bir toplantıyı unuttuklarını hatırlatabileceğinden korkuyorlardı. Büyük toplantı salonu eski işyerinin yedinci katındaydı. Doppler pencerelere baktı. Şu anda orada kesinlikle bir toplantı vardı. Her zaman toplantı yapılırdı. Orada çalıştığı günlerde, toplantı salonunun en geç bir buçuk iki hafta öncesinden rezerve edilmesi gerekiyordu. Kurum içi ağın takviminin bir parçasıydı bu; kimin, ne için odayı ayırttığı takvimde görülebiliyordu ve boş olan saatler, kareli alanda yanan yeşil renkle belli oluyordu. Doppler toplantı odasında yüzlerce saat geçirmişti. Toplantılara katılmıştı, sunum yapmıştı ve kendi seslerini duymaktan bir an bile bıkmayan insanları dinlemiş, dinlemişti, onlara bol bol küfür sallamıştı, kafasının içinde tabii. Bu, ilk saatte pek olmazdı ama ikinci saate girildiğinde her zaman dağılıyordu, gözü dönüyordu ve toplantı canavarlarına ağıza alınmayacak şeyler söylemeye başlıyordu, kendi kendine, kafasının içinde. Örneğin, amcık suratlı, ilk aklına gelen sözcüktü. Orospunun önde gideni ise bir diğeri. Doppler, konuşanın acayip nefret edilesi biri olduğuna karar verir, o kadına ya da adama bu lafları söylerdi; bir vantrilok gibi yavaşça, yoğunca ve tekrar tekrar söylerdi. Ama yine de toplantılar bitmek bilmezdi. Öfkeden kudurur, dişlerini sıkar, önündeki kâğıda bir şeyler karalardı. Sıkıntının ve dışa vurulmamış öfkenin enerjisini işleyen bir makine çizmişti; böylece petrole dayalı ekonominin hızlı çöküşüne katkıda bulunuyordu. Fizik dalında Nobel Ödülü alıyor ve ödül parasını yelkenliyle dünyayı dolaşmak için harcıyordu; sevilmesi zor kişileri sevmeye çalışıp bir hamakta okuyacak başka bir şey kalmayana kadar kitap okuyordu. Ancak makine hiç üretilmedi ve toplantılar, Doppler kendini ormanda bulana kadar bitmek bilmedi.

Eski tas, eski hamam diye düşündü Doppler nehirdeki bankın üstünde.

Doppler iş bulma hayalinden vazgeçti. Mavi eve döndü ve orada kaldı. Evcimenliği devam etti ancak saatler geçmez olduğunda, yarenlik etmek için tavşana sığındı. Bu minnacık hayvanı salona çıkardı, onunla dostça konuşurken bir yandan da onu okşuyordu. Tavşanların anlayabileceğini düşündüğü sözcükleri seçiyordu. Tavşan göbeğinde, öylece yatıp folk şarkılarının eski CD'lerini dinliyordu. Tavşan tırtıklı diliyle Doppler'in parmaklarını yalıyor, canının istediği yere kakasını yapıyordu. Ara sıra birbirlerine bakıyorlardı; Doppler tavşanın onu sevdiğinden, bazen onu hatırladığından ve bodrumdan alınmayı dört gözle beklediğinden emindi. Ancak tavşan bazen manasız küçük zıplamalarla ya divanın üstünden atlıyor ya divanın altına giriyor ya da bitişikteki odaya koşup ortadan kayboluveriyordu. Sonra da umursamaz bir edayla bir şey olmamış gibi geri geliyordu. Her defasında tavşanın onu ilk kez fark ettiği duygusuna kapılıyordu Doppler. Tavşan, Doppler'in kaçığın teki olup olmadığını anlamak için her defasında ona yaklaşıyor ve onu kokluyordu. Bu, rahatsız edici bir şeydi. Tavşan bir dost muydu, yoksa kendinin bile bilmediği içgüdülerle ağzına kadar dolu aptal bir hayvan mıydı? Doppler yakınlaştıklarını hissediyordu ama yine de yakın değildiler. Bongo'yla olduğu gibi değil, Bongo'yla aralarında kesinlikle karşılıklı saygı ve sevgi vardı. Ancak tavşanla arasında ne kadar yakın olabileceklerini belirleyen bir sınır söz konusuydu sanki. Koyu kahverengi bakışlar derin ve yoğundu. Bu gözlerde kendini uzun süre kaybedebiliyordu, ancak bunun tek yönlü olduğunu hissediyordu. İlişkinin serpilip derinleşmesini, dallanıp budaklanmasını istediğini fark etti ama sanki tavşanla arasında görünmez bir uçurum vardı. Tavşan ile insan arasındaki yakınlık her zaman bir yanılsama olarak kalacak, diye düşündü. Bu tatsız bir dostluktu ve tatsız bir dostluk olarak da kaldı. Sonunda Doppler'in nevri döndü. Tavşanın casusluk yaptığını hissetmeye başladı. Tavşan, onun gayrısafi milli hasılaya katkıda bulunmadan günlerini evde geçirdiğini düşünüyordu, Doppler'e göre. Kesinlikle gözlemlendiğini hissediyordu. Bu küçük yaratık, Doppler nerede duruyor, nereye gidiyor, bunları takip ediyordu. Odadan odaya peşi sıra zıplayıp duruyordu. Bu kibirli, umursamaz, yargılayan kemirgenin onu seyretmesinden hoşlanmadığını keşfetti Doppler. Bundan kurtulacaktı. Tavşanı bodrum katındaki kafesine kilitledi. Orada otursun da hastalıklı tavşan içgüdüleriyle bir güzel ruhu kararsın.

Bjørnstjerne tam konuşmaya başladığı sıralarda konuşmayı kesmişti. Zaten yaşıtlarına göre konuşmakta geç bile kalmıştı, kekeleyip zorlanıyordu ama Doppler'in evde olduğu birkaç ay içerisinde iyice sessizleşti. Solveig'e göre bunun nedeni, evdeki erkeğin yerine bir başkasının geçmesinin getirdiği gerginlikti. Bjørnstjerne, Egil Hegel'e alışmış olmalı zamanla, diye açıkladı Solveig. Egil Hegel aslında hayatındaki tek erkekti, ilk erkeği yani sen, başka bir yerlerde olmayı seçtiğinden, diye devam etti Solveig. Sen nerelerdeydin hakikaten? Belki bana bir hatırlatırsın? Doppler bir parça hayalkırıklığıyla baktı ona; partnerine, bu tartışmayı tatsız bir yöne çekmenin hiç gereği yok şimdi, demek isteyen biri gibi. Solveig bekledi. Ormandaydım, dedi Doppler sonunda. Evet, öyle işte. Solveig ona baktı; Doppler, o kahverengi, akıllı ve genelde sıcak bakan dişi gözlerin derinliklerinde bir yerde, başkasının üzüntüsüne bir parça da olsa sevindiğinin izlerinin görülebileceğinden emindi. Egil Hegel ve Bjørnstjerne'nin arasının, o ortaya çıkmadan önce çok iyi olduğunu anladı. Egil Hegel denilen azgın, belli ki ufaklığa babalık yapmıştı. Ve ona bir de tavşan almıştı. Hesaplı sinizmin âlâsı bu gerçekten. Tüm hikâye, yeni ve parlak bir ışık altında birdenbire Doppler'in gözleri önüne seriliverdi o an. Solveig, duygusal ve pratik yardıma muhtaç, üç çocuk annesi savunmasız bir kadındı. Azgın Egil Hegel ortaya çıkıverdi, spermlerini boşaltmak için eline muhteşem bir fırsat geçince yağcılık yaptı, kesenin ağzını açtı. Anladığımız kadarıyla, temel ahlak kurallarından nasibini almadığından, kısa bir süre sonra Solveig'in evine taşındı. Böyle olmuştu işte.

Her şey yolunda gitmişti, dedi Solveig. Egil Hegel ortadan kaybolup yerine, biraz tuhaf bir adam gelinceye kadar Bjørnstjerne dil açısından normal bir gelişme gösteriyordu. Tuhaf diyecek kadar ileri gitmen gerekiyor muydu, diye merak etti Doppler. Ben yalnızca üç yaşında bir çocuğun düşünce şeklini anlamaya çalışıyorum, dedi Solveig. Tuhaf sözcüğünü kullanmamın altında bir yargılama yok; bu ne benim ne de ailenin geri kalanının tutumunu yansıtıyor, dedi Solveig, ancak Bjørnstjerne, senin hem garip hem de azıcık ürkütücü olduğunu düşünüyor. Peki. Tamam. Ama bu dünyada pek çok şey tuhaf zaten. Bu yüzden konuşmaktan vazgeçmeye gerek yok. O bir çocuk, Doppler. Evet, ama yine de bu acayip çocukça bir tepki değil mi? Ne olursa olsun ben onun babasıyım. Bu, ne kadar zor olabilir ki?

Bjørnstjerne'nin konuşma yeteneğinin olmaması, insanların dünyasından atık gazları emen ve tehlikeli bir hızla genişleyen bir bulut gibi birkaç gün Doppler ve Solveig arasında havada asılı kaldı. Nihayet Solveig pes etti ve mesele edecek bir şeyin olmadığına ve Bjørnstjerne'nin bir konuşma terapistine ihtiyaç duyduğuna karar verdi.

Konuşma terapisti mi? Bu biraz abartılı olmuyor mu?

Oğlan konuşma terapistine gidecek.

Konuşma terapistleri ne işe yarıyordu?

Çocuklar ve dil hakkında bir sürü şey biliyorlar. Onu sen götürmelisin.

Ben mi? Sorun zaten benim, değil mi?

Boşuna uğraşma. Şansın yaver giderse bu olay sayesinde yakınlaşabilirsiniz. Ayrıca benden daha bol vaktin var.

Bu son lafa hiç gerek yoktu, diye düşündü Doppler. Dostça söylenmiş olması bile durumu kurtarmıyordu. Doppler, Bjørnstjerne'yi yuvadan alıp konuşma terapistinin kliniğine götürdü. Orada testler yapıldı, sorular soruldu. Bjørnstjerne prematür müymüş, bebekken travmalar atlatmış mı, son zamanlarda hayatında büyük değişiklikler olmuş mu? Değişiklikler mi? Doppler biraz düşündü. Hayır, aklına bir şey gelmiyordu. Çocuğun hayatında üzücü ya da alışılmadık bir şey olmuş muydu? Doppler başını salladı. Hayır, diye tekrarladı hayretle. Peki o zaman, dedi konuşma terapisti. Kafası karışmış gibiydi, Bjørnstjerne'nin durup dururken konuşmak istememesini anlayamıyordu. İnsanlar böyle olamazlardı. Bir saniye, dedi Doppler. Siz böyle deyince aklıma geldi, annesi son zamanlarda oldukça fazla çalışıyor. Haaa, öyle mi? Evet, öyle. Sizce oğlan hasretlik çekiyor olabilir mi? Bilemem ama yine de bunu göz ardı edemeyiz. Annesi iyi bir anne mi, diye sordu konuşma terapisti. Bunu cevaplamam zor çünkü o benim annem değil, ama doğrusunu söylemek gerekirse o iyi bir anne, dedi Doppler. En azından oldukça iyi. Ortadan hallice, belki. Elinden gelenin en iyisini yapıyor, en azından.

Öyleyse sorunu belirledik demektir, dedi konuşma terapisti. Bu ufaklık annesini o kadar özlüyor ki konuşmaktan vazgeçmiş. Konuşma terapisti ve Doppler başlarını eğip, bir plastik kutunun kapağındaki üçgen deliğe üçgen bir parçayı sokmak üzere olan Bjørnstjerne'ye baktılar. Doppler bu aletin, normal zekâlı çocukları ileri zekâlı çocuklardan ayırmak için kullanıldığına kanaat getirdi. Belki de karınızdan daha az çalışmasını isteyebilirsiniz? Bu türden şeyleri konuşacak kadar açık bir ilişkiniz olduğuna inanıyor musunuz? Sanırım var, dedi Doppler. Her şeyi konuşabiliyor musunuz? Hayır, konuşamıyoruz. Ama bir sürü şeyi konuşuyorsunuz, değil mi? Evet. Bazı basit şeyleri, en azından. İyi, dedi konuşma terapisti. Ona bunun sadece bir süre için gerekli olduğunu söyleyebilirsiniz, dedi. Annelere has bir durum bu. Çocuklar, onlara bağlanma eğilimi gösteriyorlar. Evet, öyle bir eğilimleri var, dedi Doppler. Karınız bir yıl içersinde yeniden aşama aşama çalışmayı artırabilir. Selamınızı iletip bunları söyleyeceğim, dedi Doppler. Pek çok kere, hiç konuşmamak en iyisi, diye düşündü. Konuşmak, önemi fazlaca abartılmış bir meziyet. İstemiyorsan konuşmazsın, dedi Bjørnstjerne'ye eve dönerken. Biz senin ne istediğini anlıyoruz nasıl olsa. Bak, şu an dondurma istediğini görebiliyorum. Bjørnstjerne başını salladı. Bir parkta oturup yavaş yavaş dondurmalarını yediler. Sen benim en sevdiğim çocuğumsun, dedi Doppler. Seninle oturup sessiz kalmak çok güzel. On sekizine gelmeden önce hiçbir şey söylemezsen sana bin kron vereceğim.

Öte yandan Gregus, çalışkanlıkta öylesine ilerlemişti ki, Doppler ebeveyn olarak başarısız olduğunu düşündü. Gregus doğum günündeki sosis kirpisine bozulmuştu. Diğer çocuklar bunu harika bulmuşlardı ama Gregus bunun saygınlığını zedelediğini düşünüyordu. Solveig iyi geceler dilemek için odasına girdiğinde, oğlanın bundan söz ettiğini duymuştu Doppler. Ama babama bir şey söyleme, çünkü onun üzülmesini istemiyorum, gerçi oldukça eğlenceli bir yemekti ve onun niyeti de iyiydi, diyordu.

Solveig'in başını salladığını görebiliyordu. Babam yaptığından çok memnundu, diye devam etti Gregus. Solveig yine başını salladı, sonra da Gregus'un yanağını şefkatle okşayıp Doppler'in durduğu koridora çıktı. Aptal aptal tebessüm etti, Doppler de hiçbir şey olmamış gibi davrandı ama tatsız bir duygunun belli belirsiz içini kapladığını hissetti. Bu, doğru bir şey değildi. Mavi evin sakinlerinden birine yük olmaya başlamak üzereydi. Gregus ayrıca, Brezilya'nın yerel politikalarıyla ilgilenen, insanı sinir edecek kadar olgun, sekiz yaşında bir çocuktu. Cep telefonunda Portekizce öğrenmek için kullandığı bir lisan uygulaması vardı. Niyeti internette bulduğu Brezilya yerel gazetelerini okuyabilmekti. Yatakta *Inventing Local Democracy: Grass-root Politics in Brazil*[9] kitabını okuyordu, Doppler elinde *Deniz Altında Yirmi Bin Fersah* kitabıyla çıkagelince suratını ekşitti. Ama bu çok ilginç bir kitap, dedi Doppler. Milyonlarca genç bunu okudu. Bir denizaltı yapıp denizlere açılan ve oradaki her şeyi gören bir adam hakkında. Kitap çıktıktan yüz elli yıl sonra bile denizler hâlâ yeterince araştırılmıyor. Üçüncü Dünya'daki yerel politikalardan da biraz bahsediyor mu? Hayır ama kitabın bir yerinde bir inci avcısı dev bir köpekbalığının saldırısına uğruyor, diye cevapladı Doppler. O adam bir yerel politikacı mı? Hayır! Başka bir kitaptan sadece birkaç sayfam kaldı, dedi Gregus diplomatik bir biçimde. Okuduğum kitapları elimden bırakmayı sevmiyorum, o yüzden şu balık kitabını benim için sen okursun artık. Doppler hayal kırıklığıyla başını salladı. Gregus umutsuz bir vakaydı.

Bu iğrenç dalaverenin arkasında da o azgın Egil Hegel'in olduğundan hiç şüphesi yoktu Doppler'in. Egil Hegel'in bakanlıklardan birinde çalıştığını öğrenmişti. Sürekli Birinci, İkinci, Üçüncü, Dördüncü, Beşinci Dünya Ülkeleri'ne seyahat ediyordu. Bu, işinin bir parçasıydı. Doppler ormandayken Egil Hegel Brezilya'ya gitmiş, oradan Gregus'a Amazonların bir şehrinin yerel gazetesini getirmiş olmalıydı. Bu, çalışkan çocuk beyninin alt üst olmasına yetip artmıştı. Bu gazetenin yağmur ormanlarından kesilen ağaçlardan yapılan kâğıda basıldığını bir düşünün. İlk büyülenme faslı buydu. Ağaçların yok olduğunu bir düşünün. Bu da ikincisi. Onların yok olmasına engel olabileceğini bir düşünün. Bu da üçüncüsü. Toy bir beyin böyle işler, diye düşündü Doppler. Kumanda edilemez. Öylecene başını alıp gider. İnsan bunun zamanla geçeceğini ummak zorunda.

9 *"Yerel Demokrasinin Keşfi: Brezilya'daki Temel Politikalar".*

Doppler geceleri daha sık uyuyamamaya başladı. Evin içinde dolanıp duruyordu. Sağa sola, aşağı yukarı. Gözlemleyen, önyargılı tavşan bakışlarına maruz kalmamak için bodrum katından uzak duruyordu. Bir çember içinde dolanmanın keyifli olduğunu keşfetti. Örneğin, mutfaktan başlayıp ilkin, birinci oturma odasından, sonra da ikincisinden geçip girişe, oradan da yeniden mutfağa geldiğinde çember tamamlanmış oluyordu. Dön baba dönelim. Bir zamanlar eve taşınmasına yardımcı olduğu objelerin, eşyaların, nesnelerin önünden geçiyordu. Raflar. Bunların bazılarını kendi yapmıştı. Duvarlardaki resimlerin, divanın ve Solveig'in yarı fiyatına aldığı ancak yine de çok pahalı olduğundan, kimselere ne kadara mal olduğunu söyleyemedikleri iyi ve pahalı Danimarka tasarımı koltuğun önünden geçti. Üzerine sıvı bir şey dökülürse bozulan güzel yemek masasının önünden geçti. Birileri, yüzeyine sıvı dökülmemesi gereken bir mobilya yapıyor, birileri de bunun iyi bir fikir olduğunu düşünüp onu satın alıyor. Hem Doppler hem de çocuklar sıvı madde yasağına uzun zaman önce boyun eğmişlerdi. Bu, pek de pratik bir iş değildi, çünkü bardağın üzerinde durması gereken bardak altlığını kullanmayı unutmak çok kolaydı. Çoğu zaman, mutfağa birkaç kez gidip gelmek gerekiyordu, sonunda bardağı yere bırakıveriyorlardı, bu da çocuklar yerlerinden fırlayınca bardakların devrilmesine yol açıyordu. Eee n'apalım, diye düşündü Doppler. İnsan buna da alışıyor, aslına bakarsak yaşamımızın bütünü pek pratik değil. Önünden geçtiği duvarlarda yaylı çalgılar asılıydı. Çocuklardan en az birinin müzik yeteneğine sahip olacağını ummuşlardı. En azından iyi bir kulağa sahip olacaklarını. Bundan iyisi can sağlığıydı. Ama Doppler/Rohde-çocuklarında iyi bir kulak yoktu, hiç kulak yoktu, Gregus biraz çalmıştı ama çalgılar çoğunlukla hiç ellenmeden duvarda asılı kalmışlardı; bir mücevher, ne tür bir ailenin arzulandığına dair bir işaret gibi. Neşe, şarkı, müzik, çat kapı gelen misafirler.

Raflarda kitaplar var. İrili ufaklı yüzlerce kitap. Üst kattaki rafları da katarsak sayıları muhtemelen binin üzerindeydi. Belki de iki bin. Solveig kitap okurdu. Doppler okula gittiğinde kitap okuyordu, aslında genellikle ders kitaplarıydı bunlar, ancak işi büyütüp roman okumaya kalkıştığı da olmuştu, özellikle Solveig ile tanıştığında. Solveig, romanlardan konuşmak istiyordu hep ve Doppler onun başkalarıyla değil, yalnızca kendisiyle konuşmasını istiyordu, o yüzden birkaç yıl komidinin üzerinde kitaplar oldu. Solveig'i tavladığını anlar anlamaz kitap okumayı kesti. Birilerinin uydurduğu şeyleri okumaya harcayacak vakti olmadığını düşünüyordu. Haklıydı da. Zaman eskisinden daha hızlı geçiyordu. Bunu daha evvel, zaman daha da hızla, sürekli hızlanarak geçmeye başlamadan önce fark etmemişti, tık nefes olmuştu. Böyle sürüp gitmişti bu; Doppler kendini birden çalıların içinde, bisikletin altında yatarken bulana dek.

Ormanda kitap yoktur. Orman kitaba rutubet yapar. Kâğıt rutubete gelmez, erir, sayfalar dağılır. Evde imal edilmiş rafların üzerinde ise gayet iyi duruyorlar ve kimse onları okumasa da iyi durmaya devam edecekler. Miras paylaşımına kadar o halde kalmaya devam edecekler. O zaman belki bir miktar yer değiştirirler.

İlk kattaki çember turunda Doppler, Hamsun'un tüm eserlerinin önünden yaklaşık dakikada bir kez geçiyordu. Kitaplar göz hizasında duruyorlardı. Kitapların önünden on yirmi kez geçti. Önlerinden otuz altı kez geçmişti ki onları fark edip durdu. Hamsun, seni yaşlı ahmak, diye düşündü Doppler. Yaşamının sonunda iyice ahmaklık etmişti. Ama yazmasına yazıyordu doğrusu. Hakkını vermemiz lazım, kimin ölümünün ardından ne yazmış olursa olsun. Doppler lisedeyken Hamsun'un birkaç erken dönem romanını okumuştu. İnsanları sevme duygusunu hatırladı. Sırtları aynı, yan yana dizili ciltlerden bir roman çekip çıkardı. Kitabı karıştırdı. Ortalık karanlıktı. Bir iki sözcüğü seçebildi. *Posta gemisi. Edvarda. Hiçbir yer. Kalbim çarptı*. Allah kahretsin!

Kurguya zaman ayırabilecek kadar akıllı olabildiği için pişmanlık duydu. Romanlar hamileler ve gerzekler içindir, diye düşündü. Ama kitaplar raflarda öylece, sadık bir biçimde gece gündüz bekliyorlardı, ölünceye kadar sahibinin mezarını terk etmeyen köpek gibi. Kitaplar evdeki tüm diğer ev eşyalarıyla birlikte duruyorlardı ama yine de bardak gibi, Danimarka koltuğu gibi ya da sıvı maddelerin bozduğu masa gibi eşyadan sayılmazlardı. Kitaplar başka yönlere işaret ediyorlardı, odada ve evde bulunmayan, aileye ait olmayan şeylere; Doppler'in anlamadığı şeylere. Bu fazla oluyordu, çok fazla; neredeyse her şeye değinmek utanç vericiydi. Etrafta bir zamanlar çok iyi bildiği başka kitaplar da gördü. *Büyük Norveç Ansiklopedisi*'nin tüm sayıları yan yana dizili duruyordu, ek cilt olan *Görsel Sözlük* ve 2000 yılının yıllığıyla birlikte. 2006'dan kalan ek cilt, Egil Hegel rejimi sırasında eve girmiş olmalı, diye düşündü Doppler. *Avrupa'nın Kuşları* da oradaydı. Çocuk sahibi olmak üzerine neredeyse altmış santimetre yer tutan kitaplar. Çocuk yapmak, çocuk beklemek, doğum, çocuk bakımı, bebekleri gece emzirmeyi bırakma, aşılar, aşılar neden önemlidir; ayyy, o tartışmaları hatırladı. Aşı yapılsın mı yapılmasın mı tartışmaları hummalı bir biçimde, haftalarca sürmüştü. Çoğunluğun çocuklarına gerekli aşıları yaptırdığını öne süren tıbbi toplum projesine sadık kalmamanın olası tehlikeleri geldi aklına Doppler'in.

Çocuk sahibi olan herkes, onlardan önce kimse çocuk sahibi olmamış gibi davranıyor, diye düşündü Doppler. Her seferinde bir ilk yaşanıyor.

Doğal doğum ve yardımla yapılan doğum üzerine bir kitap duruyordu rafta. Çocuk yemekleri, çocuk hastalıkları, çocuk psikolojisi, çocuklara ilkyardım, çocuklarla seyahat, çocuklarla yapılacak aydınlatıcı şeyler, uydurabileceğiniz, yapabileceğiniz şeyler, barok stil, zencefilli kekten ev şablonu, çocuk sahibi olduğunuzda kendinize zaman ayırabilmek konulu kitaplar. Bunların altında iki raf da çocuk kitabı vardı; çocuklar hakkında değil de çeşitli yaşlardaki çocuklar için kitaplar. Sabah akşam deliler gibi kitap okudukları dönemi hatırladı; ince, az metinli ve sevimli çizimleri olan yığınla küçük kitap, hepsi de istisnasız artık yatma vakti geldi diye bitiyordu. Gözü yatakta esneyen çocuklar. Nora da, Gregus da bu numarayı hep yiyorlardı diye hatırladı Doppler. Kitaptaki karakterler yatacağı için onların da yatması doğaldı. Çok zekice düşünülmüş bir sistemdi bu. Bazı akıllı çocuk kitabı yazarları çok önceleri bu konu üzerine kafa patlatmış ve bir ekol oluşturmuşlardı. Birileri çıkıp artık yatma vakti geldi diye bitmeyen küçük çocuk kitapları yazmaya kalkışsa, yayınevleri onları muhtemelen gözünün yaşına bakmadan reddeder. Standart bir ret mektubu alırlar garanti: *Kitabınızın ana karakterinin hikâyenin sonuna doğru yatıp uyuduğunu göremediğimizden, kitabın basımını profilimize uygun bulmuyoruz.*

Solveig'in *Norveç Hukuku* nüshası orada duruyordu. Hâlâ ağırdı ve her zamanki gibi kırmızıydı. Kitabın özelliği, yanlış taraftan ciltlenmiş olmasıydı, yani kitabı açtığınızda en son sayfa ters çevrilmiş olarak karşınıza çıkıyordu. Solveig bunu keşfettiğinde, ilkin kitabı değiştirmeye niyetlenmişti ama Doppler onu vazgeçirdi. Bu kitabı bir parça değişik bir çocuk olarak görmelisin, demişti; normal çocuklardan daha çok sevgiye ve istikrara ihtiyacı olan bir çocuk. Yıllar geçtikçe Solveig kitabı sevdi. Doppler de. Doppler kitabı, Solveig gibi işte ve okulda kullanmıyordu ama karıştırmayı seviyordu. Çünkü kitap, Norveç ve Norveç yaşamının birçok yönü hakkında fikir beyan ediyordu. Zengin bir kitaptı. Kitabı divana götürdü. Işığı açıp sayfaları çevirdi ve köpek yasasını buldu. *Sivil toplum, hem bireyler hem de kurumlar olarak mevzuat çerçevesinde, her köpek sahibinin memnun kalacağı, pozitif ve toplumsal yarar gözeten köpek bakımını kolaylaştırma ve uygulama sorumluluğunu taşımaktadır.* Doppler birilerinin bunu akıl edip bu konuya çeki düzen vermesinden hoşlandı. Bir köpek sadece ortalıkta koşup köpeklik eden bir hayvan değildi, yaşayan bir varlıktı; dolayısıyla bu mesele pozitif ve toplumsal yarar gözetecek şekilde düzenlenmeliydi. Örneğin köpekler, binaların kapısında bağlı olarak terk edilmemeliydiler. Binlerce köpek bunu yaşayıp üzülmüştü; neler olup bittiğini anlamıyorlardı, sahiplerinin geri gelip gelmeyeceğini bilmiyorlardı; köpekler çocuklar gibidir, hiçbir şey bilmezler. Ama devlet bilir. O yüzden sonunda duruma el koydu. Böyle talihsiz durumlar uzayıp giderse sonunda bir yasa çıkar. Balıkçıların tatilleriyle ilgili yasada şöyle diyordu: *Balıkçı, 16 Mayıs ve 30 Eylül tarihleri arasında kesintisiz 12 günlük tatil hakkına sahiptir, bu zaman diliminin dışında tatil yapmasını gerektirecek işletmeyle ilgili bir neden söz konusu değilse.* Devlet balıkçıların yaşam koşullarının pek de şahane olmadığını keşfetmiş. Kaptanlar belli ki balıkçıları yıllar boyu zapturapt altına almışlar. Balıkçılar yaz aylarında aileleriyle tatil yapamıyorlarmış; eh bu da tabii ki hem balıkçıları hem de ailelerini yıpratmış. Boş zamanlarını belirleyebilme olanağından yoksun bırakılmak sürekli bir hak ihlali olarak görülmüş ve 1970'lerin başında devlet duruma müdahale etmiş. *Norveç Hukuku* güzel bir destan, diye düşündü Doppler ve oturup kitabı karıştırmaya başladı. Kaderlerin üstü örtülmeye çalışılsa da onlar kendilerini belli ediyor, yaşamlar ortaya dökülüyor. Zorluklar çekilmiş. Norveç zorluklar çekmiş, hem de çok. Kitap kucağında, koltukta oturup kalıyor. Televizyonu mu açsa? Parmakları, suyun bozduğu masanın kenarında duran uzaktan kumandaya uzanıyor. Hayır. Aklına bir şeyin geldiğini hissediyor, kafasında bir fikir oluşmak üzere ama bunu tam yakalayamıyor. Birisi iş bulmak zorundaysa ama bunu yapmak istemiyorsa ve bu isteksizliğin nedenini de tam olarak bilemiyorsa bir yasa konulmalı, diye düşünüyor. Mesela insan dünyadaki yerinden emin değilse, kaybolmuşsa, yaşamın ve toplumun yapılarına akıl erdiremiyorsa bir yasa konulmalı. Yalan söylemek serbest olmalı mesela. *Yaşamın anlamı yitirildiğinde, acil yalan yasası.* Bu yasa çıkar yakında, diye düşünüyor Doppler. Yasa garanti çıkacak ama muhtemelen onun bundan faydalanması için çok geç olacak. Ne olursa olsun, Doppler'in mavi evdeki durumu şu sıralar o kadar çarpık ki, artık gerçeğe başvurmak imkânsız. Her şeyin bir zamanı varmış. Ormana kaçma zamanı ve geri dönme zamanı. Gerçeğin zamanı ve yalanın zamanı. Yalan kıymeti bilinmemiş bir kaynak, diye düşünüyor Doppler gidip yatmak için merdivenleri çıkarken.

Doppler bir gün aniden, neredeyse mucizevi bir şekilde, eski işine yeniden başladı. Cesaretini toplayıp patronunun kapısını çaldı ve patron onu gördüğüne acayip sevindi. Kollarını açıp ona yaklaştı. Doppler, Doppler... Seni tuhaf adam seni. Sonunda bize geri döndün mü? Tecrübene çok ihtiyaç var. Şükür ki geldin.

Doppler olayı böyle aktarıyor ve ailenin mutlu olduğunu görüyor.

İnsan yalanın ayrıntılarını iyice bir gözden geçirdiğinde, yalan söylemek hiç zor değil. Bize yalanın aptalca ve tehlikeli olduğu, kesinlikle doğru bir şey olmadığı öğretiliyor. Ancak yalan bir dizi sorunu halledebilir. Doppler bunu fark etti. Bunu aklının bir köşesine not etti. Daha fazla televizyon seyretme kararının yakınında bir yere.

Doppler, bu güzel haberi kutlamak için *Çeşnili Sosis Yemekleri* bölümündeki tüm yemek tarifi kartlarını karıştırdı ve üç numaralı kartta karar kıldı: *Üzeri Sosisli Erişte Fantezisi.* Ne yazık ki pek lezzetli bir şey olmadı. Fotoğraftan anlamalıydım, diye düşündü sonradan. Yemek karman çorman gözüküyordu. Küçük küçük parmak sosisler üzerine maydanoz serpilmiş sebzelerle karıştırılmış, kalın dilimli erişteler in tepesine garnitür olarak yayılmıştı. Fotoğrafa uzaktan bakıldığında yemek, insanın gözüne batan bir sarılıktaydı. Berbat bir yemek gibi görünüyordu aslında. 1970'lerin bayağı, solgun renkleri de görüntüye tuz biber ekiyordu ama Doppler, kıvırmak için uzun süre çalıştığı yalandan dolayı o kadar coşmuştu ki, durumun farkına bile varamadı. Artık sadece evi toplamakla uğraşamazdı, bunu biliyordu. O tren çoktan kaçmıştı. Çocuklar okuldan eve geldiğinde onları karşılaması hoş bir şeydi tabii ama bu aynı zamanda onları içsel bir kaosa sürüklüyordu. Anne babalarının işe gittiğini söyleyebilmenin çocukların hakkı olduğunu bir yerlerde okumuştu ne yazık ki. Çocuklar sürekli inandırıcı cevaplar bulmak zorunda kaldıklarında strese giriyorlardı. Ebeveynlerinden birinin, bir geyikle birlikte ormanda bir çadırda yaşadığını söylemek istemiyorlardı. Söz konusu kişinin evde oturup çamaşır katladığını da söylemek istemiyorlardı. Bu eskiden yeterliydi ama artık değil. Ebeveynlerden birinin hapiste olduğunu söylemek kadar küçük düşürücüydü bu. Çocukların bu tip şeylere gıcığı var. Ailelerinin diğer aileler gibi olmasını istiyorlar. Diğerlerinden daha iyi olmak gerekli değil, ancak diğerleriyle mümkün mertebe aynı olmak önemli. Bu, Doppler'in kafasına iyice dank etti. O yüzden *Üzeri Sosisli Erişte Fantezisi*'ni tantanalı bir kutlama olsun diye yapmıştı. Patronunun onu nasıl büyük bir keyifle kollarını açarak karşıladığını, eski ve yeni çalışanlara merhaba demek için nasıl ofiste el ele tur attıklarını ballandıra ballandıra anlattı. Yemek servisini yaparken, arşiv bölümünden bir kadının onu görünce gözyaşlarına hâkim olamadığını da anlattı. Geri dönmem çok dokundu kadıncağıza. Duygularını dizginleyemedi.

Beni gerçekten özlemişler, kimin aklına gelirdi? Beni yahu. Becerilerimi özlemişler. Benim yaptıklarımı becerebileni bulmak belli ki zor olmuş. Evet, gözümün önüne getirebiliyorum, dedi Solveig, çocuklar onlara bakarken Doppler'e sarılıp kocaman bir öpücük verdi ona. Çocuklar anne babalarının azıcık sarılıp öpüşmesinden hoşlanır. Bu, fırtınaları devrilmeden atlatsın diye tekneye safra koymaya benzer. Ayrıca ayda 73.500 kron alacağım, dedi Doppler gururla. Gerçek olmasa da bunu söylemenin hoşuna gittiğini fark etti. Solveig ona sımsıcak bir bakış fırlattı. Para işte. Paranın tuhaf bir yanı var, diye düşündü Doppler. Biliyor musun, dedi Solveig, sen buna değersin. Tabii ki değerim, dedi Doppler. Ne zaman başlıyorsun? Yarın başlıyorum. Çocuklara bir şey diyecekmiş gibi kollarını iki yana açtı: Bakın, gördünüz mü, birazcık girişken olduğunuzda her şey yoluna giriyor. Bu iyi haber talihsiz sosis yemeğini unutturdu. Sanki o yemek hiç yapılmamıştı. Baba işine geri dönmüştü. Birkaç yıldır bazı şeyler biraz tuhaf gidiyordu. Ailenin üstüne karanlık çökmüştü. Aile tökezlemiş, kim olduğunu bilemez olmuştu. Ama şimdi Doppler geri gelmiş, ışıl ışıl parlayan bir mum yakmıştı. Aile bir çember olmuştu; mutlu ve huzurluydular. Narin narin titreşen ışığa bakıp birbirlerinin ellerine sıkı sıkı sarılmışlardı, o sırada erişte fantezisi soğumaktaydı.

Doppler'in çok hoşnut kaldığı yalanı, bir süre sonra hesaba katılmadık sonuçlar doğuran, elinde patlayan bir cephaneliğe dönüştü. Mesela artık gündüzleri evde kalamıyordu. Evden çıkması gerekiyordu. Solveig'e, esnek çalışma saatlerini biraz daha esnetme pazarlığı yaptığını anlattı ama yine de sabit çalışma saatlerine bir güzel uymak zorundaydı, diğer çalışanlar gibi. O yüzden beslenme çantasını hazırlayıp evden çıktı. Nereye gidecekti? Kendi semti söz konusu olamazdı. Etrafta tanıdıklar olabilirdi; çocukların sınıfından velileri ya da bir mal teslimini beklemek, bahçedeki kuru yaprakları toplamak ya da tesisatçıları karşılamak gibi sebeplerden dolayı evde kalan, bir zamanlar selamı sabahı olduğu kişileri görebilirdi. Bunlardan bazıları onu birkaç defa görecek olursa ve buna devam ederse ayvayı yiyeceğini adı gibi biliyordu. Dedikodu başlardı, birileri çıkıp er geç ayaküstü bunu Solveig'e yetiştirirdi, bu da sorun olurdu. Doppler bu fikirden hiç hoşlanmadı. Şimdilerde millet her şeyi sorup didikler olmuş, diye düşündü.

İlk günler şehirde dolanıp durdu ama bu onu hasta etti. Herkes. Ve onların işi gücü. Bunların faydası neydi ki? Şehrin merkezinde huzur bulamadı. Yanından tramvay geçtiğinde ödü patlıyordu. Sonunda Devlet Hastanesi'nin arkasındaki patikalara attı kendini, köpek sahiplerinin son yüzyılda vazifeşinas bir şekilde taban teptikleri dolambaçlı yollara rastgele daldı. Eskiden Bongo'nun çocukluğunda bir süre kaldığı yer olan tepeyi biliyordu ancak şimdi mıntıkasını genişletmişti ve ormanlık arazinin iyice içine daldı, isimlerini bile hayal meyal hatırladığı yerlere. Kar yağdığında ayağına kayaklarını geçirdi ve mıntıkanın çapını iyice genişletti. Dağ kulübelerindeki görevliler onu hatırladı; ormandaki travers[10] bölgesinde vakit geçirenlerin sayısı Doppler'le artış kaydettiği için keyiflendiler. Ormanın, hiç de öyle insanları inandırmaya çalıştıkları gibi binlerce Osloluyla dolup taşmadığını keşfetti Doppler, aslında bir avuç insan vardı her allahın günü oraya gelen. Yaşamı çeşitli biçimlerde tıkanmış insanlardı bunlar; köşeye sıkışmışlardı, birilerini terk etmişlerdi, bir kız kardeş ya da bir kız çocuğuyla kavgalıydılar, tükenmişlerdi, ölümcül bir hastalık geçirmiş ya da emekli olmuşlardı ve fazlasıyla boş vakitleri vardı.

Doppler, iki dünyanın da en iyi yanlarına sahip olduğunu düşündü. Bütün gün dışarıdaydı ve akşamları da sıcacık insanların, yumuşacık bir yatağın olduğu mavi eve dönebiliyordu. Bedenen yoruluyordu; bu duyguyu, eskiden işten döndüğünde hissettiği duyguyla karıştırdığı oluyordu. Önemli ve makul işler kotarmış da divanda ense yapmayı hak ediyormuş gibi.

Esnek çalışma saatlerinin cömertliği sayesinde Bjørnstjerne'yi sık sık yuvadan almaya, onunla yerlerde yuvarlanıp lego yapmaya, Gregus'un Portekizce fiillerini dinlemeye ve hatta Solveig kapıdan girmeden akşam yemeğini masada hazır etmeye yetişebiliyordu. Fiiller özneyle uyumlu çekildiğinden, yerin dibine batasıca Portekizce fiil gövdesinin ellinin üzerinde takı alabildiğini keşfetti Doppler. Gregus'un Brezilya'nın yerel politikalarına olan patolojik ilgisinin, mücadele edilmesi gereken bir çıkmaz yol olduğuna iyice ikna oldu.

---

10 Verilen koordinatları harita üzerinde bulup, pusulayla yola devam edip istenilen noktalara ulaşma eylemi (ç. n.).

Bu yüzden uzun bir süre Gregus'un kafasını karıştırmak için takıları değiştirmeye uğraştı. Gregus durumu fark edip olaya el koydu. Bu olaydan sonra, Doppler'in Gregus'a yardım etmesi yasaklandı.

Doppler, bir çekmecede Egil Hegel'in eski nabız ölçerini bulup üstüne kondu. Buna göre Doppler, haftada ortalama on sekiz mil yürüyor, bisiklete biniyor ya da kayak kayıyordu. Hakikaten iyi görünüyordu. İyi bir hayat yaşıyorum neticede, diye düşündü; özellikle de bu şekilde yaşamanın para kazandırmadığına dair tatsız gerçeği aklına getirmediği sürece. Bu, keyfini çok kaçırmıyordu. Neyse ki esnek bir düşünceydi bu, üzerinde durmayınca epey bir süre görmezden gelebiliyordunuz. Ama her zaman değil. Solveig birkaç ay sonra durumu anladı. Olacağı buydu zaten. İlkin, gayet dikkatli bir şekilde, birkaç faturayı sen ödeyebilir misin acaba, diye sordu. Doppler tabii ki, dedi ancak ödeme durumu olmadığından faturaları bir kenara koydu ve onları unutuverdi. Ama faturalar geri gelirler. Hiç mi hiç alınmazlar, geri adım atmazlar. Tekrar tekrar geri gelirler; daha güçlü bir biçimde, söylediğinizi bile hatırlamadığınız bir şey yüzünden özür dilemenizi bekleyen bir ahbap gibi. Sonunda Doppler faturaları ödemediğini itiraf etmek zorunda kaldı. Ama neden ödemedin? Canım istemedi. Canın mı istemedi? Evet. Peki, niye canın istemedi? Paranın ve tüketimin yaşamlarımızı bu kadar idare altına almasına karşı çıkıyorum. Özgür olmalıyız Solveig, nefes almaya ihtiyacımız var. Peletin ücretinin yaşamımızı yönlendirmesine izin vermemeliyiz. Solveig, Doppler'e baktı, ona nasıl haddini bildireceğinden emin değildi. İç çekti, bırkaç kez ağzını açtı ama tekrar kapadı. Bir başlarsa ipin ucunu kaçıracağını anladı. Görmemezlikten geldi, faturaları ödeyip birkaç ay daha meseleyi oluruna bıraktı. Bir cumartesi gecesi, iki kadeh şaraptan ve yaşlıca bir grup ikinci sınıf şöhretin diğer bir grup yaşlıca ikinci sınıf şöhrete karşı, kimsenin umrunda olmadığı bir şey için şen şakrak yarıştığı keyifli bir televizyon programından sonra, Doppler'e dönüp sorusunu sormadan önce beyaz puantiyeli küçük battaniyeyi katladı ve divanın sırtına koydu: Senin işin falan yok, değil mi?

Bunu sorman çok ilginç, dedi Doppler, ben de tam oturmuş aynı şeyi düşünüyordum.

Yani işin falan yok, öyle mi?

Hayır. İşim yok. Özür dileyecek biri varsa o da benim.

Eski işine yeniden alındığını öylesine mi uydurdun?

Evet. Öyle oldu.

Solveig bir müddet durup ona baktı, sonra başını sallayıp Doppler'in saçlarını karıştırdı, salondan çıkıp geceyi sonlandırmak için merdivenlere yönelmeden önce. Doppler televizyonu açıp bir müddet daha oturdu. Solveig, diye düşündü. İyi ki onunlayım. O iyi biri.

Televizyon Önünde Geçen Aylar

Solveig, Doppler'in neler hissettiğini anlamaya çalıştı gerçekten. *Kocalar* hakkında gazete yazıları okudu; durumun her zaman kolay olmadığını anladı. İş arkadaşlarıyla konuştu, erkekler üzerine yapılmış araştırmaları inceledi, ona yardım etmeye çalıştı. Doppler'i bir iş arama kursuna gönderdi. Doppler iş aramanın, çoğu kişi için zorlu olduğu kadar, heyecanlı da bir uğraş olduğunu öğrendi. CV lafının Latince'den geldiğini ve *yaşamın döngüsü* demek olduğunu, güncellenmiş ve anlaşılır bir CV'nin iş arayışında en önemli şey olduğunu, işverenlerin CV'lerdeki boşluklardan hiç hoşlanmadıkları bilgisini aldı. Kurs hocası Doppler'in yaşam döngüsünün iyi gözüktüğü kanısındaydı: Uzun bir eğitim ve pek çok sorumluluğu olan üst seviyede bir iş tecrübesi. Hatta kadın bir hayli etkilenmiş görünüyordu; Doppler'in bu kursa neden başvurduğunu anlamamıştı doğrusu. Sadece bir şey var, dedi Doppler'in kariyerinin birkaç yıl önce kesintiye uğradığını fark ettiğinde; bu arada olanlar bir parça kötü bir intiba bırakıyor. Boşluk, diye cevapladı Doppler. Kurs hocası, korkudan titreyerek eliyle ağzını kapattı. Boşluk mu? Doppler utanç içinde başını salladı. CV'nde boşluk mu var, diye tekrar etti hoca kendi kendine, başını sallayarak. Bir yandan da Doppler'in az önce iş arama merkezinin yazıcısından çıkardığı CV'sine bakıyordu. O boşlukta ne yapıyordun? Doppler içini çekti. Mümkünse bu konuda konuşmak istemiyorum, dedi. Ama konuşmak zorundaysan? O zaman ormanda yaşadığımı söylerim. Aaaa, ne kadar ilginç, dedi kadın. Pek çok işveren yaşamında değişik yollar deneyen çalışanları sever. Bu bir beceri olabilir. Olabilir mi? Evet, kesinlikle. Kurs hocası bir sandalye çekip Doppler'in yanına oturdu. Meselenin derinine inmek istiyordu belli ki. Ormanda ne yaptın peki? Orada yaşadım sadece, geyiğimle birlikte. Biraz da değişik ormanlarda dolaştım. *Değişik ormanlar.* Doppler kadının bunu bir kâğıt parçasına not ettiğini gördü. Herhangi bir gelirin var mıydı? Doppler başını salladı; hiçbir geliri yoktu. Kadının bir müddet daha olumlu davranmaya karar verdiğini fark etti; *hiçbir geliri yok,* diye not alıyordu. Kadın, Doppler'i biraz daha konuşturmak için başını kaldırıp baktı. Doppler, bir gün ormanda bisikletten düşüp yerde öylece kalakaldığını, hâlâ nedenini tam olarak bilemese de o an işten ayrılmaya, ailesinin yanından taşınmaya karar verdiğini anlattı. *Düşmüş, taşınmış*, diye not aldı kurs hocası. Öyle yapmıştı Doppler; aynı gün işi bırakmakla kalmamış, bir de bunu saygısızca yapmıştı, çekip gitmişti, hiçbir şeyi takmamıştı. Patronu ya da iş arkadaşları bir kere olsun aklına gelmemişti. Kurs hocası ona şefkatle baktı. Hayretler içerisinde kalmasına rağmen, karşısındaki adamın dürüstlüğüne diyeceği yoktu sanki. Her gün hem kendisi hem de başkaları hakkında yeni bir şeyler öğreneceğine inanan güruhtandı belli ki.

Böylelikle Bongo'yla karşılaştım, diye devam etti Doppler. O iyi bir geyik, en iyilerinden olduğuna hiç şüphe yok. Her şeyi konuşabiliyoruz onunla ya da birlikte sessizce oturuyoruz. Sizin hayatınızda böyle biri var mı, diye sordu kadına. Bu sohbetin not alınması gerekenlerden biri olmadığını anlayan kadın kalemi kâğıdın üzerine bıraktı. Başını kederli bir biçimde salladı. Hayır, diye cevap verdi, şimdilik yok. Benim de yok, diye cevapladı Doppler. Bir müddet hiçbir şey söylemeden öylece oturdular. Sonra Doppler şöyle dedi: Her şeyin düzenleniş biçiminde bir şey söz konusu. Kadın, ne demek istediğini anlamamış olmasına rağmen başını salladı. Bu ona yaşamın öğrettiği bir sohbet tekniğiydi. Bu yanlış, diye devam etti Doppler. Bizim iş yapma tarzımız yanlış. Hangi açıdan, diye sordu kurs hocası. Her açıdan, dedi Doppler. En temel açılardan yanlış. Hoca başını salladı. Yanlışsam düzelt ama aslında iş bulmaya niyetin yok, değil mi? Doppler cevap vermedi. Buraya kendi kararınla mı geldin, yoksa başka biri mi seni itekledi? Doppler biraz düşündü, sonra, birisi gelmemi istedi, dedi. Anlıyorum, dedi hoca. Ancak sen de biliyorsun, işverenler bu türden sinyalleri hemen alırlar, bunu hissederler. Doppler başını salladı. İşverenler o kadar toy değil. Evet, dedi Doppler. İşverenler tereddütün kokusunu alırlar. Tıpkı hayvanların senin korktuğunu anlamaları gibi. O zaman işverenler birazcık hayvan olmuyor mu? Evet, belki birazcık. Onlar seni bir bakışta şıp diye anlayan hisli yaratıklardır. Ne zayıflıkların ne de yeteneklerin üstü örtülebilir. Buna karşılık, bir de kalplerini kazanmaya görün, işte o zaman senin için yapamayacakları şey yoktur. Doppler tekrar başını salladı. Öffff. Kimsenin onu bir bakışta şıp diye anlamasını istemiyordu. Hazır olduğunda geri gel, dedi kurs hocası ve dikkatli bir şekilde koluna dokundu, baş belası bir öğrenciyle sonunda zor ancak gerekli olan o konuşmayı yapmış bir öğretmen gibi. Böyle diyelim mi? Evet, dedi Doppler. Böyle diyelim.

Doppler, kurs hocası, iş hayatına dönmek için hazır olmadığımı söyledi, dedi Solveig'e. Kadın Doppler'e, iş hayatına adım adım yaklaşması gerektiğini söylemiş. Bu durum zaman alacaksa alsınmış. Solveig'in tecrübelerine göre, kurs hocaları neden söz ettiklerini biliyorlardı, onlara saygısı vardı. Bu yüzden Doppler'i rahat bıraktı. Bu da Doppler'in işine geldi. Küçücük dünyasına çekilebilirdi artık. Hormonlar ve güdüler almış başını gidiyordu. Solveig, Doppler'in davranış ve tavırlarından hoşnutsuzluğunu azıcık belirtmeye görsün, Doppler hemen ters ters ve küstahça cevaplar veriyordu, nedenini bilemeden. Sanki yeniden on beş yaşındaydı, iyisiyle kötüsüyle. Dünyaya kendini açacak hali yoktu doğrusu; o yüzden yıllar önce Budapeşte'den aldığı tavşan kürkünden beresini bulup çıkardı. Budapeşte'ye Paskalya tatiline gitmişlerdi, Solveig ve o, çocuk yapmadan önce. İyi bir bereydi. Kocaman ve sıcak, büyük kulaklıkları vardı. Kulaklıkları çenesinin altında bağlama alışkanlığı edinmişti, böylelikle çevresindeki pek çok sese kulağını tıkıyordu. Zaman zaman Solveig ve çocuklardan az önce söylediklerini tekrarlamalarını istemek zorunda kalıyordu ki, bu da sonunda, çok gerekli olmadıkça onunla konuşmaktan kaçınmalarına neden oldu. Her iki tarafın da işine geliyordu bu. Doppler'in başı ısınıyordu ve tabii ki birazcık da tavşanlar aklına geliyordu. Çok yumuşak ve güzeller. Ne hoş bir hayat. Tavşanların çalışmaları da gerekmiyordu. Arada sırada tavşanları yiyen birileri çıkıyordu ama o ana kadar tavşan olmanın kötü bir yanı yoktu. Bazen bodruma inip kafasını öne doğru uzatıyordu ki tavşan Doppler'in başını görsün. Tavşana ders olsun, aklını başına toplasın diye. Bir yamuğunu göreyim, bere oldun gitti.

Doppler gençken Norveç'te sadece bir televizyon kanalı vardı. Okuldan eve geldiğinde, eski günlerdeki adıyla, bazen okul televizyonu olurdu. Programlar, daha az imkânları olan ülkelerdeki çocuklar hakkındaydı hep. Bu çocuklar okula gitmeden önce uzaklardan evlerine su getirmek zorundaydılar, gidecek bir okulları varsa tabii. Birkaç yıldır Doppler'in televizyon seyretme olanağı yoktu. Ama şimdi fırsat eline geçmişken, yüzlerce televizyon kanalı olduğunu keşfettiği için sevinçliydi. Çoğu kelimenin tam anlamıyla bütün gün yayın yapıyordu. 1970'lerden bu yana televizyon alanında işler acayip gelişmişti.

Doppler'e göre durum bundan ibaretti.

Görüntü ve ses kalitesinin harika olduğunu düşünüyordu. Görünüşe bakılırsa, insanlar durmaksızın ortalıkta koşuşturup aklınıza gelebilecek her durumda hayvanları ve insanları filme çekiyorlar, diye düşündü Doppler; yolları, çölleri ve cangılları filme çekiyorlar, insanlar ve milletler arasındaki ilişkileri – ki bu çoğunlukla savaş biçiminde oluyordu, hayvanlarla insanlar, hayvanlarla başka hayvanlar arasındaki ilişkileri filme çekiyorlar ve tabii ki hayvanlar, insanlar ve yeryüzü arasındaki karmaşık oyunu da. İklim değişikliklerinin televizyon branşı için tanrının bir lütfu olduğunu anladı Doppler. Kaybolup gidecek olanların filmini çekmeyeni dövüyorlardı. Buzulların, Bongladeş'teki sahil bölgelerinin, arıların, yağmur ormanlarının, hem suda hem karada yaşayan hayvanların, kaplumbağaların, özellikle de kutup ayılarının filmlerini çekiyorlardı: Bu hayvanların yavrulu, yavrusuz, buzun üstünde, buzun altında, buzun yanında, buz ararken filme çekildiğini fark etti Doppler. Irkının mütevazı sayısına oranla oldukça abartılı temsil ediliyordu kutup ayıları. Kameralı pek çok kişinin, bu yaratıkların ve doğa görünümlerinin kendi bütünlükleri içerisinde alelacele filme çekilmeleri gerektiğini iliklerinde kemiklerinde hissettiklerini anladı, çünkü bütün bunlar yakında ortadan kaybolacaktı; çocuklar dünyanın bir zamanlar nasıl bir yer olduğunu bilmek isteyeceklerdi.

Nora, malum elma mecazından sonra Doppler'den uzak duruyordu. Merdivenlerde karşılaşacak olurlarsa, başını kaldırıp bakmadan kısaca elma olmadığını söylüyordu. Sonraları yalnızca başını sallamakla yetindi, ancak Doppler başını sallayıp elma, dedi. Bu uzlaşmaz elma çelişkisi, Solveig Doppler'e Nora'nın anlattıklarının doğru olup olmadığını sorana kadar devam etti. Nora'ya bir elma olduğunu mu söyledin gerçekten, diye sordu Solveig. Doppler soruyu anlayamadığını belirtmek için tavşan beresine işaret etti, keşke bir kere daha sormasaydı. Solveig soruyu bu kez yüksek sesle tekrarladı. Doppler cevap vermek zorunda kaldı. Başını salladı. Evet, öyle dedim. Bunu söylemeyi keser misin?

Kesmek istemiyorum çünkü o aslında bir elma. Ve sen de öylesin.

En azından ben elma değilim.

Evet, öylesin.

Hayır, değilim.

Evet.

Lütfen şunu söylemeyi keser misin?

Ne diye kesecekmişim ki?

Benim duygularıma önem verdiğini göstermek için.

Doppler bunu düşündü. Önem vermek iyidir. Bunu okula gittiği günlerden hatırlıyordu. İyi bir argümandı.

Tamam o zaman, dedi, senin için bu kadar önemliyse.

Teşekkürler.

Solveig ve çocuklar sabahları evden çıkar çıkmaz, Doppler uzaktan kumandayı eline alıp divana uzanıveriyordu. Tavşan beresini biraz gevşetiyordu ki televizyonun sesi hiçbir engelle karşılaşmadan kulak kanallarına süzülüversin. Televizyon seyretmeye hayvanlarla ilgili hafif bir şeylerle başlıyordu. İnsanlar sabahın köründe hiç çekilmiyorlardı. Bir miktar kanal değiştirdikten sonra, örneğin Florida'nın Everglades bölgesinde arabayla turlayıp yüzme havuzlarına ya da çocuk parklarının yakınlarındaki su birikintilerine girmiş timsahları kurtaran, biraz akraba evliliğinden doğmuş tipli iki kardeşi seyretmeye karar verdi. Evden dışarı çıkmak için giyinen bir çocuğun yakın planı; ayakkabı bağcıkları bağlanıyor, sonra çocuk hoplaya zıplaya oynamaya gidiyor, su birikintisine yaklaşıyor ancak bir şeyin sudan çıktığını görüyor, bir çift korkunç göz; çocuk evdekilere haber vermek için koşuyor, sonra dişler ve ısırığın ne kadar güçlü (çok, çok kuvvetli) olduğu üzerine bilgiler geliyor ve tüm bunlar tekrar tekrar bir güzel anlatıldıktan sonra biraderler geliyor; hem neşeli hem de tosun gibiler, timsahlarla karşılaşmalarından hatıra izler var oralarında buralarında. Timsahları kendilerinden bile çok sevdiklerini anlatıyorlar. *Fantastic animals*, diyorlar tekrar tekrar. *We're gona continue saving gators, no matter what.*

Değiştir.

Başka bir kanaldaki başka bir timsah programı. Kosta Rika'da da ara sıra timsah sorunu yaşanıyor. Özellikle dev tuzlu su timsahlarıyla. Bunlar turistleri korkutuyor. Çok yazık, çünkü Kosta Rica'nın Pasifik kıyılarında yaşayanların çoğu turistlerin parasına muhtaç. Neyse ki, işi bilen bir tabiat parkı bekçisi, geceleri timsahları bulup onlara hadlerini bildirme konusunda uzmanlaşmış. Timsahların üzerine ağ atıp onları tekneye çekiyor, yüksek sesle onları azarlayıp ani ve tehditkâr el kol hareketleri yapıyor. Aslında eski usûl bir ders veriyor onlara ve saatler sonra da serbest bırakıyor. Gelecekte insanlardan uzak duracaklarından emin bir şekilde.

Değiştir.

Yirmili yaşlarında bir Amerikalı, denizkızlarına kafayı takmış. İki üç yaşından beri böyle. Çocukluğunda anne babası onun için endişeleniyormuş. Bu, programda doğrudan söylenmiyor ancak Doppler, anne babanın yıllarca oğullarının onlar kadar heteroseksüel olmayacağından korktuğunu anlıyor. Oğlan denizkızlarının resmini çizmiş, onlar gibi giyinmiş; top oynamaya ve silahlara düşkün değilmiş hiç. Anne babasının endişelerini haklı çıkaracak pek çok sinyal yollamış. Oğlan şimdi bir yetişkin ve kendi başına yaşıyor. Kendine denizkızı kostümleri diktiği bir odası var. En büyük hayali bir denizkızı şovunda ilk denizerkeği olmak. Oğlan bir iş görüşmesinde. Denizkızlarının patronu denizerkeğine iş verme konusunda tereddütlü. Bunun pek normal olmadığını düşünüyor, seyircinin tepkisinden korkuyor. Çocukların böyle bir durumu itirazsız kabul edeceklerine inanmıyor; bu durum kadim kalıplara ters düşüyor. Ama ona bir şans verilecek, ne de olsa burası Amerika. Oğlan üstüne denizerkeği kuyruğunu geçirip havuza atlıyor, o sırada bir grup denizkızı camdan bir duvarın arkasından onu seyrediyor. Oğlanın işi kıvırdığını kabul etmek gerek. Çok etkileyici, diyor denizkızları, biraz fazla seksi. Ne de olsa bir aile şovu bu.

Değiştir.

Top Gear Hindistan Özel Programı.

Değiştir.

Doppler'in hiç umursamadığı iki Güney Avrupa takımı arasındaki bir futbol maçı. Gık çıkarmadan seyrediyor. Gollerden birine sessizce tezahürat ediyor. Aradaki reklamları seyrediyor. Solveig'den almasını isteyeceği bir süt ürününü aklına not ediyor.

Değiştir.

Orta yaşlı bir İngiliz çift eski bir sinema salonunu onarıp tasarım harikası bir eve dönüştürmüşler. Veranda kapısı hidrolik yardımıyla açılıyor, garaj kapısı gibi. Bahçedeki jakuzi bir sınıf büyüklüğünde. *I hope all this will make you happy*, diyor biri, herhalde sunucudur.

Değiştir.

Bir bonobo maymunu Kongo'daki yağmur ormanında, bir dalda oturuyor ve dişleriyle henüz canlı olan bir antilop yavrusundan büyük parçalar koparıyor; bu sırada antilobun annesi, ağacın dibinde şaşkın bir halde duruyor.

Değiştir.

1980'lerin başından bir James Bond filmi. Roger Moore bir Mercedes'ten bir sirk trenine atlıyor. Rus ajanı bunu görüyor ve bundan hiç hoşlanmıyor.

Değiştir.

Sakallı bir İsveçliye ait, 1750'lerden kalma bir tas, uzmanı tarafından değerlendiriliyor. Uzman tasın ender bir keşif olduğuna ve değerinin yüzbinlerce kron ettiğine inanıyor.

Değiştir.

CNN Avustralya'daki hava durumunu bildiriyor. Oralarda hava sıcak.

Değiştir.

Kanadalı bir posta pilotu işini çok seviyor ama gözleri onu yarı yolda bırakmak üzere. Bundan kimseye söz etmiyor ancak bunun anlaşılacağından korkuyor. 1972'den beri tıkır tıkır işleyen kırmızı beyaz bir Beaver deniz uçağı var. Karışanı edeni olmadan istedikleri gibi yaşayan ayıların barındıkları dağlar, nehirler ve ormanlarla kaplı, uçsuz bucaksız bozkırların üzerinden uçuyor adam. Doppler, göz bozukluğu dışında bunun ideal bir yaşam olduğu kanısında. Kanada'nın uçsuz bucaksızlığında yalnız uçmak, yolu izi olmayan bölgelerde mektup ve paket dağıtmak, belki de bir sonraki durağa gitmeden önce sakallı bir münzeviyle bir bardak kahve içmek.

Değiştir.

Bir İngiliz gazeteci, Irak'ta ölen askerlerin cenaze töreni sırasında, *God hates fags*[11] yazılı pankartlarla ortaya çıkan Westbro Baptis Kilisesi'nin üyelerini ziyaret ediyor. Liderleri, askerlerin ölmesini, Amerika'nın Hıristiyan karşıtı eşcinsel yaşam tarzına kucak açmasına bağlıyor.

Değiştir.

Amerikalı şöhretli bir aile, hamile kızlarından birine *baby shower* planlıyor ancak kız *baby shower* istemiyor ama bu durum, *baby shower* yapmamanın çok büyük bir hata olacağını düşünen kız kardeşlerini ve annesini sinirlendiriyor.

Değiştir.

Hindistan'da serçeler yok oluyor.

Değiştir.

İkinci Dünya Savaşı renklendirilmiş. Hitler'in korteji geçerken binaların cephelerinde kırmızı flamalar dalgalanıyor.

---

11 "Tanrı ibnelerden nefret eder" (ç. n.).

Değiştir.

Birinci Dünya Savaşı özel programı. Siperlerdeki dostluklar. Postalları çamur içerisinde bir asker ranzasında oturuyor. Kendini tehlikeye atmadan siperin kenarından yukarıya bakabilmek için bir periskop yapıyor. Tarafsız bölgeye girip ölmüş ya da ölmek üzere olan arkadaşlarını geri getirebilmek için karanlığın bastırmasını beklemek zorunda kaldığını anlatıyor yaşlı bir adam. Adam başını sallıyor.

Değiştir.

Amerikan İç Savaşı'ndan komik hikâyeler: Bir milyon savaş atı, günde toplam on iki adet 50 metrelik standart yüzme havuzunu dolduracak kadar işiyor.

Değiştir.

Doppler kanal değiştirme konusunda sınır tanımıyordu. Sabrını taşıracak en ufak bir hareket yeterliydi. Televizyon önünde dört beş saat geçirdikten sonra, genellikle keyifli bir bitkisel hayata giriyordu; bir yandan acayip konsantre, bir yandan da neredeyse hiç mi hiç umursamaz biri olup çıkıyordu. Bu, televizyon seyretmenin getirdiği geleneksel, pasif bir umursamazlık değildi; daha çok tercih edilmiş, aktif bir şeydi. Programla ilgilenmese bile o kanalda kaldığı oluyordu. Bir tepki göstermeden önce programı net bir şekilde sevmemiş olması gerekiyordu, Bu hoşnutsuzluk duygusunun, küçük beyinden yola çıkıp sayısız sinir kavşağını, sayısız bölgeyi aşması gerekiyordu Doppler'in bilincine ulaşmadan önce. Ancak güdü bir kez ortaya çıktığında, uzaktan kumandanın düğmesine basma konusunda çok zorlanmıyordu.

İnsanlar hakkındaki programların, hayvanlar hakkındakilere oranla biraz daha fazla canını sıktığını keşfetti. Tehlikeler, felaketler ve dünyanın sonuna dair programlar, tadilat programlarından daha zevkliydi mesela. Ama bir tür piyango kazanmış Amerikalı ailelerin evlerinin tadilatı söz konusuysa, durum değişiyordu. Bu aileler, kimyasal atıkların, kötü yalıtılmış konteynırlarla nakledildiği tren yolunun hemen dibindeki barakalarda yaşıyorlardı ve buradan kendi imkânlarıyla taşınıp kurtulmaları mümkün değildi. Sağlığa zararlı evi yerle bir eden altmış sekiz inşaat işçisi, beş kişilik aileye, her türlü detayın düşünüldüğü odalarıyla, engelli kız çocuğunun şarkı söyleyip bateri çalabileceği stüdyosuyla, yüzme havuzuyla, tabii ki içinde bisiklet yolu ve bir mangalın da bulunduğu bahçesiyle, ses geçirmeyen, kaliteli havalandırma sistemiyle, eskisinden beş kat daha büyük yeni bir ev inşa ederken, aile yirmi iki yıldan beri ilk kez tatile, örneğin Bahama çevresinde küçük bir gemi yolculuğuna yollanınca Doppler ağlamaya başlayıveriyordu. Birbirine oldukça kenetli olan yerel halkın, evin büyük oğlunun koleje gidebilmesi için aralarında para topladığı, oturma izni olmayan Meksikalılara gelir sağlamak için ömrü boyunca o bölgede oturan herkesten daha çok gözleme pişirmiş olan annenin omurga ameliyatının masraflarını da kilise cemaatinin paylaştığı anlaşılınca, ekrandakiler gözyaşı dökerken Doppler de divanda gözyaşı döküp hıçkırıklara boğuluyordu. Avukatın biri, annenin kanseriyle taşınan kimyasallar arasında bağlantı kuruyordu. Avukat ellerini birleştirip şöyle diyordu: *We shall beat those bastards, we shall make them bleed.*[12]

Doppler, savaş konulu programların uzaktan kumandayı tamamen elinden bırakmasını sağladığını net olarak anladı. Bu programlar ne kadar uzun olurlarsa olsunlar, bitiş jeneriğinin sonuna kadar bunları seyrediyordu. Savaşın çok dinamik olduğunu düşünüyordu. Sürekli bir şeyler oluyordu. Manzara hep değişiyordu. İnsanlar, köklerinden sökülüp koparılabiliyordu, biraz daha hayatta kalabilirlerse tabii. Hainlik, iki kere hainlik, üç kere hainlik, akıl almayacak kadar çok hainlik. Mavi evdeki televizyonun karşısında, silahlı uluslararası çatışmaları sevmeye başladı Doppler. Savaşta kendine has bir şey var, diye düşünüyordu. Askere gitmeyi reddettiğine birazcık pişman olmuştu neredeyse. Bu, gençlikteki akıllılığın bir parçasıydı. Ne koşul altında olursa olsun şiddet yanlıştı, şiddetten kaçınılması ve şiddetin kınanması gerekiyordu. O zamanlar böyle hissediyordu ama şimdilerde bundan pek emin değildi. Silahlar, eski silahlar, modern silahlar, silahların tarihi üzerine programlar yapılıyordu sürekli. Televizyondaki insanlar silahlara bayılıyordu ve bir ağacın bitki özü Nisan sonunda nasıl artıyorsa, Doppler'in içindeki hayranlık duygusu da öyle artıyordu. Top ya da silindir şeklindeki bir metali saatte bilmem kaç kilometre hızla düşmana fırlatmayı mümkün kılan bir mekaniği yapmanın çok cazip bir şey olduğunu kabul etmek zorundaydı. Nişan al, yarala; nişan al, öldür. Acayip pratik. Eskiden insanlar, ellerinde bıçak sessizce birilerinin arkasından dolanmak zorundaydı. Şimdi ise onları uzak mesafeden gebertebiliyorlardı. Ya da kısa mesafeden. Nasıl uygun düşerse artık. Böyle olmuştu. Tarih boyunca bütün önemli değişimler, öyle şen şakrak bir şekilde, şiddet kullanmadan olmamıştı, yok öyle şey. Doppler'in televizyondaki tarih programlarından anladığı buydu. Millet birbirinin gırtlağına çökmüş. Uzun dönemler başka işleri güçleri de yokmuş. Didişip durmuşlar. Aslında, aklı başında argümanları dinlemek istemeyen insanlar var ortalıkta. İşte o zaman

12 "Canlarına okuyacağız bu piçlerin, kan kusturacağız onlara" (ç. n.).

vurup kırmak zorundasın. Böyle yani. Milliyetçilik ve kimlikle ilgili duygular çok güçlü ve "Imagine" en çok gitarı olanlara hitap ediyor, bunlar da zaten sakin insanlar. İnsan isterse silah taşıyabilmesine izin verilmeli tabii ki, diye düşünüyordu Doppler arada sırada. Herkesin silahlandığını bir düşünün. O zaman herkes ağzından çıkanı daha akıllıca seçerdi. Kesinkes öyle olurdu. Doppler, divanda otururken şunları hissetti: Amerikalı olsaydı dibine kadar milliyetçi olup vatanını her türlü durumda savunurdu. Üzerinde Amerikan Anayasası'nın 2. Ek Madde'sini destekleyen çıkartmalar bulunan büyük, açık bir kamyonetle, belinde tabanca ortalıkta dolanıp Amerika'yı herkesten daha çok severdi. Ne kadar çok televizyon seyrederse o kadar çok alakasız insanla özdeşleşebiliyordu Doppler. Bu insanların anlattıklarını dinledi, duydukları kulağına gayet mantıklı geliyordu. Sistemin arka çıkmadığı kişileri konu alan programlar yapılıyordu. Bu insanların sağlıkları iş koşullarından dolayı bozulmuştu ve kimse bunun sorumluluğunu üstlenmiyordu. Çalışanların yaşamları mahvolmuştu ancak sigorta şirketleri suçlunun amalgam olduğu konusunda şüphe uyandırmayı başarıyorlardı. Bazıları çocukken okulun engel olmadığı bir mobinge maruz kalmışlardı. Yıllarca başka pek çok kişinin de arabayla şarampole yuvarlandığı bir dönemeçte onlar da şarampole yuvarlanmıştı ama devlet bu konunun üstüne düşüp de meseleyi halletmiş miydi? Tabii ki hayır. Bir sürü dönemeç var, sadece Norveç'te binlercesi var, devlet her bir dönemeçle ilgilenemez ki, olmaz. Doppler, devletin okulda ne kadar az varlık gösterdiğini hatırladı. Başka öğrenciler onu rahatsız etmiş değillerdi ama temponun yavaşlığı canını çok sıkıyordu. O zamanlar bu konudan birilerinin sorumlu olduğu aklına gelmemişti ama şimdi olayı bambaşka bir ışık altında görüyordu. Okulun, varlığını keşfedemediği pek çok yönü vardı Doppler'in. Okul tutkusuz bir biçimde onu yalnızca okulda tutmak ve bir gün önce okuduğu şeyleri hatırlama yeteneğini yüceltmek yerine onu gerçekten yüreklendirseydi, bugün kim bilir nerelerde olurdu. Televizyon programları, yavaş ve emin adımlarla Doppler'in sistemlere olan inancını törpüledi. Farkına bile varmadan devleti sevmekten vazgeçti.

Doppler ve Solveig ara sıra sevgili gecesi yapıp bir lokantaya gidiyorlardı. Solveig, kendilerine zaman ayırmalarının önemli olduğunu düşünüyordu. Ve Doppler'in buna bir itirazı yoktu. Önceleri yemeğe geçmeden sinemaya gidiyorlardı ama sinema zevkleri o kadar farklılaşmıştı ki, bu âdetten vazgeçtiler. Solveig, insanların kendilerini geliştirip daha önce anlamadıkları şeyleri artık anladıkları filmleri görmek istiyordu. Doppler ise çelişkilerin ayyuka çıktığı an tek akıllıca çözümün silaha sarılmak olduğu filmleri tercih ediyordu.

Ortada eğlence olmayınca gece aslında bir sohbet gecesine dönüşüveriyordu. Solveig, Doppler'in neler düşündüğünü, yaşamının ona geri dönüp dönmediğini, kendini iyi hissedip hissetmediğini, yeniden dünyaya karışmaya hazır olup olmadığını merak ediyordu. Çok çeşitli işler var, demeye getiriyordu. Pek çoğu, tabii ki televizyon seyredip durmaktan iyiydi. Biraz dışarı çık. İnsanlarla görüş. Gerçeklerle haşır neşir ol. Solveig bunu olabildiğince dikkatli söyledi. Doppler hiçbir şey söylemedi. Şarabını içti ve aslında Solveig'in konuşmasından çok soyunmasını istediğini fark etti, televizyonda seyrettiği kadınlar gibi. Bu kadınlar bir odaya girer girmez soyunmaya başlıyorlardı. Daha az konuşuyorlar, kendilerini daha iyi ifade ediyorlar, güzel görünüyorlar ve heyecan verici şekilde soyunuyorlardı. Son zamanlarda Solveig'in vücuduyla daha bir ilgilenir olmuştu. Solveig'i sık sık farklı durumlarda, arzudan yanıp tutuşmuş, aslında hiç olmayacak şekillerde hayal ediyordu. Onu kafasında yeniden yaratmıştı ve yarattığı şeyin Solveig'e bulaşmasını umuyordu. Ancak düşünce ve gerçek arasındaki ilişki kördüğümdü, her zamanki gibi. Doppler fantezileriyle bir yere varamıyordu, bu da onu genellikle temkinli ve çekingen kılıyordu. Solveig, Doppler'e ne düşündüğünü sormadan hemen önce hep aynı şekilde bakıyordu. Doppler bunu fark ettiği an aceleyle Solveig'in vücudundan başka bir şey düşünmeye karar verdi ki yalan söylemek zorunda kalmasın. Alelacele düşünce olasılıklarını değerlendirdi ve savaşta karar kıldı.

Ne düşünüyordun?

Solveig elini onun elinin üzerine koydu ve ölçülü bir tebessümle yüzüne baktı; hani kişi tam olarak nerede durduğunu kestiremediği ama keşke yakın olsaydık diye düşündüğü insanlara böyle yapar ya.

Savaşı düşünüyorum Solveig.

Solveig ona bakıp anlayışla başını salladı.

Bir yerlerde habire savaş patlıyor.

Evet.

Ve biz lokantada oturmuş şarap içip yemek yiyoruz, keyfimize bakıyoruz, bunu düşünmek tuhaf geliyor insana.

Evet.

Mantığa aykırı.

Kesinlikle.

Solveig şarabından uzun ve yavaş bir yudum aldı, lokantada biraz göz gezdirdikten sonra bir tur da caddeye bakınırken şarabı dilinde birkaç kez döndürdü.

Acaba bir hobi mi edinsen, dedi, uzun bir süre sonra. Televizyonun önünde kendini harcamandan ve asla toparlanamamandan korkuyorum.

Bunu söyleme biçimi, Solveig'in direkt konuşmaktan ödünün patladığını açık ediyordu. Doppler'in duygularını incitmek istemiyordu. Varsa tabii.

Doppler bu düşünceyi hazmetmeye çalıştı. Çok da aptalca değildi. Hobi eğlenceli bir şeydir. Sözcük ona pozitif şeyler çağrıştırıyordu, bunu reddetmeyecekti.

Ne olacak peki, diye sordu.

Hoşlandığın bir şey. Şu sıralar neden hoşlanıyorsun?

Savaş.

Savaş dışında?

Seks.

Evet. Başka?

Doppler düşündü.

Suya inen uçakları seviyorum, dedi bir müddet sonra.

Solveig bu tip uçakları gözünde canlandırmaya çalıştı. Başını salladı. Doppler'in hayranlığını görebiliyor muydu yoksa iletişim kurnazı kadınların ve diğerlerinin yaptığı gibi işine geldiği için mi başını sallıyordu acaba? Doppler için muallaktı bu.

Vergi iadesi olarak biraz para geçecek elime, dedi, ama korkarım bir deniz uçağı almaya yetmez.

Küçük bir deniz uçağı olabilir, diye karşılık verdi Doppler. Minnacık olabilir. Göstermek için kollarını uzattı. Bir metre ya da bir buçuk, öyle bir şey.

Model uçak mı?

Başını salladı. Neden olmasın? Bir mahsuru var mı?

Yok canım, sadece birazcık şaşırdım.

Neden?

Bilmiyorum, böyle bir tip olduğunu düşünemedim herhalde.

Nasıl bir tip?

Model uçakları seven bir tip.

Doppler buna gücendi. Birkaç saniye öylece durup lokantanın penceresinden dışarı baktı, sonra tekrar Solveig'e çevirdi bakışlarını.

Nasıl bir tip yani?

Bilmiyorum.

Solveig'in sesi daha da temkinli çıkıyordu şimdi.

Belki, dedi Solveig, farkında olmadığım bazı önyargılara sahibimdir.

Model uçak meraklıları senin benim gibi insanlar Solveig, yolda yürüyen, çocuklarını herkes gibi seven oldukça normal insanlar.

Öyledirler muhakkak.

Model uçak meraklılarının diğer insanlar gibi gözleri, elleri, duyguları yoktur belki de, ha? Bizler aynı yemekleri yemiyor muyuz, aynı hastalıklara yakalanıp aynı ilaçlarla iyileşmiyor muyuz? Aynı kış ve aynı yaz yüzünden üşüyüp terlemiyor muyuz herkes gibi? Bize bir şey batırırsanız kanamaz mıyız? Gıdıklarsanız gülmez miyiz? Zehirlerseniz ölmez miyiz? Bize saldıracak olursanız intikam almaz mıyız?

Solveig cevap vermeden önce Doppler'e endişeyle baktı.

Evet tabii ki, dedi birkaç saniye sonra. Kesinlikle haklısın. Buna daha önce iyice kafa yormadığım için özür dilerim. Yani bu model uçağın seni olumlu yönde etkileyeceğine inanıyor musun?

Bundan oldukça eminim.

Öyleyse bir uçağın olacak. Zevkle.

Uçağın kırmızı beyaz renkte olmasını istiyorum.

Tabii ki. Bunun akıllıca bir renk seçimi olduğunu düşünüyorum.

Uçakla Geçen Zaman

Doppler, Beaver Float Plane'ine kavuştu.

Beyaz gövdesinde kırmızı siyah çizimler olan uçağın kanat genişliği 151 santimetreydi ve fırçasız bir doğru akım motoru vardı. Oslo'nun biraz doğusunda kalan bir dükkânda bulunmuştu. Burası hâlâ sigara içen, muhtemelen faydalı bir yönde bedenlerini şekillendirmeyle alakası olmayan hobilere sahip insanların yaşadığı bir bölgeydi. Solveig de dükkândaydı ve uçağın bedeli olan üç dört bin kronu itirazsız ödeyiverdi. O parayı öderken Doppler kendini uzun süredir canla başla çalışıp evi temizleyen, derleyip toplayan, çamaşırları katlayan ve kendini hiç öne çıkarmayan, şimdi de evin hanımı tarafından iyi iş çıkardığı için takdir edilen bir *aupair*[13] gibi hissetti.

Her şey dahil unutma, dedi Doppler daha sonra, her şeye rağmen bunun ucuza patladığını kendine ve Solveig'e kanıtlamak için. Doğru dürüst işleyen bir model uçak inşa etmek o kadar basit değildi. Mühendisler bu konuda saatlerce uğraşıyorlardı. Nitekim saat ücretleri çok yüksekti. Olmasın mı? Adamlar okumuş, yıllarca dirsek çürütmüş. Birkaç bine aldığın hiçbir şey uçmaz Solveig, hiçbir şey. Bir düşün, yerden kalkıp havada hareket eden bir şeyden söz ediyoruz; her türlü mantığa aykırı, bu kutunun içindeki nesne uçacak. Eskiden oğlanların odasındaki tavana iple astığımız uçaklardan değil bu; hayır, bu gerçekten uçabiliyor. Doppler'i bu kadar hevesli görmek Solveig'in hoşuna gitmişti. Hem onun adına seviniyordu hem de şehrin bu bölgesinde tanıdık birilerine rastlamalarının pek mümkün olmamasına. Doppler, tezgâhtarın pillerden birini bedava verdiğini tekrarlayıp durdu, tamamen uçak dostu biriyle karşılaştığına sevindiği için. Bu, bir meraklının diğerine yaptığı bir jestti. Doppler kendini fark edilmiş ve kollanmış gibi hissetti.

Uçağın uçtuğunda yanıp sönen bir lambası vardı, kutuda öyle yazıyordu; dükkândaki adam da bu noktanın altını biraz fazlaca çizmişti, diye düşüyordu Solveig. Ama Doppler'e kalırsa adam bu

13 Ev işleri yaparak aile yanında kalan, genellikle yabancı uyruklu genç kız (ç. n.).

noktanın altını gayet makul tekrarlarla çizmişti. Ona göre memnuniyet, modelin gerçek bir uçağa benzemesini sağlayacak ayrıntılarla orantılı bir şekilde artıyordu.

Seni anlayamıyorum, dedi Solveig arabayla eve dönerlerken.

Ben de seni anlayamıyorum, dedi Doppler.

Ama sanırım ben seni çok daha fazla anlayamıyorum, dedi Solveig.

Sanırım haklısın, dedi Doppler.

Uçağın parçalarını bir araya getirebilmesi Doppler'in birkaç gününü aldı. Kullanma kılavuzunda bu işin yarım saatte halledilebileceği yazılıydı ancak anlaşılan abartmışlardı. Çeşitli dillerde açıklamalar ve yorumlanması gereken resimler vardı. Hiçbir şey yapıştırılmayacaktı, yapışkanın modası geçmişti. Bir parça hüzünlü bir durumdu bu. Çocukluğunda küçük model uçaklarını yaparken başını döndüren o güzel yapıştırıcı kokusu artık yoktu. Şimdi her şey nazik bir biçimde birbirine geçiyordu. Bu basite kaçmaktı; ana şamandıralar mini minnacık kırılgan vidalarla tutturuluyordu; kanat ve şamandıra arasına naylon ip geriliyordu. Her şey doğru ve mükemmel olmuştu. Doppler etrafında hayranlıkla dolanırken uçak salonun zemininde duruyordu. Uçağın yanına uzandı ve Nora doğduğunda hissettiğine benzer bir mutluluğa kapıldı. Gregus doğduğunda da olay olmuştu ama yine de aynısı değildi. Uçakla ilgili mutluluğu, Nora karşısında pespembe yatarken, göbeğini kesmesine izin verildiğinde ve hemşireler dışarı götürmeden önce plasentayı kısa bir an elinde tuttuğunda hissettiğinin tıpkısıydı. O, yerde öylece uzanmış yatarken, Gregus okuldan döndü. Oğlanın uçağı beğenmesini istediğini, bunun birlikte yapabilecekleri adam gibi tek baba oğul aktivitesi olabileceğini fark etti ama Gregus bu olayı hiç mi hiç umursamadı. Birkaç saniye eşikte durup olayı kavramaya çalıştı, uçaktan ziyade babasının uçağın yanında uzanmış olmasının acayipliğiydi Gregus'u ilgilendiren, diye şüphelendi Doppler. Sonra Gregus, daha acil başka işler yüzünden orada dikilecek halde olmadıklarını ima etmeye çalışan insanlar gibi başını salladı ve Moto Grosso do Sul'deki yerel seçim öncesinde iktidar kavgasının her geçen gün daha sertleştiği hakkında bir şeyler geveledi. Deniz uçakları Brezilya için önemli, diye bağırdı Doppler arkasından. Yalnızca önemli değil, elzemler de! Brezilyalılar herkesten daha sık denize iniş yapıyor, diye haykırdı. Bu bir gerçek! Bunu kabul et! Bunu aklına sok!

Ancak Gregus çoktan merdivenlerin yarısını çıkmıştı ve babasından gelen herhangi bir şeyi ne kabul etmeye ne de anlamaya niyeti vardı. Egil Hegel'i özlüyordu ama bunu içine atıyordu. Özlemini gururla taşıyor, ruhundaki boşluğu Brezilya'nın yerel politikalarıyla doldurmaya çabalıyordu.

Doppler, Nora eve gelene ve ona yuvanın on dakika sonra kapanacağını hatırlatana kadar Beaver Float Plane'in yanında, yerde yatmaya devam etti.

Doppler, simülatör programı yardımıyla uçmayı öğrendi. Uzaktan kumandayı televizyona bağladı; sevgili deniz uçağının bilgisayar modelini, yoğun bir popülasyonun olmadığı sanal bir çevrede uçurdu. İlk birkaç gece doğal olarak pek çok kez yere çakıldı ama sonra yavaş yavaş bu işi kıvırmaya başladı. Ardından zorluk derecesini artırıp farklı kuvvetlerdeki ve yönlerdeki rüzgârları denedi. Hiç fena gitmedi. Uçağı kendine doğru uçurmayı becerdi; sıradan insanların aklının basabileceğinden çok daha zor bir şey bu, diye düşündü. Uçağı kaldırıp indirebiliyordu. Uçak yolculuğunun yere çakılarak sonlanması gerekmiyordu artık. İşler yaver gittiğinde, uçağı kendi ekseni etrafında döndürmeye ya da gökyüzüne doğru büyük çemberler çizmeye cesaret etti. Kendine güveninin giderek arttığını hissediyordu, yalnızca uzaktan kumandayla pilotluk yapmak konusunda değil, bu gezegende yaşayan bir insan olarak da. Bazen bunun için çok fazla bir şey yapmak gerekmiyordu, çok tuhaftı bu. Solveig her zamanki gibi haklıydı. Bir hobiye ihtiyacı vardı. İnsan her zaman kadınları dinlemeli, neden söz ettiklerini biliyorlar. Doppler, kulağına küpe olsun diye zihnine not aldı bunu. Uçağı alıp yakınlardaki bir göle gitti. Uçak hız aldı ve kalktı. Uçak uçtu. Doppler uçtu. Uçtular. İnsanı özgürleştiren güdülerden bir demet içini sarıverdi. Tüyleri diken diken oldu. Beaver Float Plane'ini elips benzeri şekiller oluşturarak güvenle ileri geri sürdü. Hem engelsizler hem de engelliler için popüler bir gezinti yeri olan gölün güneybatısındaki iskelenin en uç noktasında duruyordu. Elektrikli engelli sandalyesinde bir adam, arkasında durmuş, suyun üzerinde büyük bir zarafetle uçan muhteşem küçük mucizenin keyfini çıkartıyordu; Doppler durumu böyle yorumladı. Beş dakika sonra uzaktan kumanda, uçağın pilinin değiştirilmesi gerektiğini bildirdi. Uçağı indirip zarif bir biçimde iskeleye yanaştıran Doppler, pilini değiştirip onu yavaşça suya bıraktı ve havalandırdı. Şimdi daha cesur davranıyordu; uçak, suyun yüzeyinden yalnızca bir ya da iki metre yukarıdaydı. Uçağı iskelenin önünden, tekerlekli sandalyeye mahkûm adamın tam dibinden uçurdu; hayatın çilesinden payına düşeni almış engelli adamı mutlu etmek harika bir şeydi.

Bu olay sonraki günlerde de tekrarlandı. Doppler erkenden kalktı, sekiz yaşındaymış ve o gün doğum günüymüş gibi hissediyordu. Bjørnstjerne'yi yuvaya bıraktıktan sonra uçağını alıp keyifle kapıya yöneldi. Solveig ondaki bu coşkudan söz etti. Hoşuna gidiyordu bu, hatta çekici bir yanı olduğunu bile düşünüyordu. Model uçağı olan adam, arzulayan bir adamdır. İlle de bir zavallı olması gerekmiyor bu adamın; aksine arzulu, duyarlı, kelimelerle tarif edilemeyecek duygularla yüklü biri olabilirdi. Hatta belki de kelimelerin anksiyeteye karşı her zaman en iyi ilaç olmadığının bir tür kanıtıydı bu adam, bir model uçak yüzlerce sözcükten fazlasını söyler, diye düşündü Solveig iyi tarafından kalktığı günlerde. Doppler'in uçak seferlerinden keyifli döndüğünü görüyordu. Gururlu ve onurlu bir hal tavır içerisindeydi Doppler. Gerçek pilotların huyundan suyundan bir şeyler kapmış gibiydi: Abartılı bir özgüven, dünyanın geri kalanına ukalaca ve bir miktar yamuk bakma, sırf pilot oldukları için tüm kapıların açılacağına ve kadınların hemen sırtüstü uzanacaklarına dair bir inanç. Dağılın, ben bir pilotum, diyordu Doppler'in tipi. Solveig bir parça hoşlanıyordu bundan; Doppler'in hissettiği bu olumlu duyguyu ondan koparmak için bir şey yapmadı. Doppler, posta kutusundaki adının yanına *Pilot*'u ekledi ki, kimsenin pilotluğundan şüphesi olmasın.

Doppler uçtu, uçtu. Bir şeyleri kontrol etmenin keyfini hissetti, uçak küçük değil de büyük olsaydı ve o da içinde olsaydı, bambaşka bir yaşam anlamına gelecekti bu. Havada daireler çizip manevralar yaptıktan sonra hasara uğramamış, üstelik tekerlekli sandalye mahkûmu adamın ellerini çırpmasını sağlamış bir uçakla eve dönmek bir zaferdir, savaşta sağ kalabilmektir. Her çakılma bir ölümdür. Her iniş devam eden yaşamın ta kendisidir. Her seanstan sonra Doppler bodrum katında ışıkları kapatıp bir saat oturuyordu ki, içindeki coşku makul bir düzeye gelsin. Kadınlar bunu anlamıyor, diye düşündü. Solveig'in bunu bilmesi gerekmiyor. Kendi derdi kendine yetiyor. Bir sürü olumlu yönü var ama bunu anlamıyor.

Doppler, tekerlekli sandalye mahkûmuna selam vermeye başladı. Bir süre sonra bir iki lafladılar. Adam kendine Sensei[14] Arntzen diyordu.

---

14 Karate dilinde "ustaların ustası" (ç. n.).

Bir gün Doppler pilot düşüncelerine kendini iyice kaptırmış, pilot rolünü giderek daha da benimsemiş bir halde dikilirken, Sensei Arntzen onun yanına sürdü koltuğunu. Doppler pilot kabininde oturuyordu sanki. Şimdi dağdaki kulübesine gitmekteydi mesela. Kanada'daki. Atlantik Okyanusu'nun Norveç ve Kanada arasında uzanmadığını düşündü. Uçak yolculuğu bu şekilde daha kısa sürüyordu. Okyanusu silip attı. Onun gibi hayal gücüne sahip bir adam için çocuk oyuncağıydı bu. Okyanusları ve yeryüzü şekillerini fantezilerden kaldırıp atabilecek kadar uzun yaşamıştı, hiç dert değildi bu. Uçağın görsel kontrolünü yaptı: Payandalar ve dümen doğru dürüst çalışıyor mu diye baktı, halatı çözdü ve motoru çalıştırdı; uçağı biraz suyun üzerinde sürdü, sırf eğlence olsun diye; daha çabuk kalkabilirdi ama şamandıraların suda kayışı başlı başına bir eğlenceydi, karada onu seyredenler için de, diye düşündü Doppler, kareli avcı gömleği ve yıllanmış pilot gözlüğüyle orada otururken; dağ kulübesine gidip kafa dinleyeceği için seviniyordu. Kulübeyi de kendisi yapmıştı. Pilotların çoğu gibi o da boş zamanlarında marangozlukla ya da dinlendirici işlerle uğraşmaktan hoşlanıyordu. Yıllarca bu bölgenin üzerinde uçtuktan sonra, bir gün balığın bol olduğu bir akarsunun kenarında, bir zamanlar Kızılderililerin yazları kamp kurduğu boş bir arsaya rastgeldi. Pilot kulübesi için mükemmel bir yer, diye düşündü kendi kendine. İner inmez onun uysal pilot varlığını bir tehdit olarak görmeyen ayılarla dost oldu. Bıraktılar Doppler, Doppler olsun ve her zamanki ayılıklarına devam etsin. Doppler'in orman adamı olduğunu ve ortalığı karıştırmakla ilgilenmediğini hemencecik anlamışlardı. Bir de ara sıra önlerine bir ya da iki geyik leşi atmasını umuyorlardı ve tabii ki Doppler bunu mümkün olduğunca sık yaptı. Sabahın köründe büyük geyik sürüleri geçiyordu oradan; sopayla onları tepelemek kalıyordu Doppler'e. Büyük, kırlaşmış, eskimiş postuyla ayıların en yaşlısı olan kocaman bir boz ayı, zaman zaman gelip Doppler'e sokulmak istiyordu. Dosttu onlar; ayı ve Oslo'dan gelen aile babası.

Sözlü dilin kifayetsiz kaldığı bir düzlemde birbirlerini anlıyorlardı, Bongo'yla olduğu gibi.

Bongo!

Özlem Doppler'in yakasına yapıştı. Zavallı küçük geyiğim benim, diye düşündü vicdan azabı içini kemirirken. Ne yaptım ben? Ne tür bir insan en iyi dostunu, ruhsal melekeleri yeterince gelişmemiş, sınırda yaşayan ne idüğü belirsiz birine bırakır da gider?

Uçak suyun yüzeyinde süzülmeye devam etti. Birkaç saniye sonra en yakındaki koyda bulunan çalılığa toslayacaktı. Doppler donakalmıştı, pilotların –ölmeye niyetleri yoksa tabii– her saniye almaları gereken hayati kararları alabilecek halde değildi.

Bir şey mi oldu?

Doppler, Sensei Arntzen'in yanında durduğunu o an fark etti. Uçak büyük bir hızla çalılığa daldı. Ses, su yüzeyinde müthiş hızlı ilerleyebildiğinden bir şeylerin büyük bir şiddetle kırıldığı anlaşıldı. Doppler uzaktan kumandayı aşağı indirdi. Bu gün kulübeye gidemedi. İçinde bir şeyler öldü.

Sen olsaydın sağ kalabilir miydin?

Doppler döndü ve ilk kez alıcı gözle Sensei Arntzen'e baktı. Ellili yaşların sonundaydı, iri yarıydı, güçlü kolları, tıraşsız sakalı ve cart sarı renkli bir beresi vardı. Bu bere Doppler'e, ciddiye alınmak isteyen engellilerin bir adım sonrasını düşünmeleri ve milletin önyargılarını baştan kırmaları, ne bulurlarsa giymemeleri ve belki de kıyafet almak için bir yardımcı tutmaya ara sıra para ayırmaları gerektiğini düşündürdü. Bu banal ve gereksiz düşünceler arasında Sensei Arntzen'in sorusu güme gitti.

Hayatta kalabilmek için gerekli bilgiye sahip misin, diye tekrarladı sorusunu Arntzen.

Hayatta kalmak mı? Ne diyorsun sen?

Belli ki bir uçağın parçalarını bir araya getirebiliyorsun, kabloları bağlayıp pilleri şarj edebiliyorsun, dikkatini toplayabildiğinde manevralar yapabiliyorsun. Bunu olumlu bir tonda söyledi, bir kompliman gibi. Ancak, dedi sonra, o uçağın içinde olsaydın ve ıssız bir yerde çakılsaydın hayatta kalabilir miydin? Kırık bir bacağı kırık tahtası yapıp sarabilir misin, çocuğunun öksürüğünün zatürreye işaret edip etmediğine karar verebilir misin, ağaç kesip dayanıklı bir sisneli kütük ev yapabilir misin, bir kunduz yemeği hazırlayabilir misin, bir doğuma yardım edebilir misin ya da ekmeğini çalmaya çalışan birini etkisiz hale getirebilir misin?

Doppler düşündü.

Kunduzla ilgili soruya evet ama geri kalan her şeye hayır, diye cevap verdi sonunda.

Sensei Arntzen, bu cevabı bekliyormuşçasına başını salladı. Sonra ceket cebinden kartvizitini çıkartıp Doppler'e verdi. Tekerlekli sandalyesini o daracık iskelede gayet zarif bir hareketle döndürdü ve belediyenin bu aletlere uygun hale getirdiği, gölün etrafını dönen patikaya giden rampaya doğru sürdü. Tekerlekli sandalyesinin arkası çıkartmalarla doluydu: *I am a prepper* (kırmızı bir makineli tüfek resmi), *Pray for the best, prepare fort he worst, PRPR, I'm a prepper –wouldn't you like to be a prepper too? Dr. Prepper – What's the worst that could happen?*[15]

Doppler kartvizite baktı.

Bok vantilatöre çarpınca
Sensei Arntzen
Hayatta Kalma Koçu
Karate Koçu
(Shichi-Dan – Kara Kuşak 7. Dan)
senseiarntzen@gmail.com

Bir süre sonra Doppler, elektrik direğine yapıştırılmış bir ilana rastladı. Sensei Arntzen, mahallenin ilkokullarından birinde karateyle ilgili bir tanıtım kursu verecek, diye yazıyordu. Yapacak pek bir işi olmadığından uğrayıp merhaba dedi. Sensei ona kıyamet gibi olaylarla karşılaşınca hayatta kalma üzerine bir tomar broşür ve dergi verip kaybedecek vakit olmadığını söyledi. Doppler bunları okumalı, yaşamını dikkatle gözden geçirmeli ve en kısa sürede onunla yeniden görüşmeliydi.

15 *"Ben hazırlıklı bir adamım. En iyisine niyetlen, en kötüsüne hazırlan, PRPR, ben hazırlıklı bir adamım – siz de hazırlıklı bir adam olmak istemez misiniz? Dr. Hazırlık – En kötüsü ne olabilir ki?"* (ç. n.).

Elindeki tomarla orada durup Sensei'nin sekiz dokuz yaşındaki çocuklara yönelik karate tanıtım kursunu izledi Doppler. Sensei, bembeyaz karate kıyafeti ve alandaki muhteşem derecelerini gösteren etiketlerin dikildiği kara kuşağıyla tekerlekli sandalyesinde oturuyordu. Çocuklar yarım daire şeklinde önünde yerde oturmuşlardı. Sensei onlara o kadar uzun uzun baktı ki, tedirgin olan çocuklar tribünlerde oturan anne babalarına çevirdiler bakışlarını.

Buraya koşarak girip çığlık kıyamet ebelemece oynama konusunda ne düşünüyorsunuz, diye başladı Sensei söze. Bir de o kargaşada kapıda eğilmeyi unutmanız konusunda? Nedir bu? Nasıl oturacağız? Her şeyi mi unuttunuz?

Çocuklar cevap vermedi. Sensei kapıyı işaret etti.

Çıkın dışarı. Baştan alıyoruz.

Çocuklar korkuyla girişe doğru koştu. Bazı veliler tedirgin bir biçimde birbirlerine baktı. Sandalyesini kapıya süren Sensei, çocukları yeniden içeri aldı. Bu kez düzgün bir şekilde sırayla geldiler, bağrışmadan. Hepsi kısa bir an için tekerlekli sandalyenin önünde eğilmek için durdu.

Düşüncelerimizle bedenimizin aynı yerde olmasını sağlamalıyız, diye devam etti Sensei Arntzen, çocuklar yeniden oturma pozisyonunu aldığında. Bağdaş kurarak oturmayı öğrendiler, dedi Sensei Arntzen ve kolların da kucakta duracağını, destek almak için arkaya döndürülüp yere konulmayacağını; başkaları bu şekilde oturabilir ama karateciler değil, asla, diye tekrar tekrar söylemişti Sensei ama görünüşe bakılırsa söyledikleri unutulup gitmişti.

Düşüncelerimizle bedenimizin aynı yerde olmasını sağlamalıyız, diye tekrar etti. Beden neredeyse düşünceler de orada olmalı. Bir gün aklınız başka yerdeyken caddeyi geçmeye kalkarsınız, bir araba gelir ve küt!

Tam burada ellerini çırptı çocukları korkutmak için.

Küt, diye tekrar etti ve hepsinin tek tek suratına baktı. O zaman hastanelik olursunuz, anne babanız çok üzülür. Üstüne üstlük talihsizseniz ölürsünüz. Bum! Çok çabuk ölünür, buna pek çok kez şahit oldum. Öleceğine inanmayanlar hep ölürler. Bu yüzden bir seferde tek şey yapın. Bunu bir yere not edin. Her şey sırasıyla. Bana söz verin: Yemek yerken yemek yiyin. Oyun oynarken oyun oynayın. Karate antremanına gelirken karate antremanına gelin. Böylelikle o uyuşuk okul gerçeklerini evde bırakmış olursunuz.

Bir keresinde, cep telefonuyla konuştuğundan önüne bakmayan bir kadını tramvayın ezdiğini gördüm. Böyle olur işte. Karate, okulda olmaya benzemez. Norveç okulları 1960'lardan bu yana kötüledi. Buna uzun zamandır göz yumuyoruz. Öğretmenler kim olduklarını, ne halt ettiklerini bilmedikçe siz gençlerin de adam olmasını bekleyemeyiz. Okulda sürekli rahatsız edilen bir çocuktan bahsedildiğini duymuştum. Sonunda cesaretini toplayıp onu rahat bırakmayana bir tane geçirmiş. Doğru mu yapmış sizce?

Çocuklar birbirlerine bakıp başlarını salladılar.

Yanlış mı? Niye yapmasın ki?

Kemerini yanlış bağlamış bir ufaklık elini kaldırdı, sensei başıyla konuşmasına izin verdi.

Çünkü başkasına vurmak doğru değildir, dedi ufaklık.

İyi. İyi, dedi Sensei Arntzen düşünceli bir biçimde; bu arada yanlış düğümlenmiş kemere nefret dolu bir bakış fırlatmayı da ihmal etmedi. Başkasına vurmak doğru değil. Peki, başkasını rahat bırakmamak doğru mu?

Çocuklar yine başlarını salladı.

O zaman sizi rahat bırakmayan birine ne yapacaksınız?

Yetişkin birine söyleyeceğiz, dedi bir kız.

Peki, o yetişkin de rahatsızlık verenleri durduramazsa?

Çocukların bu soruya verecek cevapları yoktu. Düşündüler ama akıllarına bir şey gelmedi.

Peki, diyelim ki bir gün marketlerde yiyecek kalmadı; sizin buzdolabınız dolu, komşunuz yiyeceğinizi almak için eve zorla girmeye çalışıyor. O zaman ne yapacaksınız?

Çocuklar birbirlerine baktılar. Bunu hiç düşünmemişlerdi.

Bok vantilatöre çarpınca ne yapacaksınız, dedi Sensei Arntzen.

Çocuklar bunun ne demek olduğunu anlamadı. Yetişkinler de adamın neden söz ettiğinden pek emin olamadılar.

İnsan en kötü durumda güç kullanmak zorunda kalır. Durum budur. Bunu tavsiye etmiyorum ama böyle olduğunu biliyorum. Bazılarının güç kullanmanın gerekli olduğunu düşündüğünü biliyorum. İşe yarayabileceğini de biliyorum. Saygı gören insanlar rahatsız edilmezler. Bu kadar basit.

Ebeveynlerden pek çoğu endişeyle birbirine baktı. Birileri duruma müdahale etmeli miydi? Herkes, umarım o ben değilimdir, diye geçiriyordu içinden. Ancak Sensei Arntzen devam etti: En iyisi terbiyeli davranmaktır tabii ve bu yolla işlerin nasıl olması gerektiğini başkalarına göstermektir.

Biraz nefeslendi; bir çocuklara, bir saatine baktı.

Baştaki şamata yüzünden on beş dakika geçmesine rağmen antrenmana başlayamadık bile, diye üzgün bir sesle konuşmaya devam etti. Böyle mi olsun istiyorsunuz?

Hayır, dedi çocuklar.

O zaman birtakım değişiklikler olmak zorunda.

Evet.

İyi. Ayrıca, gelecek sefer kemerinizi güzelce bağlayamazsanız doğru eve. Çünkü bu düpedüz başıbozukluk. Hiç çekemem doğrusu.

Sensei Arntzen'in broşürleri şoke edici, düşündürücü ve bunaltıcıydı. Doppler bütün gece uyumadı. Sabaha karşı tüm vücudu tir tir titriyordu. Var olan her şey yok olacak. Her şey bambaşka olacak. Çok başka. Sensei, nesnelerin düzenini alt üst edecek, farklı olasılık derecelerine sahip senaryoları sıralıyordu. Dünya bir kaosa itilecek, yazıyordu. Devlet sistemleri yıkılacak, alışkanlıkla güvendiklerimizi karşımızda bulacağız. Hazırlıksız olanın hayatta kalma şansı sıfır. Belki olur, belki de olmaz gibi bir şey değil bu. Kesin olacak. Mesele ne zaman olacağı. Yarın da olabilir, Noel akşamından birkaç saat önce uyuklarken de; yedi yıl sonra ya da torunların yaşlandığında da. Ama geliyor. Sonrasında sensei birtakım somut ve akla yatkın tehlikelerden söz ediyor. Doppler okumaya başladı. Konu tatsızdı. Sanki önceki dertleri yetmiyordu. Anladığına göre, elektromanyetik dalgalar ortaya çıkacaktı. Güneş fırtınası. Güneşte talihsiz bir patlamanın olması yeter de artardı bile. Dünyadaki tüm iletişim kanalları felç olduğunda, birkaç gün sonra dükkânlarda yiyecek kavgaları çıkacaktı. İnsanlar birbirlerini dövüp bıçaklamaya, aileler başka klanlara karşı kendilerini savunmak için klanlaşmaya başlayacaklardı ve büyük salgınlar çıkacaktı. HAZIRLIKSIZSANIZ, yazıyordu. YAŞAMAYI SEVİYOR MUSUNUZ? da yazıyordu. HAYATTA KALANLARDAN MISINIZ, YOKSA ÖLENLERDEN Mİ?

Doppler'in bir fikri vardı. Ölenlerden olmaktan korkuyordu. Ya güneş fırtınası çoktan gelmişse? Vaktini önemli şeyler için harcamalıydı. Arkadaşlar ve aile. Aileyi sürekli görüyordu, o işten yırtmıştı. Ancak arkadaşlar. Bongo'yu görmeliydi. Hemen.

Doppler otobüs terminaline koştu ve sınıra giden ilk otobüse bindi. Yolculuk boyunca güneşe bakıp durdu ve orada sadece normal patlamalar olmasını diledi. Boynuzlu hayvanlar barınağına vardığında hevesli çocuk Doppler'in dört bacaklı dostunu görmesini engelledi. Tam da şu sıra hayvanın –Bongo'ya böyle diyordu– eski dostunu görmesinin çok yanlış olacağına inanıyordu. Anlaman gereken, dedi hevesli çocuk, sana ait olduğunu sandığın o boynuzlu hayvanlar aslında sadece kendilerine aittir; ayrıca şimdi seni görürse tam ortasında bulunduğu o acılı kopuş süreci aylarca geriye gidecek. Bir bağımlının temizlenme süreci bitmeden o eski, zor çevresine girmesi gibi bir şey bu. Oğlan, etrafı çevrili çayırın kapısının önüne dikildi ve Doppler'i engellemek zorunda kalacağını belli etti. Doppler bunu kabul edemezdi, durum itiş kakışa kadar varan bir tırmanış gösterdi. Olay, hevesli çocuğun dizini incitip dinlenmek için kamp sandalyesine oturmasıyla sonlandı. Doppler kendinden pek bir memnundu. İş oraya varınca belki ben de bir hayatta kalanım, diye düşündü. Hevesli çocuğun itirazlarını duymazdan gelip Bongo'yu çitle çevrili çayırdan çıkardı. Bongo tekrar kavuştukları için çok mutluydu. Zıpladı, hopladı, koştu, bir havalara girdi. Acayip büyümüştü. Beş yüz kilonun üstündeydi. Artık çocuk değildi, cinsel olgunluğa erişmiş bir delikanlıydı. Durumun beraberinde getirdiği duygusal dalgalanmalarla, gelişmemiş değerlendirme yeteneğiyle, güdü kontrolünden yoksunlukla falan. Doppler onun sırtına atladığı gibi Värmland ormanlarına daldı. Bongo'daki durdurulamaz bir enerjiydi. Tepelerin sırtlarından aştılar, bir derede yıkandılar, sonra da yatıp güneşte ısındılar. Sıcacık geyik bedenini yeniden hissetmek harika bir duyguydu. Ona doyamayan bir canlıyla bu kadar yakın olmayalı epey olmuştu. Solveig hayatta bu kadar samimi olamazdı. Doppler bu yakınlığın incinmiş kalbinde dürüstlük kapısını araladığını hissetti. Hasretin ve arzunun onu sardığını fark etti, sırlarını paylaşma ihtiyacı hissetti. Sana karşı dürüst olacağım, şehirde tutunmakta zorlandığımı itiraf etmeliyim, diye başladı. Ne olduğunu bilmediğim bir şeyin peşindeyim. Tam bir bela. Ama en azından bir uçağım oldu. Kırmızı beyaz, uzaktan kumanda edebiliyorum. Biz insanların teknolojisi var, biliyorsun; işte o noktada geyiklerden ilerdeyiz, kesinlikle. Ama geçen gün uçağı çarptım çünkü seni düşünüyordum. Öyle işte. Bir de ailemi geri aldım, yani öyle sayılır. Bu da oldukça keyifli bir şey. Ama biri hiç konuşmuyor. Diğeri Brezilya hakkında başımın etini yiyor – senin türünden geyiklerin bile yaşamadığı şaka gibi bir ülke. Üçüncü ise elma olduğu ortadayken elma olmak istemeyen biri. Doppler başını salladı. Başka ne var ne yok? Ne diyeyim. Yuvarlanıp gidiyorum işte. İşim yok. Bu kötü çünkü yaşadığımız yerde herkesin bir işi var. İyi, zevkli, kazandıran işleri var. Ama benim yok. Bu da başkalarının bana karşı davranışlarını etkiliyor. Solveig'i bile etkiliyor. Bana ne veriyor? Bir zamanlar iyi günde, kötü günde benimle olacağını söylemişti. Külliyen yalan. Baştan sona palavra. Ayrıca Egil Hegel adında, iki çocuğa sponsor, yılda 880.800 kron kazanan bir herifi düzüyor. Bizim mahallede herkes aşağı yukarı böyle kazanıyor. Ben hariç, ben hiçbir şey kazanmıyorum. Solveig ihtiyacın olan zamanı kullan, diyor ama bunu yürekten söylemiyor. Umduğum kadar yakın değiliz birbirimize. Seni terk ettiğimde aklım neredeydi bilmiyorum Bongo, ancak en çok Solveig'i düşünmüştüm. Onu özlemiştim. En azından öyle sanmıştım. Sıcaklığını özlemiştim işte, yastığa dökülen saçlarını. Ve onu hâlâ özlüyorum. Her zamankinden çok aslında. Onun istediği şekilde davranmıyorum. Onu rahatlatamıyorum. Ziyaretini kısa kesmesini umduğu, bakıma muhtaç uzak bir akrabaymışım gibi davranıyor bana. Bana ihtiyacı yok. Bana ihtiyaç duymasını istiyorum Bongo. Yani benim tamamıma. Gidip gelen, batmış, gariban; bütün yanlışlarımla ve eksiklerimle, bana. Elbiselerini çıkarması hoşuma gidiyor, bunu itiraf etmeliyim. Şehirdeyken ilkelleşiyorum. Seninle ormanda takılırken böyle şeyler gelmiyordu aklıma. Ama kentsel bölgelerde bu türden düşünceler anında aklıma üşüşüyor; il sınırını geçer geçmez canım seks çekiyor. Bu, kentlilikle ilgili pek dillendirilmemiş bir arıza olmalı. İnsan azgınlaşıyor. Bunu söylemek zorunda hissediyorum kendimi. Düzüşmek başka bir şey, biliyor musun. Kadınların amına girip çıkmak yani. Kabalığımı hoş gör. Bazen her şeyi olduğu gibi söylemek en iyisi. Biraz fazla direkt oldu, belki de bayağı biri olduğumu düşünüyorsundur. Ancak dostluğumuz bayağılığı da barındırmalı. Önemli şeyleri içime atacağıma büyük küçük birtakım şeyleri paylaşmamı ve açık açık konuşmamı tercih edersin herhalde? İşte benim durumum budur. Sen de çekinme. Dök içini, ne olduğu hiç önemli değil, buluruz bir hal çaresi. Bir parça erkek sohbeti ettik diye utanacak değiliz. Sen de bir şeyler var mı?

Bongo cevap vermedi. Kaşı bile oynamadı. Buz gibiydi.

Zavallı küçüğüm, dedi Doppler. Barınaktaki şu kötü adam seni yapayalnız bıraktı. Bu, hiç aklıma gelmemişti. Kızlarla buluşamadın. Bu berbat bir şey, beni sinirlendiriyor. Bir de senin cinsinden kızlar buralardaki ormanlarda tam da şu sıralar fink atıyor, olacaklara hazırlar. Şöyle bir omuzlarına dokun, sonra tokmakla gitsin. Şu yakışıklılığınla hiç sorun çıkmaz zaten. Götüür. Birbiri ardına. Bam,

bam, bam. Siz geyikler şanslısınız, bütün yıl çıplak dolaşıyorsunuz. Ne zaman isterseniz her şeyi görebiliyorsunuz. Bizde öyle değil ya. Tersine, hep dert. Kadın insanlar elbiselere bayılıyor. Her dakika yenisini alıyorlar. Bir sürü zaman ve para harcıyorlar. Sanıyor musun ki istediğinde elbiselerini çıkarıyorlar? Yaparlarsa namerdim Bongo. İstemesi çok zor. Özellikle de yatma vakti dışında. Ama bu da sayılmıyor, çünkü o zaman da hep uyumak istiyorlar. Çok gevezelik ettim yahu.

Doppler öylece yattı ve düşündü. Daha önce hiç düşünmediği bir şey aklına geldi. Bongo'ya baktı. Ayaklarına, gelişmemiş zavallı ayak tırnaklarına ya da onlara her ne deniyorsa işte. Hiçbir işe yaramazlardı. Hiçbir şeyi ayak parmaklarıyla kavrayamazdı. Zavallım, zavallım, dedi üzgünce; kendi cinsel organını bilem tutamazsın sen. Neden bundan hiç söz etmedin? Bana her şeyi anlatabileceğini biliyorsun. Konuşmak önemli Bongo, her şeyi içine atma. Bir de şimdi en azgın dönemindesin falan. Bir cehennem olmalı bu. Benim zavallı küçük geyiğim. Gel, bana bir sarıl. Yardım istemek de zor. Dilin de yok ki zavallı küçüğüm. Bu türden hizmetler için para ödemek yasal değil. Ama zaten paran da yok. Şimdi bozuluyorum bak. Kendine bir kız bulmak için özgürlüğünden faydalanmalısın. Hemen şimdi. Haydi git bakalım. Yok, itiraz istemem! Çek git buradan.

Bongo yerinden kıpırdamadı. Doppler onu ormana kovalamaya çalıştı, meseleyi anlasın diye ayıp hareketler yaptı. Haydi, diye bağırdı. Bir dahaki sefere daha bir yıl var. Fışkırt gitsin! At şunu sisteminden!

Ama Bongo öylece yatıyordu. Doppler bunun çok kötü olduğunu düşündü. Ancak sonra sakinleşti ve ikisi bir müddet uyudular. Gece eve dönmek için otobüse binmeden önce, boynuzlu hayvan heveslisi gence Bongo'nun kızlarla görüşmesinin şart olduğunu bir güzel açıkladı. Ancak bu dikkatlice ve baskı yapılmadan gerçekleşmeliydi, çünkü Bongo bir parça 1800'lerin romantizmine sahip, bayağı eğilimlere müsait, genç, duygusal bir geyikti. Bir dahaki sefere Doppler, Bongo'yu götürmek için gelecekti, hevesli genç bunu böyle bilsindi. Hır çıkartacak olursa, hevesli çocuğun dizini koparıp eve götürecekti.

Potlaç[16]

16 İnsanların birbirine armağanlar verdiği bir Kızılderili bayramı; artı ürün birikimini engellemek için eldeki fazlalığın toplumla paylaşıldığı ve geri kalanının yakıldığı bir ritüel (ç. n.).

Doppler uzun ve yalnız günler geçirdi. Aldırmamaya çalışsa da Solveig'in hatıra defterini okuyunca fena oldu. Defter konsolun üstünde öylece duruyordu, kurcalayıp açması kolay, altın renkli bir kilidi vardı. Hatıra defteri yapanlar, bu kilitleri açmayı imkânsız hale getirmek için ciddi ciddi çalışmıyorlar, diye düşündü Doppler. Kilit neredeyse yem işlevi görüyor. Gel beni karıştır, diyor. Bu da kavga ve boşanma sebebi – insanlar yeni hatıra defterleri almak zorunda kalıyor bu yüzden. Hatıra defteri üreticileri bu durumu enine boyuna düşünmüş olmalı.

Andreas eve döndü, bundan dolayı mutluyum, hepimiz mutluyuz, yazmış Solveig, Doppler'in ortaya çıktığı günlerde. *Değişmiş, fazla bir şey söylemiyor ama beni özlemiş, bu çok belli. Belki ben de onu sandığımdan daha çok özlemişimdir. Çocuklara ve tavşana iyi bakıyor.* Sonra burayı başka bir kalemle şöyle düzeltmiş: *İşler zor. Yerini bulmak için Andreas'ın zamana ihtiyacı var ve zamanı da olacak.* Daha sonra: *Andreas bana yalan söylüyor. Eski işine geri döndüğünü söylüyor ama dönmedi. O neden böyle?* Daha da sonra: *Andreas'la aynı odada olmaktan hoşlanmıyorum. Hep evde; ben evden giderken de gelirken de; hiçbir oda artık bana ait değil, bir türlü rahatlayamıyorum.* Daha sonra: *Seks için sürekli başımın etini yiyor. Egil de böyleydi ancak o bir biçimde bunu daha çok hak ediyordu ya da bilmiyorum işte, en azından bende duygular uyandırıyordu. Model uçaklar ve işsizlik beni tahrik etmiyor.* Daha da sonra: *Egil, Egil, Egil, gülen yüz emojisi, kalp, Egil, Egil, iç çekme.*

Egil Hegel'i özleyip özlemediğini dosdoğru sorduğumda hayır, diye cevap verdi. Doppler bunun doğru olmadığını biliyordu ama onunla yüzleşecek halde değildi, çünkü başkalarının hatıra defterini okunmaması gerektiği öğretilmişti ona. Okuduğunu asla itiraf edemezdi. O zaman hiçbir şey olmamış gibi davranması gerekiyordu. İnsanlar birbirlerinin hatıra defterlerini hep okuyorlar. Ancak Doppler dünyada bazı şeylerin doğru, başka bazı şeylerin yanlış olduğu duygusundan mustaripti. O yüzden dişini sıkıp bir şey olmamış gibi davrandı. Gülümsemeye ve sevimli olmaya çaba gösterdi; Solveig'in Egil Hegel'i daha az özleyeceğini ve Doppler'in kıymetini eninde sonunda anlayacağını düşündü.

Solveig'in menopoz dönemine yaklaşan kadınlarla ilgili romanlar okuduğunu fark etti. Bu kadınlar, onları çantada keklik gören ve artık sevmeyen kocalarını terk edip öğlen yemeğinde tesadüfen karşılaştıkları otuzlu yaşlardaki aşçıyla birlikte soluğu Toskana'da alıyorlardı. Doppler, Solveig'in de kendisininkiler gibi özlemleri olduğunu anladı. Daha iyi ve çekici biri olmaya çalışmalıydı ancak şu günlerde bu o kadar kolay değildi. Önceden çok daha kolaydı, diye düşündü; insanların bolca vakti olduğunda ve düşünecek bu kadar çok şeyleri olmadığında. İnternetten önce iyi insan olmak hiç dert değildi. İnsanların dünya kadar vakti vardı. Canları ne isterse onu düşünebilirlerdi.

Kendini zorlasa da daha iyi olamadı. Tam tersi oldu, diye düşünüyordu. Cesaretsizlik aldı başını gitti; ormanda gezmeye gitmeyi kesti, iş arar gibi yapmayı kesti, Bjørnstjerne'yi yuvaya götürüp getirmeyi kesti, Gregus'un Brezilya yerel politikaları saçmalığına sinir olmayı kesti, Nora'ya elma demeyi kesti. Tavşanı görmezden geldi, dışarı çıkmamaya başladı ve sonunda Solveig'in bilgisayarının başına çakıldı kaldı. Bilgisayar orada durmuş onu bekliyor gibiydi. Giderek onu daha çok kandırıp kendine çekti. Hayatı boyunca bir daha internet kullanmamaya karar vermişti ama işte bilgisayar karşısında öylece duruyordu. Ayrıca onu gören de yoktu. Belki de internete başka bir bakış açısıyla girmeliyim, diye düşündü kendi kendine. Daha açık ve olgun bir bakış açısı. Bir sınıflandırmaya gidip eleştirel davranırsam ve insan olarak bana faydası dokunanları çekip çıkarırsam. Yenilenme sağlayabilecek birtakım dürtüler almak fena olmazdı. Kendini geliştirmek iyi olurdu. Bilgisayarı açıp çalıştırdı. İnternete giden yol uzun değildi. Etrafta dolanmaya başladı. Son kullandığından bu yana çok şeyin değiştiğini keşfetti. Ağ büyümüştü. Koskocaman olmuştu. Her bir yanda fotoğraflar ve metinler vardı. Ne ararsa arasın yüzlerce cevap geliyordu; tıkladığı bu cevaplar da onu başka sayfalara, başka yerlere yönlendiriyordu. Sensei Arntzen'in broşüründe önerdiği bağlantıların bazılarına girdi ve insanlığın hayatta kalma şansının uzun vadede ne kadar düşük olduğunu okudu. Sefaletin dibine vurdu ve birkaç hafta sonra da internetin büyük kısmına nüfuz etmiş kötümserliğin basit bir kurbanıydı artık. Yalnızlık, orman, tavşanla ilişkisi ve ona yakın olmaları gerektiği halde artık öyle olmayanlardan genel olarak kabul görmemesi, doğal direncini törpüledi. Eleştiri duygusu yeterince kullanılmadığından dumura uğramıştı, kafadan rezil olmuştu. İnternetin ana işlevinin sefillikleri ortaya koymak olduğunu biliyordu az çok ama bunu anlamıyordu. İnsanlar ne kadar kötü durumda olduklarının resmini çizebilsinler diye interneti yaratmıştı devrimciler. Bu, özünde dünyanın en zararlı aracıydı. Denetlenmemiş, filtresiz çeşitlilik, çok bilmişleri oyun dışı bırakır. Kimse diğerlerinden daha iyisini bilmemektedir; kendini kolay anlaşılabilir bir şekilde formüle edenin, güçlü ve karizmatik olanın görüşleri öne çıkar. Doppler okudu, okudu. Bir kıyamet zamanında yaşadığını anladı.

Doppler her tarafta kıyamet işaretleri görmeye başladı.

Küçük kuşlar azalır, diye okumuştu. Amfibiler ortadan kaybolurlar, arılar yok olur; yiyecek ve su kıtlığından dolayı her gün binlerce insan ölür, antibiyotiğe direnç patlar, zatürre geri gelir; varil bombaları, dronlar; insansız bir dünyadakinden bin, on bin misli daha hızla yok olan canlı türleri. Hiç kimse kaç canlı türünün yok olduğunu bilmiyor, çünkü kaç canlı türü olduğunu bilmiyoruz. Belki yılda iki bin canlı türü yok oluyordur, belki de yüz bin. Medeniyetler çöküyor. İnsanlar kendilerine aşırı güveniyor, sayımız çoğalıyor, gözümüz doymuyor, sadece kendi küçük durumumuzla ilgiliyiz. Doppler tüm bunları okudu ve durumun iyi olmadığını anladı. İşlerin iyi gitmesi pek mümkün görünmüyordu. Gerçeklik anlayışını bu irili ufaklı şeyler ışığında yeniden kurdu. Biraz oradan biraz buradan yaklaşımlar ve görüşler topladı, daha içeri girmeden insanı pes ettiren kocaman bir süpermarketten mal seçiyormuşçasına. İnternet gazetelerinin nelere değinmeyi tercih ettiklerine dikkat etti ve bunun berbat bir şey olduğunu düşündü. Berbat ötesiydi. Korkunç, aşağılayıcı ve utanç vericiydi.

Karın yağlarından şöyle kurtulabilirsiniz. Dört haftada nefis bir kıç. Hak ettiğiniz cinselliği yaşıyor musunuz?

Her şey bedenle ilgiliydi. Doppler ormana kaçmadan önce de durum büyük ölçüde buydu. Bir şeyler olmuştu. Kontrol edilebilecek şeylerin bu kadar azaldığı bir zamanda, bir bedeninin olması iyiydi, diye düşündü Doppler. İnsan bedenini bir şeyler yapmaya itebilir; onu, sahibinin arzusu doğrultusunda biçimlenmeye zorlayabilir. İnsan, sonunda yok olana dek haftada bir kilo verebilir. Milletin bilinçaltındaki istek, buhar olup havaya karışmak aslında. Ancak mesele bedenle bitse, iyiydi yine. Ayrıca politika vardı, ekonomi vardı, genel olarak bencillik vardı ve her şeyi kendi bütünlüğü içinde görmekten duyulan endişe de vardı.

Aslında her şeyin her şeyle bağlantılı olduğu gerçeğinin ortaya çıkmasından duyulan o büyük korku – kıyamet alameti.

Bedenlerinin mini minnacık yamukluklarını ve eksiklerini cerrahi müdahalelerle düzelten gencecik insanlar – kıyamet alameti.

Sosyal medyada yemek fotoğrafları paylaşımı – kıyamet alameti.

İtalyan mafyasının mülteci kamplarına ayrılan paraları cebe atarak uyuşturucudan daha fazla kazanması – kıyamet alameti.

Tanımadığın insanlara bütün öğleden sonra bahçede çalıştığını, tarçınlı kurabiyelerin fırında olduğunu ve hemen bir duş alacağını anlatmak – kıyamet alameti.

Azgın gençleri tropik bir sahildeki bir otele toplayıp insanı canından bezdiren toyluklarının haftalar boyu giderek artmasına göz yummak, bir yandan da her şeyi filme çekip diğer gençlere bunu göstermek – apaçık kıyamet alameti.

Çocuklar ve yaptıkları her komik hareket hakkında bloglar hazırlamak – kıyamet alameti.

Kocaya iyi geceler demek için telefon ederken kendi fotoğrafını çekmek – kocasına iyi geceler demek için ona telefon ederken çektiği kendi fotoğrafını şu ifadeyle sosyal medyaya koymak: *Sevgili kocamı arayıp ona iyi geceler diliyorum!* Basbayağı kıyamet alameti.

Pembe blogcuların[17] kesinlikle rahatsız edici olduğunu keşfetti Doppler. Bu blogların sahiplerinin çoğunlukla nesnelerin dünyasında yolunu kaybetmiş genç kadınlar olduğunu anladı bir süre sonra. Fakir ailelerde mi büyümüştü bu insanlar? Travmatik bir ayrılığa, ihanete ya da şiddete mi maruz kalmışlardı? Anlamıyordu Doppler. Ama çevrelerinin nesnelerle sarılı olduğunu, o nesneler hakkında yazdıklarını, onları fotoğrafladıklarını, kocalarının onların nesnesi olduğunu, çocuklarının, arkadaşlarının ve hatta kendilerinin de, hiç kafalarına takmadan onların nesnesi olduğunu anlıyordu. Bir yaşındaki çocukları, bir sürü ayakkabı, kazak ve antrenman kıyafetleriyle geçirdikleri uzun günden sonra yorgunluklarını sergilemeyi seviyorlardı. Eh, şimdi biraz dinlenmeli, kız arkadaşlarla bir kız gecesi geçirmeliydiler; yabanmersini, elma, armut ve vanilya katılmış lor peyniri yemeliydiler. Mımmm! İnanılmaz güzeldi! Böylelikle ertesi gün tekrar uyanabilsinler, kargocu oğlanın kapıya getirdiği yeni kıyafetler içinde kendilerini ve çocuklarını fotoğraflayabilecek gücü toplayabilsinler; ayrıca spor yapacaklar ki yeniden fotoğrafları

17 "Pembe blogcular" genellikle genç kızlardan oluşuyor. Bloglarının konusu günlük hayatları olan bu genç kadınlar, daha çok nasıl göründüklerine odaklanıyorlar: "Makyaj ve kıyafetle nasıl daha güzel olunur?" (ç. n.).

çekilebilsin, fotoğraflarına tıklansın, çünkü bütün bunları eğlence olsun diye yazmadılar; yok yok, bu yapılması gereken bir işti; muhtemelen daha zayıf ruhsal yeteneklere sahip birtakım insanlar tarafından alkışlandıkları kendi işyerlerini kendileri yarattılar; yiğidi öldür hakkını ver.

Doppler, yetersiz beslendikleri ortada olan bu kızların uyanıp da ilk kez boşlukla yüz yüze geldikleri gün, duvarda bir sinek olmak isterdi. Pembe blogcuları gözünün önüne getirdi: Kızlar gözlerini açtılar, gerindiler, mükemmel kocalarına, mükemmel çocuklarına dönüp baktılar, sonra bakışlarını üç yüz adet güzel giysi, ayakkabı ve eşyaların sıralandığı rafların *-dayanıklı bukleler ve yeni, yumuşak bir görüntü sağlayan* saç maşasının, Philip Hog altın renkli spor ayakkabılarının, Adax çantalarının, Phillip Lim çantalarının, Marc by Marc Jacobs çantalarının, Céline çantalarının üzerinde gezdirdiler. Tam o sırada içlerinden asabi bir homurtu yükseldi; ne olabilir bu, diye merak ettiler, anlamıyorlardı, hayatlarındaki her şey çok güzeldi oysa. Sonraki aylarda bu homurtu giderek arttı. Uğraştıkları şey onlara daha da boş gelmeye başladı, konuştuklarında sözcükler boş salonlarda yankılanıyordu. Her şey sarpa sarıyor; anlaşmazlıklar, hatta ve hatta güzel kocayla kavgalar baş gösteriyor, yaşamla ilgili seçimler konusunda şüpheler ortaya çıkıyordu. Sonunda mükemmel olan ilelebet bastırılıyor ve yerini, suçun kendinde olduğuna dair ani bir farkındalıktan doğan çaresizliğe bırakıyordu. Ateşe körükle gittiler; her gün binlerce insandan ilgi görüyorlardı ama bunu ne için kullandılar? Hiçbir bok için. Tersine. Yaptıkları, tüm dünyaya pek de akıllı olmadıklarını göstermekten ibaretti. Boşluğun önde gidenleriydiler. Nesnelerin, bedenlerin ve sığlığın partilerinden çıkmadılar, şovun en iyisi olmaya çabaladılar. Tüm bu blog yılları boyunca akıllarına tek bir eleştirel düşüncenin gelmediğini birdenbire keşfediverdiler. Tek bir tane bile.

Doppler'e göre, bundan daha büyük bir kıyamet alametine rastlamak çok zordu. Öyle ki, Pasifik Okyanusu'nda yüzüp duran tahmini beş trilyon plastik parçası bunun yerini ancak alabilirdi.

Haftalarca internetin distopyalarıyla komplo teorilerini gelişigüzel ve huzursuzca tarayan Doppler, sonunda bir üçgen çizdi. Uzunca bir süre oturup nereye varmaya çalıştığını bilmeden buna baktı. Sonra en tepeye *çok önemli*, tabana *az önemli* diye yazdı ve hemencecik bir şeyler yakaladığını hissetti. Ormana kaçmadan önce yaptığı şeylerin çoğu ya tabanda ya da oraya yakın bir yerdeydi. Yıllarca, arkasında duramayacağı gerekçelerle hareket etmişti. Kendi kuşağındakilerden daha akıllı olma hevesiyle gözü dönmüş, hata üstüne hata yapmıştı. İşe yanlış çıkış noktasından başlamıştı. Pembe blogcular ortaya çıkmadan on yıl önce, pembe blogcuların koşullarını kabul ettiğini fark etti birden. Tuzağa balıklama atlamıştı. Sazan gibi. Boşluk ve eşya biriktirmişti. Daha okulun ilk gününden başarılı olmuştu, ulusun vefakâr bir hizmetçisi olabilmek için hedefini belirlemiş, eğitimini almıştı. Çocuk yapacağı akıllı bir kadın bulmuş, cazip bir bölgede ev sahibi olup çocuklarına da aynı yaşam biçimini aşılayarak iyice bokunu çıkartmıştı. Ulusun hedefi ne pahasına olursa olsun büyümedir. Bu, ortak çıkarları tehdit eder mi acaba, diye sormaktır. Her şey tartışmaya açıktır, büyüme dışında. Bunu daha önce hiç mi hiç anlamadığını fark ediverdi Doppler. Günlük sıkıntılarımız borç ödemekten ve ailenin zaman çizelgesini takip edebilmekten ibaret olduğu sürece isyan çıkmazdı, bunu şimdi anlıyordu. Devletin, o üçkâğıtçının, bunu çok önceden hesapladığını da anladı. Böylelikle milletin günü, okulun zamansızlık üzerine düzenlediği bir konferansa zamanı olmadığından katılamayacağını anlatan e-postalar yazmakla, iPadin nasıl olup da ekran resmi çekebildiğini anlayamadığına sinir olmakla, çocukların diyetlerini, sporlarını, ödevlerini, müzik derslerini, doğum günlerini, arkadaş gruplarını ve yatıya kalma projelerini planlamakla geçmektedir; aynı zamanda iş kotarılmalıdır, yemek masası altında fetüs pozisyonunda yatma ihtiyacı bastırılmalıdır ve insanın ya da dünyanın aslında nasıl olduğunu düşünmeyi imkansız kılmak için sürekli aktif olunmalıdır. Televizyonda ne zaman ruhsal sağlık lafı geçse, insan sinirden ve belli ki ruhsal hastalar adına küstahça gülümser. Ancak aslında insan onları kıskanır; içgüdüsel olarak kendilerinden bir adım önde olduklarını anlar, diye düşündü Doppler. Bir televizyon programında ya da bir gazete röportajında iklimin dengesinde bir sorun olduğuna her değinildiğinde, insan divanda pozisyonunu değiştirir ve bunun dünyanın başka bir yerinde yaşandığını düşünür; henüz alınmamış bir elektrikli mutfak aleti başka bir dükkânda hâlâ bulanabilir. İnsanın sorunun bir parçası olduğunu görmemek için gösterdiği direnç muazzamdır.

Yaşam tarzımızın karnımızı doyuran doğayla doğrudan zıtlık içerisinde olması –o doğa ki, her fırsatta sığındığımız, diğer tüm milletlerden daha çok sevdiğimize inandığımızdır, ancak yaşam biçimimizden ve ekonomik sistemlerden dolayı her gün, her saat, uyurken bile altını oyduğumuzdur– o kadar sorunludur ki, örneğin bir senaryo yazarı ana kahramanın ikilemini bunun üzerine kursa, verilen mesaj çok aptalca, bayağı, abartılı, inandırıcılıktan uzak bulunabilir, hatta modaya uyma çabası olarak değerlendirilebilir.

İhtiyaç piramidinin tepesinin, az önce çizdiği piramitteki tabana teğet olduğunu anladı Doppler. Yeni çizilen piramitteki tepeye erişebilmek için –ki bu nokta g-e-r-ç-e-k-t-e-n önemli olanlarla ilgilidir– canımızı dişimize takıp elde ettiğimiz gereksiz maddi nesnelerin hepsini çöpe atmalıyız, diye düşündü.

Aynen böyle gaddarca.

Daha fazla gaddarca değil.

Daha az değil.

Tam da aynen böyle, gaddarca.

Bu düşüncelerle karşılaşınca, Doppler'in içini bir umutsuzluk kapladı doğal olarak. Düşünceler o kadar büyüktüler ki. Doppler de o kadar küçüktü ki. Sefilliğin ucunu bucağını göremiyordu. Birkaç kez bodrumdaki tavşan kafesinin yanına koyduğu bir kutunun içinde inzivaya çekildi. Orada kutunun içinde oturdu ve Solveig'e kutunun dışına yiyecek ve su koymasını tembihledi. Sonunda canı sıkıldı, yukarı çıkıp televizyonu açtı. History Channel'da, Amerika'nın Pasifik kıyısında yaşayan Kızılderililerle ilgili bir programa denk geldi. Anlatılanlara bakılırsa, Kızılderililerin eskiden *potlaç* adını verdikleri bir ritüeli vardı. Bütün kabileler bir araya gelip cömertlikte ve yıkıcılıkta birbirlerini geçmek için yarışırlardı. Bu, büyüklük ve ulvi üstünlük göstermenin bir yoluydu. İnsan eşyalara çok bağlanmamalıydı. Eşyalarını veriyorlar, hatırı sayılır miktarını da yakıp yıkıyorlardı. Kürklerini, kanolarını yakanlar, yani maddi olanı en çok siktir edenler en büyük payeyi alıyorlardı. Eski misyonerler potlaçtan pek haz etmiyorlardı tabii; Tanrı'nın armağanlarının yıkıcı bir biçimde heba edildiğini ve bunun, insanın çok çalışıp, mümkün olduğunca çok şey biriktirip sonra da bunları canla başla savunması gerektiğine dair Hıristiyan tasarruf anlayışıyla alay etmek olduğunu savunuyorlardı. Doppler ise bunun –hatırlayabildiği kadarıyla– gördüğü en ilham verici fikir olduğunu düşünüyordu.

Kaleme aldığı ilandan apar topar iki yüz adet bastı ve mahallenin elektrik direklerine astı.

Pislikleri yakın!

Cumartesi saat 12.00'de,
Damefallet'de potlaç!

İyi insanlar!
Yaşam tarzınızı değiştirmenin tam vaktidir.
Damefallet'in aşağısında buluşalım ve sahip olduğunuz en güzel şeyleri yakalım. Çocukların en sevdiği oyuncakları, Noel'den önce aldığınız kayakları yakın; arabanızı ve Danimarka malı divanınızı yakın; nefes alan ceketlerinizi yakın, nabız ölçer aletlerinizi, mutfak araçlarınızı ve tabletlerinizi yakın.
Bütün baş belası pislikleri yakın!
Herkes davetlidir ama özellikle pembe blogcuların gelmeleri önemle rica olunur.

Kucaklandınız
Andreas Doppler

Doppler, cumartesi günü Solveig'in açık mavi Hunter çizmelerini ayağına geçirip Bjørnstjerne ile Gregus'u ormanda gezmeye götürmesini bekledi. Dışarı çıkmanın ona da iyi geleceğini söyledi Solveig, ancak Doppler onu kibarca reddetti ve kendini pek iyi hissetmediğini belirtti. Onlar çıkar çıkmaz eşyaları toplamaya başladı. Odadan odaya geçip mavi İKEA torbasına küçük ve orta boy eşyalar atıverdi.

Nora'nın odasına girip kızın çalıştığı bilgisayarı almaya kalkışınca biraz patırtı koptu.

Dur! N'apıyorsun?

Bilgisayarını alıyorum Nora.

Ne yapacaksın onu?

Yakacağım.

Nora, uyanıp uyanmadığından emin olmadığında nasıl bakıyorsa öyle baktı Doppler'e.

Önümüzdeki birkaç gün muhtemelen bana sinir olacaksın ama geçer. Kendini özgür hissedersin.

Nora bilgisayarına sıkı sıkı yapıştı.

Onu bana ver Nora. Ben senin babanım. Neyin yanıp yanmaması gerektiğini en iyi ben bilirim.

Sonunda bilgisayarı kızın elinden kaptı ve odadan koşarak çıktı. Bu arada göz ucuyla Nora'nın cep telefonunda bir numara çevirdiğini ve onu, annesine söylemekle tehdit ettiğini fark etti. Doppler geri dönüp cep telefonunu da aldı.

Özür dilerim ama bunun da yanması gerek, diye bağırdı.

Mutfağa daldı; kahve makinesini, gözleme ızgarasını, tost makinesini, elektrikli çırpıcıyı, yumurta pişirme makinesini, ekmek kızartıcısını, Egil Hegel'in Noel'de Solveig'e hediye ettiği pilli yulaf lapası karıştırıcısını aldı. Sonra dışarı fırlayıp arabanın arkasına römorku taktı. Danimarka malı köşe divanı, elli beş inç plazma televizyonu ve kullanılmışı birkaç yıl önce yirmi bin kron eden, Solveig'e göre beleşe aldıkları yemek masasını taşımasına beyaz evde oturan komşu yardım etti.

Birinci katı da şöyle bir tavaf edip kalan son birkaç küçük parçayı hızla toparladı: Manasız manasız gülüp duran şans kedisi, Solveig'in on yedi çift ev ve sokak ayakkabısı, 1937'de falanca akrabanın ardıç ağacı kökünden oyarak yaptığı bir çanak.

Komşu durmuş, Doppler'in bütün bunları römorka doldurmasını izliyordu.

Orada öyle dikilip durma, dedi Doppler arabaya binerken.

Ne demek istiyorsun?

İlanlarımı görmedin mi?

Komşu başını salladı.

Gerzek! Bu gün eşyaları yakma günü. Şimdi içeri koş ve beğendiğin bir şeyleri kapıp benimle gel, onları yakalım.

Komşu Doppler'e baktı; o an ağzı, ortadan kaybolmayı umduklarında komşuların yaptığı türden bir şekil aldı.

Haydi, diye tekrarladı Doppler, bütün gün bekleyecek değiliz. Bir şişe ispirto getir bu arada. Kibrit de al.

Komşu içeri süzüldü. Doppler adamın geri döneceğinden pek emin değildi. Bu adam, karısının onayı olmadan pek bir şey yapamayanlardandı. Karısı önemli olduğunu düşündüğü için formunu koruyordu. Görev icabı haftada birkaç tur koşardı, ancak bundan hiç keyif aldığı yoktu. En çok rahat bir koltukta kitap okumayı seviyordu ama karısı bunun 80'li-90'lı yıllara mahsus bir şey olduğunu söylerdi. Kırkı doldurduğunda mesele ayağa kalkıp dışarı çıkmak ya da ölmekti. Bir dakika sonra Doppler komşusunu mutfak penceresinde gördü, belli ki karısıyla hararetli bir tartışmaya girişmişti. Bir süre sonra kadın öfkeli bir ifadeyle dışarı çıktı ama neyse ki elinde ispirto ve kibrit vardı. Doppler arabanın yan camını açtı.

Magnus'u rahat bırak, dedi kadın.

Doppler hiçbir şey demedi.

Nelere kalkıştığını bilmiyorum, diye devam etti; bilmek de istemiyorum ama abuk sabuk projelerine Magnus'u bulaştırmaya çalışma. Şunu al, dedi; ispirtoyla kibriti uzattı, gelecekte de bizden uzak dur, diye bitirdi sözünü.

Teşekkürler, dedi Doppler.

Teşekkür etme.

Ne diyeyim peki?

Hiçbir şey deme. Çek git.

Doppler köşeyi dönmeden önce dikiz aynasından kadının durup en yakındaki elektrik direğinde asılı ilanı okuduğunu gördü; köşeyi döndüğündeyse çoktan cebini çıkarıp birini aramıştı. Ne iş bilir kadın, diye düşündü Doppler. Bir gün içerisinde yapamayacağı iş yok. Şahaneden başka ne denebilir ki? Doppler durdu, birkaç saniye düşündü ve geri geri gitti. Kadın onun geldiğini gördü, ne istediğini anlamadı. Telefonda konuşuyordu; Doppler'e hem soran hem de çek git diyen bir ifadeyle baktı. Doppler pencereyi açtı, elini uzattı; şu telefonuna bir bakayım, dedi. Kadın şaşkın bir halde telefonu ona uzattı. Doppler camdan uzanıp telefonu kaptı.

Bunu da cehennemde yakacağım, dedi.

Sonra da gayet memnun bir şekilde yoluna devam etti. Bu Norveçliler ne saf oluyor. Gülmek zorundaydı.

Doppler, çimenlerin ve yaşlı büyük ağaçların villalarla dolu araziyi böldüğü yüz metre enindeki yeşil alanın dibinde römorkunu boşalttı. Divanın üzerine ispirtoyu boca edip ateşe verdi. Divan saf, doğal yünden –ağaç malzemeden– yapıldığı için ilk saniyeden itibaren cayır cayır yandı. Ateş yakmakta bir şey var, diye düşündü Doppler ve bunu sık sık yapması gerektiğini bir kenara yazdı. Isı arttıktan sonra, iki savaş arasındaki yıllarda ardıç ağacından yapılmış çanağı, Solveig'in ayakkabılarının bazılarını ve diğer kolay tutuşur eşyaları ateşe attı. Bölgeyi çevreleyen evlerden insanlar çıkıp gelmeye başladılar. Bazıları birbirlerine baktılar, ne yapmaları gerektiğini pek kestiremeyerek. Eşyalarınızı getirin, diye bağırdı Doppler, bir yandan da Solveig'in ayakkabılarını tek tek ateşe atıyordu. Her şeyi getirin! Fırsatı kaçırmayın! Kurtulun bu siktiğimin şeylerinden! Nasıl iyi geliyor, hissedin! Çekinmeyin! Sahip olduğunuz en iyi şeyleri yakın!

Sensei Arntzen belli ki ilanları görmüştü, kucağında tahta bir kutu, yuvarlana yuvarlana geldi. Ateş cayır cayır yanmaktaydı ve sıcaklık o kadar yükselmişti ki, dört beş metreden fazla yanaşmak zordu. Sensei, Doppler'e sıcacık gülümsedi; kutudan Doğu Telemark bölgesinin milli erkek kıyafetiyle bir makas çıkardı. Kısa pantolonu hiç telaş etmeden, düzenli şeritler halinde kesti ve alevlere attı. Sonra gümüş takılar, gümüş saplı kama, şapka, yelek, ipek mendil, yün çoraplar, çorapların kurdeleleri sırayla atıldı; kısaca, bütün milli kıyafet yandı bitti kül oldu. Bir çocuk, şişe geçirilmiş sosisiyle çıkageldi ancak sinirli bir baba tarafından apar topar oradan götürüldü. Uzaktan sirenlerin sesi duyuluyordu. Doppler Nora'nın bilgisayarıyla cep telefonunu da ateşe attı. Sıra elektrikli mutfak aletlerine gelmişti. İlk aletleri ateşin göbeğine fırlattı, plastikle kimyasalların yandığı yerden çıkan alevler renk değiştirdi. Aletleri peş peşe ateşe attı. Keyfine diyecek yoktu. Sensei Arntzen, Doppler'e gülümsedi, Doppler de ona. Çok doğru bir iş yaptığı hissediliyordu. Bunu daha önce nasıl düşünememişti ki.

Pille çalışan yulaf lapası karıştırıcısını ateşe atmaya hazırlanırken, Egil Hegel koşarak geldi – aniden yerden bitti, sadece Egil Hegel gibilerin, her işin altından kalkanların yapabileceği gibi, Solveig de iki adım arkasındaydı.

Hayır! Yulaf lapası karıştırıcısı olmaz, diye bağırdı Egil Hegel ve Doppler'in üzerine atlayıp onu yere yatırdı.

Doppler etkisiz hale getirilince Solveig, yulaf lapası karıştırıcısını ve alevlerin henüz yutmadığı başka ufak tefek eşyayı kurtardı. Sensei Arntzen'in gülüşü donuverdi. Tekerlekleri çevirip pozisyon aldı, tahta kutuyu Doppler'i kurtaracak şekilde Egil Hegel'in kafasına indiriverdi. Doppler yulaf lapası karıştırıcısını Solveig'in elinden çekip aldı, bir yandan da gözlerinin içine bakıyordu, kısa bir an için uzun zamandır olmadığı kadar yakınlaştıklarını hissetti. Sanki etrafında zaman durmuştu; dünya böylece kıpırtısız dururken o kendini çok canlı ve şimşek hızında, kedi yumuşaklığında hareket edebilecek gibi hissediyordu. Ateşin yoğun sıcaklığını hissediyordu; bunu, o an için aşkın ilk günlerindeki içsel sıcaklıkla karıştırdı. Sevildiğini, bir denge tutturduğunu hissetti; dünyada bir tür denge kurulmasının yolu açılacaksa, şimdi iş yalnızca yulaf ezmesi karıştırıcısının yanmasına kalmıştı. İnsanların lapayı karıştırmaktan kurtulması için yapılmış aşağılık alete baktı. Bu ufak makine bu işi onlar için yapabiliyordu ki onlar da başka bir iş yapabilsinler. Yulaf lapası karıştırıcısı aptallığın, düşüşün, ülkeyi sarmış olan çöküşün ta kendisi, diye düşündü Doppler; ne pahasına olsun yakılmalı, yeryüzünden silinip gitmeliydi ki, insanlar yulaf lapasını yeniden elle karıştırabilsin; karıştırılabilecek bir yulaf lapasının yanı sıra dünya, güneş ve ay buldukları için mutlu olmaları gerektiğini yeniden anlayıversinler. Var olan şeyleri bir düşünün hele. Doppler gülümsemek zorundaydı.

Egil Hegel ayağa kalkarken, Doppler yulaf lapası karıştırıcısını nefis bir kavisle ateşe fırlattı. Yüzlerce çift göz onu takip etti. Doppler'in yüzü ulvi bir gülümsemeyle aydınlandı. Hepsini kurtarmıştı. Siktiğimin dünyasını kurtarmıştı. Sonsuz ateşe efsunlu nesneleri atmak için yanardağın kenarına kadar gelmesine karşı çıkanları ve doğa güçlerini hayatını tehlikeye atarak alt etmiş, zalim güçlere karşı durmuştu. Musibet alet havada süzülürken Doppler, perilerin söylediği cılız bir şarkının ormandan süzülerek geldiğini duyar gibi oldu.

Bir yulaf ezmesi karıştırıcısı onları birleştirecek,
bir yulaf ezmesi karıştırıcısı onları bulacak,
bir yulaf ezmesi karıştırıcısı onları zorlayacak
ve karanlıkta birleştirecek.
Bulutların saltanat sürdüğü karanlık kuzeyde.

Ancak gözucuyla şimşek gibi hareket eden Egil Hegel'in Sensei Arntzen'in tekerlekli sandalyesini devirip iki çevik adımda ateşe yaklaştığını görünce gülümsemesi yüzünde donakaldı. Mucizevi bir kaplan sıçrayışıydı bu. İnsanın gücünün ötesindeydi. Doppler'in eşyalara ve eşyaların varoluşuna karşı saldırısına duyulan müthiş kızgınlıktan güç alıyordu. Solveig yüzünü iki eliyle kapattı, filmlerde, ezeli rakibe karşı skor berabereyken ve maçın bitmesine saniyenin onda biri kadar zaman kalmışken, basket takımının sakat kahramanı üç puan çizgisinden de uzakta bir yerden topu attığında amigo-ponpon kızların yaptığı gibi. Yulaf lapası karıştırıcısı hiçliğe doğru yoluna devam etti, geriye bir metre, yarım metre, otuz santimetre kalmıştı; seyircilerden bazıları çaresizlikten ve üzüntüden gözlerini kapamışlardı. Diğerleri çocuklarının gözlerini kapadı. Başka birileri ise yumruklarını sıkıp bağırdılar ve umutsuzlukla dizlerinin üzerine çöktüler.

İğrenç alet alevlerden birkaç santimetre uzaktayken Egil Hegel onu kaptı, Solveig'e gülümsedi ve ateşin arasında olimpiyatlara katılıyormuşçasına sıyrılıverdi. Diğer tarafa, bacaklarının üzerine iniverdi; kalabalığa döndü, perçeminden bir tutam saçı geriye itip yulaf lapası karıştırıcısını havaya kaldırdı. Sevinç ve tebrik çığlıkları etrafını sardı. Koca koca adamlar onu ellerini kenetleyerek yaptıkları altın beşikte taşımak için koşarak geldiler. Çocuklar Ida'nın yaz şarkısını söylediler ve el çırparak tempo tuttular. O ara itfaiyeyle polis tozu toprağa katarak geldi. Ateş söndürüldü ve Doppler kelepçelendi.

Birbirine kenetlenmiş mahalle halkı derin bir nefes aldı. Huzur ve düzen yeniden inşa edilmişti.

Kıçlar Baş Oldu

Yetkililer Doppler'i gözlem altında tuttular. Psikiyatriye yıllarını vermiş bir bilirkişi heyeti onu muayene etti ve cezai ehliyeti olduğu sonucuna vardı. Aşırıya kaçan davranışlarda bulunmak ve çevreci olmayan bir eylemle atıkları ortadan kaldırmaya kalkışmaktan dolayı sekiz bin kronluk bir para cezasına çarptırıldı. Cezayı Solveig ödedi. Komşunun akıllı telefonunu da tazmin etmek zorunda kaldı.

Doppler eve geldiğinde, ailenin onu kollarını açarak karşılayan tek ferdi Bjørnstjerne oldu. Oğlan tekrar konuşmaya başlamıştı. Egil Hegel'i gördüğünde merhaba demişti. Ve şimdi de noktasız virgülsüz konuşuyordu. Bin kronu unut gitsin, dedi Doppler.

Buna karşılık Nora konuşmayı kesmişti. En azından Doppler'le. Gregus odasından çıkmıyordu. Mato Grosso do Sul'daki yerel seçimler devam etmekteydi ve babası hiç mi hiç umurunda değildi zaten.

Solveig, Doppler'i bir kenara çekti ve bundan sonra bazı şeylerin farklı olacağını açıkladı. Egil Hegel tekrar buraya taşınmak üzere, dedi. Doppler itiraz edecek oldu ama Solveig kolunu karşı çıkar gibi kaldırdı. İşte bu kadar, dedi. Seni biraz seviyorum ama Egil Hegel'i çok daha fazla seviyorum. Doğru dürüst bir adam o, senin gibi dırdırcı da değil. Ayrıca beni seviyor. Bana saygı duyuyor ve iyi biri olduğumu düşünüyor. Gerçek dünyada yaşıyor. Evin orasında burasında mastürbasyon yapıp suçu başkalarının üzerine atmıyor. Bunun artı bir şey olduğunu düşünüyorum. Buradan hemen taşınabilirsin ya da hayatınla ilgili bir karar verene kadar tavşanla birlikte bodrumda kalabilirsin. Sonuncuyu seçecek olursan, bizden biraz uzak duracağını varsayıyorum.

Doppler, bodrumu ve tavşanı seçti. Tavanarasından bir yatak ve uyku tulumu indirip pelet kazanının yanında, tavşanın görüş alanı dışında, banyonun kapısına yakın bir yere yerleşti. En son istediği şey, mantıksız bir kemirgenin onu seyretmesiydi. Kendini güçsüz, ahmak, umutsuz ve şaşkın hissediyordu. Biraz da azgın.

Kıçların baş olmasından daha öte bir şey olmadı. Tabii ki kıçlar baş oldu. Önce buna karşı koymaya çalıştı ama faydasızdı. Kıçlar onu sersemletti. Kıçların su gibi olduğunu keşfetti. Her bir taraftan içeri sızıveriyorlardı. Onlara karşı savunma mekanizmaları kurduğunda, kıçlar bunları alaşağı ediyordu.

Gündüz vakti, ev boşken, Solveig'in bilgisayarını araklayıp kıçları seyrediyordu. Bu işi sıcak banyo zemininde yapıyordu. Yalnız bir yaşamdı bu, buna karşın sıcak ve hoş kıçlarla doluydu.

İnternetin tıka basa kıçla dolu olduğunu gördü Doppler. İnterneti dolduran şeyleri sıralarsak, buranın distopik kıyamet senaryoları kadar, kıçlarla da dolu olduğunu keşfederiz, diye bir kenara not aldı. Yan yana koyacak olursak internetteki kıç resimleri, Ay'ı geçip Samanyolu'nun ana parçalarına kadar uzanıp gider, diye düşünüyordu. İrili ufaklı kıçlar, yumuşak, sert, zavallı, mutlu kıçlar; sarkan, şen şakrak, parlayan, mat, kaygan, çıkıntı kıçlar; beyaz, siyah, kahverengi, Çinli kıçlar. Kıçlar, kıçlar, kıçlar. Doppler kıçlara hep bayılmıştı ama bunu hiç itiraf edememişti, kendine saklamıştı, pek çok kişi gibi. Ama şimdi her şeyi salıvermişti. Kıçlar hayatın ta kendisi, diye düşündü. Onlar doğanın en iyi fikirlerinden biriydi. Yumuşak ve davetkâr. Fotoğraflardan bazılarında kıçların sahipleri anlayışla ve sımsıcak gülümsüyorlardı, yüzlerini Doppler'e dönmüşlerdi sanki ve kıçları çekici bir görüntü verdiğinden gururluydular. Onlar kıç sevenlerdi ve utanmaları yoktu. Doppler, özellikle buna bayılıyordu. Hayatta kederi tasası olmayan gururlu kıç sahiplerine. Onlar da bakardı – Doppler'in kıçının fotoğrafı çekilmiş olsaydı, onlar da buna bakardı, diye düşündü keyifli bir anında. Aradan haftalar geçtikten sonra Doppler kıçları tanır oldu. Onları birbirinden ayırt edebiliyordu. Bir kıçın çok ender olarak diğerlerine benzediğini keşfetti. Doğa aynı temel fikre sadık kalsa da çeşitliliğe açıktı. Farklı sitelerde görülen pek çok kıç ya tek başınaydı ya da diğer kıçlarla birlikte. Belli ki fotoğrafı çekilecek acayip çok sayıda kıç vardı. Birtakım insanlar, kıçlarının fotoğrafını çektirmeye asla doyamıyorlardı besbelli. Bu insanlar, kıçlarının bazen yumuşakça, bazen sertçe okşanması arzusuyla yanıp tutuşuyorlardı, her zaman çok neşeliydiler sanki kıçlarını göstermek, bildikleri en iyi, en eğlenceli şeydi. Bazı fotoğraflarda, kıçların yakınında bir erkek de görünüyordu. Kıçlara bakıyor, dokunuyor, fotoğraf ışığında parlamaları için kıçlara bir çeşit yağ sürüyorlardı. Doppler, bu adamların görüntüsünü ara sıra bir parçacık kıskandığını hissetti. Şanslı köpekler, diye aklından geçirdi, gerçekten hayatın tadını çıkarıyorlar. Böyle bir kıç deneyiminin içinde olduğunu bir düşün, kıç kızlarıyla her gün görüştüğünü düşün. Göğüsler, kıçlar, baldırlar, ağızlar ve sınırsız miktarda daha pek çok şey. Bu kadınlarla erkeklerin, içlerindeki en temel şeyle sürekli ilişki halinde olduklarını düşündü Doppler; vermekten çok almakla ilgili olan, bencil, özgürlükte sınır tanımayan o en temel şeyle. İkiyüzlülükten eser yok, dürüst bir alışveriş. İki taraf da görünüşleri ya da başka özel bedensel özelliklerinden dolayı bir işveren, bir girişimci tarafından seçilmişti Doppler'e göre. Bu kişinin niyetinin para kazanmak olduğuna şüphe yoktu, kıç sahipleri işe kendi istekleriyle başvurmuşlardı. Bu Doppler için önemliydi. Kadınların arzulu görünmediği, tiyatronun büyüsünün bozulduğu hissini veren fotoğrafları sevmiyordu. Bunlardan uzak duruyordu. Ufacık bir şey Doppler'in dengesini bozmaya yetiyordu. Kadınların bakışlarının yönü, ağız kıvrımlarının aşağı doğru olması, boyun, kol ya da ellerdeki gergin adaleler. Bunlar olduğunda kendini bir saldırgan gibi hissedip bilgisayarı kapatıyordu. Hem kendine hem de kadınlara ayıp etmiş gibi hissediyordu ve bir daha bilgisayarı açmayacağına dair kendine söz veriyordu. Bunu bazen birkaç saatliğine başardığı oluyordu. Hatta bir defasında bütün gün sözünü tuttu. O gün tam bir faciaydı. Neredeyse hiç uyuyamadı. Yemek yemedi. Sadece yatıp yoksunluktan dolayı titredi. Geceyarısından hemen sonra, ne kadar aşka geldiği hakkında her saat başı kayıt tutmaya başladı, çünkü yaşamının daha sonraki, daha az aşka geldiği bir evresinde hatıraları kaleme alınmamışsa, bunlara hiç mi hiç inanmayacağından korkuyordu.

Doppler'in azgınlık şeması:
(x-eğrisi = zaman, y-eğrisi = azgınlık derecesi)

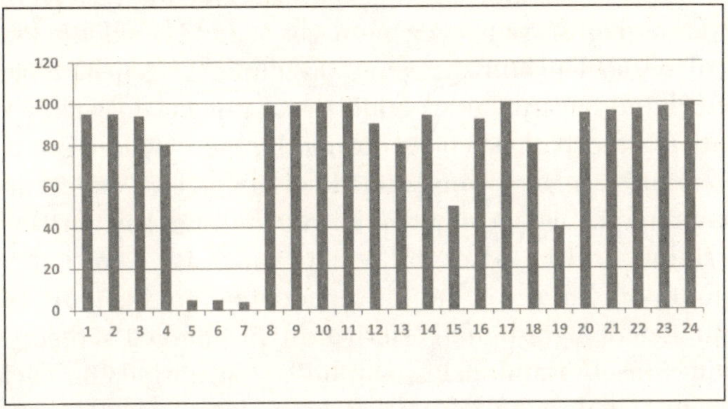

Doppler, ilk üç saat kendini korkunç azgın hissetti. Kesinlikle. Yine de yüzde yüz diye not alma konusunda tereddüt ediyordu. Azgınlığının daha da ilerleyeceğinden korkuyordu. Sabah dört civarı o kadar yorgun düştü ki, azgınlık derecesi yaklaşık yüzde on beş kadar geriledi. Birkaç saat uyudu. Uykusunda bile azgınlığı tamamen geçmemişti, uyandığındaysa iyice aşka gelmişti. Not defterinde kullandığı sözcük *çok azgın* oldu. Üç saat kadar uyanık kaldıktan sonra, iş iyice çığrından çıktı ve kendini birazcık ellemek zorunda kaldı. Gözlerini kapatıp iç gözüyle kıçları görmeye çalıştı. Bu pek kolay olmadı. Gördüğü binlerce fotoğraftan sonra fantezi gücü körelmişti. Bazılarını hatırlamaya çalıştı ancak hem noksandılar hem de birbirlerinden biraz kopuk. Büyük bir sabır ve inanılmaz bir iradeyle otuzbir çekmeye azmettiği için başarılı olmuştu. Ama azgınlık dinmiş değildi. Tersine, azgınlıktan azdığını fark etti Doppler. Kendi kendini güçlendiren bir süreçti bu. Azgınlık, evdeki huzursuzluktan dolayı gün ortası geriler gibi oldu. Üst kata birileri gelip gitti. Bir komşu çim biçti. Tavşan kafesinde tepişip durdu. Tüm bunlar azgınlığı olumsuz etkiledi. Ama saat dörtte Solveig eve geldiğinde, azgınlık yine tavan yaptı. Doppler, Solveig'in arzudan yanıp tutuşmuş bir halde aşağıya ineceğini hayal etti. Böyle olmadı, ancak bunun olabileceğine inancı o kadar yoğundu ki, beyni tüm gerçekliğe kendini kapatıp mevcut kanın tamamını şu süngerimsi alete pompaladı adeta. Kendisi bu durumdayken, tüm dünyanın da aynısını yaşamamasını, diğer herkesin de yıkıcı içsel güçlerin etkisiyle patlayacak hale gelmemesini çok acayip buldu. Saat altı gibi azgınlığı azaldı, çünkü çocuk televizyonunun sesi tavandan sızıyordu. Saat yedi gibi azgınlığı epeyce geçti çünkü televizyonda haberler başlamıştı ve televizyonun sesi açıldı. Haberler hakkında pek çok şey söylenebilir ancak insanı azdırdığı söylenemez. Haberler biter bitmez uyarılma geri geldi ve gece yarısına doğru kuvvetini arttırdı. Doppler o esnada bitap düşmüş bir halde uyudu. Ertesi gün yine Solveig'in bilgisayarını arakladı ve kaldığı yerden devam etti.

Azgınlığının geçtiği anlardan birinde, tuttuğu kayıtlardan yola çıkarak bir şema hazırladı. Bu şemayı iyiden iyiye gözden geçirdi, bunun dürüst ve samimi bir şema olduğunu düşündü. Şema, insanın nelerle uğraştığını gösteriyordu. Biri bitmeden diğeri başlıyordu. Cinsel yaşamındaki yoğunlukla yaşı arasında bir bağlantı kurmuştu. On dört, on sekiz, yirmi bir yaşlarındayken de azgındı. Ama başka türlü. O zamanlar için taze havadislerdi bunlar. Engelleri yıkıyordu. İlk kez. Bu şekilde ilk kez. Başka bir şekilde ilk kez. Heyecanlıydı. Kırkı geçtiğinde, her şeyin artık son bulacağını düşünmeye başladığını anladı. Tüm kısıtlamalar bir kenara atılmıştı. Bir miktar gözü dönmüşlük girivermişti işin içine. Bu, haşin ve üzücü bir azgınlıktı. Gençliğinden bildiği azgınlık şimdi hissettiğinin yanında solda sıfır kalırdı.

Girdiği bazı internet siteleri, kıçlar için Doppler'in para ödemesini istiyorlardı. O ödemek istemiyordu.

Öncelikle ne parası vardı ne de geçerli bir banka kartı. İkinci olarak, para ödemenin pis bir iş olduğunu düşünüyordu, maksadını aşan bir iş. Keyif işleri beleşe gelmeliydi ve kıç sahipleri keyiften dört köşe olmalıydı. Erkeklerin de kıçlarla birlikte arada sırada fotoğrafa girdikleri oluyordu ama bu Doppler'i çok rahatsız etmiyordu. Çoğunlukla pek sevimli de değiller, diye düşündü. Sevimli ve hoş olmamalarına rağmen seçilmişlerdi.

Kıçlarla iştigal etmesi doğal olarak kendini ellemeyi ve kendi kendini tatmin etmeyi beraberinde getiriyordu. Bu kaçınılmazdı. Defalarca. Beyninin mantıklı kısmı bunun artık aşırıya kaçtığını, işin zıvanadan çıktığını anlıyordu ama Doppler durmayı beceremiyordu. Bedeni derdini anlatmaya çalıştı. Kıçlar ve mastürbasyonla geçen bir öğleden sonra bedeni yeter artık dedi, ama beyni doymamıştı. Tesadüfen köpüklü ayranın faydası olduğunu keşfetti. Egil Hegel gece gündüz köpüklü ayran içiyordu. Doppler onun karton kutularından gizlice bir iki tek atmaya başladı. Bu işe yaradı. Kendiliğinden uyarılma yeniden gerçekleşti. Köpüklü ayranın medeniyetin doruk noktası olduğunu anladı Doppler. Daha önceleri yağsız sütün bu konumda olduğunu düşünmüştü. Şimdi anlıyordu ki bu konum köpüklü ayranındı. Aptalın teki bile yağsız süt yapabilir, diye düşündü ama köpüklü ayran çok yüksek bir gelişim düzeyine işaret ediyor, önyargı ve dar görüşün canına okuyor, açıklık, azgınlık ve keyfi ödüllendiren bir toplum yaratıyor. Bir dönem, azgın insanlar için hazırlanmış bir internet sayfasında, süt işletmesinde çalışan bir kadına rastgelmiş ve onunla internette sohbet etmişti. Kadın, Doppler'in köpüklü ayranın bir afrodizyak olduğuna dair güçlü inancını paylaştı ve tam ikisi de buluşmaya karar vermişken, Doppler korkup geri çekildi. Kendisi için hazırladığı yakışıklı profilin hakkını vermesi zor görünüyordu. Kendini olduğundan birkaç yaş daha genç ve atletik göstermiş, müthiş bir müzik kulağına sahip olduğunu yazmıştı. Foyası ortaya çıkacaktı; bunu kaldıramayacağını hissetti. Zaten iyice dibe vurmuştu. Profilini sildi ve iyiden iyiye kıçlara gömüldü.

Yağmurlu bir öğleden sonra Doppler, buzdolabında köpüklü ayran kalmadığını dehşetle fark etti. Otuzbir çekmeye daha yeni başlamıştı ve durum pek de iç açıcı görünmüyordu. Antredeki ceketlerin hepsinin cebine baktı, divanın yastıklarının altını üstüne getirdi. Sonunda on dokuz kron toparlayabildi. Pek emin değildi ama bu kadar para yeter diye düşünüyordu. Yetmesi lazımdı. Köpüklü ayran epey bir sübvansiyon almalı ve herkes ona ulaşabilmeli. Devlet hakkında ileri geri konuşabiliriz ancak bu konuyu akıl etmiş olmalılar, diye düşündü; yalnızca zenginler otuzbir çekecek diye bir şey yok yani, özellikle Norveç gibi eşitlikçi bir toplumda. Giyinip evden çıktı. Dışarıya çıkmayalı haftalar olmuştu. Işıklar, yağmur ve insan sesleri üzerine üzerine geldi. Her şey çok tuhaftı. İnsanlar gidip geliyorlardı, çoğunun elinde her zamanki gibi mallarla ve ürünlerle dolu renkli torbalar vardı. Hedefe kitlenmişlerdi. Nereye gideceklerini, oraya vaktinde yetişmek için ne kadar hızlı gitmeleri gerektiğini tam olarak biliyorlardı. Toplum boşuna işlemiyordu. Yanından geçen herkesin topluma kendi çapında katkıda bulunduğunu hissetti. Üretime katkısı olmayanlar gündüz vakti sokağa çıkmaya pek cesaret edemiyorlardı. İtilip kakılma konusunda o kadar dirsek çürütmüşlerdi ki, buzdolabında her daim yeterince köpüklü ayran bulundurmaya gayret ediyorlardı. Otuz yaşlarında bir kadın yanından telaşla geçti, tramvaya binecek diye düşündü Doppler, sonra da şehre inip işyerine gidecek; sekerek ve mutlu adımlarla ilerliyordu, her yönden çekiciydi. Doppler kadının peşini bırakmamak için hızını istemsizce arttırdı. Kadının sırtına ve içindekini baş döndürü bir şekilde saran pantolona baktı. İnternettekilerin tersine buradaki kanlı canlı, gerçek ve bu dünyadandı. Bu da rahatsız ediciydi; yaşananı sisli ve karmaşık kılıyordu. Bir kıçın resmiyle muhatap olmak, kesinlikle daha kolaydı. Kıçlar bir şey hissetmiyordu. Bir şey düşünmüyordu, dönüp cevap vermiyordu. Kıçların iyi yanı buydu işte. Doppler buna rağmen kadının peşinden gitmeyi sürdürdü; bu kıçın yakınında olmak istiyordu, ancak bu kıçın sahibinin önünden yürüyor olması, dünyayı benliğiyle doldurması onu korkuttu. Doppler onun hakkında bir fikir edinmek istiyordu, ona sahip olmak değil, fazla olurdu bu; kadının duyguları, deneyimleri, görüşleri –bunun ucu bucağı yoktu, ama kokusu, kıvrımları– bunlarla baş edebileceğini hissetti, yeterince derdi olmasına rağmen. Kadın süt almayı planladığı dükkânın önünden geçip giderken hâlâ onu takip ediyor olmasına da şaşırıp kaldı. Tramvay istasyonuna doğru gitti, merdivenlerden indi. Doppler peronda onun arkasında durdu, bilet almak için parası olmadığı halde tramvayı bekledi. Neden orada durduğunu kendisi de pek anlamadı. Etrafına bakındı, birilerinin onun neler karıştırdığını fark etmiş olmasından korktu. Asıl hayalinin bu gerçek, etten kemikten kadının dönüp ona neler karıştırdığını sorması olduğunu utançla anladı. Böylelikle son derece dürüst bir şekilde onun bedenin esiri olduğunu söyleyebilirdi; o zaman da kadın bunu heyecan verici bulup kendine hakim olmakta zorlanırdı. Senin gibi adamlara hiç mi hiç doyamıyorum, demesini istediğini fark etti Doppler. Sonra Doppler'i kuytu bir köşeye çekip öpüp okşamaya başlayacaktı. Bunun olmayacağını biliyordu ama yine de orada dikilip duruyordu işte. Bu asla olmayacak. Birdenbire utanç yakasına yapıştı ve onu uyandırdı. Utanç, o baş belası şey, her şeyi mahvetti, utancın çoğunlukla yaptığı gibi. Şu güzel hayal tam kıvamına gelmek üzereydi. Küçüklüğünden dolayı kıpkırmızı kesildi, gitmek için geri döndü ama durdu, kadına doğru yürüdü ve usulca omuzuna dokundu. Affedersiniz ama, dedi, ben sizi nesneleştirdiğim için incindim.

Kadın Doppler'e kocaman, şaşkın gözlerle baktı.

Doğru mu bu?

Evet.

Hay allah!

Aynen öyle.

Çağımızda böyle şeylerin kesinlikle olmaması lazım.

Evet, tabii. Özür dilerim, yine.

Ne zaman oldu bu peki?

Şimdi. Aslında son birkaç dakikadır. Yanımdan geçtiniz, vücudunuzu görmezden gelemedim, o yüzden sizi bir müddet takip ettim. Bana neler olduğunu bilemiyorum ama körleşmiş gibiydim. Sizin herkes gibi, tamamen iyi ve tamamen kötü birtakım nitelikleri olan, yani hoş bir insan olabileceğinizi düşünemedim, sadece kıçınıza baktım ve hooop nesneleştirildiniz bile. Bu işler böyle pat diye oluveriyor.

Kadın Doppler'e baktı ve başını düşünceli düşünceli salladı. Tramvay istasyona girmişti.

Bunu söylediğiniz için teşekkür ederim, dedi tramvay durmak üzereyken. Hem ciddi hem de aptalca bir şey bu, ama olur böyle şeyler. Kendinizi pek hoş olmayan düşüncelere kaptırmışsınız muhtemelen . Bu konuyu halletmeniz lazım. Bana söz veriyor musunuz?

Doppler başını salladı. Söz veriyorum, dedi.

Ama Doppler yarım ağızla konuşmuştu. Birbirleriyle konuşurlarken ve tramvayın arkasından el sallarken bile kadını nesneleştirmeye devam etmişti. Birkaç dakika sonra dükkâna girdiğinde nesneleştirmeyi iyice abarttı. Yulaf ezmesi alan bir anneyi, başörtülü bir dükkân çalışanını, kasada duranı nesneleştirdi. Bu onu endişelendirdi. Aslında kendisini, başkalarını çıkarlarına alet eden ve nesneleştiren biri olarak görmemişti hiç. Ama işte öyle biriydi. Uyanık olduğu saatler boyunca ve bazen de uyuduğu saatlerde.

Doppler dışarı çıktığında, kahverengi eşarplı bir çingene kadın, oturduğu yerden ona bir içecek kabı uzattı. İri yarı, kahverengi gözlü, gösterişli ve kaba sabaydı, ağır ve güçlü elleri vardı.

Kalan iki kronunu kabın içine bırakan Doppler, sormadan kadının yanına oturdu. Yorulmuştu, dinlenmesi lazımdı. Kadın, para için teşekkür etti ancak kuşkulu bir biçimde gülümsedi. Bir eliyle ağzını kapattı, şekli bozuk üst dudağını saklamak için herhalde, diye düşündü Doppler. Norveçlilerin gelip yanına oturmasına pek alışkın değildi. Doppler'in şu sıralar bir tavşanla birlikte bodrumda yaşadığından, bu yüzden de gelip geçen Norveçlilerden çok onunla aynı seviyede olduğundan haberi yoktu kadının. Doppler, kadının sokaklarda mutlaka bir sürü acayipliğe şahit olduğunu, belki de başına bela olmasından korktuğunu düşündü. Barış için geldiğini göstermek adına, Kızılderililerin yaptığı gibi ellerini kaldırdı. Selam olsun sana Roman kadını, dedi. Şırınga izi olmadığını, dolayısıyla kolay para peşinde koşmadığını göstermek için kollarını sıvadı. Sütünü açtı, zararsız bir süt içici olduğunun sinyalini göndermek için kocaman bir yudum aldı. Kadın anında biraz daha rahatladı.

Ben bazı insanları nesneleştiriyorum, dedi Doppler. Bunu yaparken kötü bir niyetim yok aslında. Öylesine oluveriyor. Kadın başını salladı. Doppler ona süt ikram etti, o da aldı ve lıkır lıkır içti.

Mesela sana böyle bir şey yapmadım, diye devam etti Doppler, henüz yapmadım en azından. Kendiliğinden oluveriyor. Muhtemelen böyle bir dönem geçiriyorum. Roman kadın yavaşça başını salladı, sütü geri verdi. Sen fakir bir dönem geçiriyorsun sanırım, dedi, ben de nesneleştiriyorum. Herkesin derdi kendine. Eveeet, seninle konuşmak keyifliydi. Doppler elini uzattı, kadın elini sıktı. Ben Andreas, dedi, söylediklerimin bir tekini bile anlamadın sanırım. Mirela, dedi kadın belirsiz bir konuşma şekliyle ve kendini işaret etti. Memnun oldum Mirela. *Keep it real.*[18]

18 "Kendin gibi ol!" (ç. n.).

Tramvay istasyonundaki konuşmanın ve Mirela ile sohbetin Doppler'i kendine getirmesi ve insanların arasına dönmesini sağlaması beklenirdi ama tam tersi oldu; Doppler nesneleştirmeye devam etti. Kıçların üstüne tıklamaya devam etti. Bir bir. Kolay bir iş değildi bu ama Doppler pes etmedi, otuzbir çekti, süt içti, tekrar otuzbir çekti. Haftalar geçti. Sonra fotoğraflardaki kadınlarla ilişkisinde bir dönüşüm keşfetti. Kıçların büyüklüğü ve kadının ne kadarını gösterdiği yavaş yavaş önemini kaybetti. Artık önemli olan kadının tavrıydı. Kadın doğru bakıyorsa çıplak bile olması gerekmiyordu, açık saçık giyinmiş olabilirdi; elbiseler, Doppler'in, bedenin kıvrımlarını ve orantılarını tahmin edebilmesine izin verdiği sürece.

Zamanla bir kıç cambazı ve kıç eksperi olmakla kalmayıp en ufak bir yüz ifadesini, bakışı ve ortamı yorumlama konusunda da iyice antremanlı olup çıkmıştı. İyiden iyiye uzattığı bu kendi kendini tatmin eylemi Doppler'in yıllarca içine hiç girmediği gösteri dünyasıyla tanışmasına vesile oldu. Başlarda seanslar oldukça mekanik geçiyordu, ancak sonraları eylem hız kazandıkça Doppler gidişatı ve hikâyeleri oluşturdu; kendi hakkında, kadınlar, kıçlar ve bazen de erkekler hakkındaki hikâyeleri. Bir anlatıcının alengirli hikâyeleri gibi olmasalar da içi dolu hikâyelerdi bunlar. Bundan büyük keyif alıyordu. Kadınların güdülere ve geri plan hikâyelerine sahip olmalarına izin verdi. Kendisinin, yani Doppler'in de hikâyeye girebildiği durumlar yarattı, tam zamanında işin içine dalıyor, günü kurtarıp kadınların hayatını iyileştiriyordu. Bazı kadınlar onunla yeniden görüşmek istiyorlardı. Onun heyecan verici bir tip olduğunu düşünüyorlardı; onunla sinemaya, lokantaya ya da dağda yürüyüşe gitmek istiyorlardı. Tatmin olmuş bir halde, rehavet içinde yatakta, mutfak tezgâhında ya da havuzun yanında uzanmış dinlenirken, *baksana, bunu yine yapmalıyız* cümlesini sıkça dile getiriyorlardı. Bazıları Doppler'in evlerine gelmesini ve anne babalarıyla tanışmasını istiyordu. O zaman Doppler biraz keyifleniyordu. Daha kalıcı bir şeyin başlangıcı olabilirdi bu. Bunu istediğini hissetti, diğer kıçlara veda etmesi gerektiğini anlamış olsa da.

Sonraları fantezilerinde Solveig boy göstermeye başladı. Başlarda, bundan rahatsız oldu Doppler. Bu işe karışmasa olmaz mıydı, diye düşündü; onun en azından Egil Hegel'i vardı ama Doppler kimsesizdi. Ama Solveig pes etmedi. Kıç kadınlarıyla düşüp kalkmaya başladı; Doppler'in bu kadınlarla yaptıklarını seyretti, onu cesaretlendirdi, hatta bazen soyunup onlara katıldı. Harikulade zamanlardı bunlar; her şey dengesini buluyor gibiydi. Solveig'in kurnaz bir strateji uzmanı olduğunu anladı çünkü fanteziler güç ve miktar açısından yeni engelleri bir bir yıktığında Solveig'in tüm bu ağın örümceğinin ta kendisi olduğu iyice ortaya çıktı. Doppler'in bu kıç kadınlarıyla buluşmalarını Solveig ayarlıyordu. Bu randevuların arkasında o vardı, oraya buraya telefonlar edip onun nelerden hoşlandığını, ona nasıl yaklaşmaları gerektiğini, neyi ne zaman yapacaklarını, kulağına neler fısıldayacaklarını, hangi çorapların onu galeyana getirdiğini, hangilerinin getirmediğini anlatıyordu kadınlara. Kontrol Solveig'deydi. Tuhaf bir şekilde, kıçlar, Solveig ve Doppler'in birbirine yakınlaşmasını sağlıyor, onları kaynaştırıyordu, Egil'in arkasından işler çeviriyorlardı. Doppler'in, onu koşulsuzca isteyen, Doppler onu mutlu ettiği için kıçı havaya kalkık yatmaktan başka arzusu olmayan bir kıç kadınına ihtiyacı olduğunu anladı Solveig. Kadın, Doppler'in şiddetle arzulanmayı hak eden bir adam olduğunu biliyordu. Doppler bunu hak ediyordu çünkü o iyi bir adamdı. Solveig bunların hepsini görüyordu, kıç kadınlarının suratlarında kocaman bir tebessümle günün her saati Doppler için soyunmalarını sağladı.

Buna da gerçek aşk denmezse, diye düşündü Doppler, o da hiçbir şey bilmiyordu artık.

Ancak gerçek Solveig bu fantezilere katılmıyordu. Bunlardan haberi yoktu, olsaydı bile hiç hoşlanmazdı. Doppler'in bol keseden Solveig fantezisiyle gerçek Solveig arasında dünya kadar fark vardı. Çünkü gerçek gerçeklikte Solveig farklıydı. Daha az anlayışlı, daha az oyuncu, neredeyse soğuk biriydi.

Bir gün Doppler internetteki bütün kıçları seyrettiğinde, Solveig aşağıya indi ve onu banyonun zemininde yatarken buldu. Işığı yaktı, Doppler yattığı yerden ona sabit sabit baktı, eğri büğrü, tuhaf bir pozisyonda titriyordu. Solveig bakışlarını, onun otuzbir çekmekten perişan, buruş buruş olmuş kasıklarından ve beyazlamış sakallarından kaçırdı, dostça gülümsemeye çabaladı ancak çok zorlandığı görülüyordu.

Bunu söylediğim için üzgünüm ancak çekip gitmelisin. Egil Hegel ve ben bu duruma yeterince katlandığımızı düşünüyoruz. Seni artık bu evde istemiyoruz. Gitmek zorundasın.

Sevilmesi kolay bir insan olduğumu düşünmüştüm hep, dedi Doppler. Pek çok iyi niteliğe sahip olduğuma inanmıştım.

Kesinlikle, dedi Solveig. Ama daha az iyi olan bazı niteliklere de sahipsin.

Herkes gibi.

Evet, dedi Solveig. Herkesin var.

Bana bakıp istemsizce gülümsemene çok ihtiyacım var, dedi Doppler. Çünkü ben çok iyiyim... çünkü beni o kadar çok seviyorsun ki, yüzünde güller açtıran bir tebessüme engel olamıyorsun.

Bunu yapmak isterdim, dedi Solveig, ancak yapamam.

Tabii ki yaparsın. Bir kerecik?

Hayır. Özür dilerim.

Doppler ayağa kalkıp etraftaki elbiselerini toplamaya başladı.

Gitmen gerek, diye tekrar etti Solveig.

Doppler başını salladı.

Lütfen minik kuşlara yem vereceğine söz ver.

ÜÇÜNCÜ BÖLÜM

Mavi Evin Dışında Geçen Zaman

Yalnız geçen haftalar. Zor geçen haftalar. Doppler tavşan beresini başına geçirdi ve yeniden ağaca tırmandı. Çadırda yattı; kıç bağımlılığı bedenini terk ederken titreyip durdu. Halüsinasyonlar gördü. Yerlere yapıştı. Bir allahın kulu da gelip alnındaki soğuk teri ıslak bezle silmedi, kimse elinden tutup teselli sözcükleri mırıldanmadı. Başka bir ülkedeki bir padokta tutulan en yakın arkadaşını özledi, onu elinin tersiyle iten karısını özledi, Egil Hegel tarafından akılları çelinen, soğuklaşan ve sertleşen çocuklarını özledi. Su geçirmez torbalarda yağmur suyu biriktirdi, evden arakladığı kuruyemişleri yedi; titremelerinin makul düzeyde olduğu günlerde –bir çubukla yukarı çekmeyi becerdiği– kuşların yemliğindeki ayçekirdeklerini de.

Solveig, minik kuşların bu kadar çok yemi bu kadar çabuk bitirmelerine bir anlam veremedi. Egil Hegel'e başını sallayıp bu haytalar yakında bizi de yer, dedi.

Doppler bir zamanlar gazetede okuduğu bir moral düzeltme tekniğini denedi. Kendinizi yere yapışmış hissediyorsanız, diye yazıyordu, her sabah kollarınızı kutlama yapıyormuşçasına havaya kaldırın ve beş dakika öylece kalın. Bu hareket tek başına beyin kimyasında değişiklikler yaratmaya yetecek kadar güçlüdür. İnsan birkaç hafta sonra kendini bir şampiyon gibi hissetmeye başlar, aslında kaybedenler kulübüne ait olsa bile, diye yazıyordu. Doppler her sabah kollarını kaldırdı ama hiçbir değişiklik hissetmedi. Çadırda yer dar, ondandır herhalde, diye düşündü. Konik biçimli çadır, kolların serbest olmasını, kutlama havasına girmesini engelliyordu. Bir müddet sonra bu işten vazgeçti; bir zamanlar sahip olduğu dinamik, pozitif kişiliğini kaybettiğini ve bu konuda yapılacak bir şey olmadığını kabullendi.

Sonbahar geldi, hava soğudu, kıçlar yavaşça Doppler'in aklından çıkıp gitti. Hava sıcaklığı düştükçe kıçlarla daha az ilgilenir oldu. Isı bir Ekim gecesi sıfırın altına düştüğündeyse ilk kez azgın değildi artık. On iki kilo kaybetmişti. Kiloların nereye gittiğini anlamadı. Çadırda fermuarı çekmiş öylece yatıyordu. Kilolar da, diye düşündü, amma malın gözü çıktılar. İstedikleri gibi gelip gidiyorlar.

Birkaç gün sonra içme suyu kabında dondu, gecenin ilerleyen saatlerinde kar yağmaya başladı, hava rutubetli ve soğuktu. Böyle yatmaya devam ederse hayatın tükenip gideceğini anladı. Sonunda ağaçtan indi, tiriti çıkmış, bayılmak üzereyken Sara'nın kapısını çaldı. Sahip olduğu birkaç parça eşya, üstündeki kıyafetlerden, tavşan beresinden ve Ustabaşının Tarifleri Kulübü'nün kutusundan ibaretti. Kapının açılmasını beklerken, Sara'ya odun ve su taşıyabileceğini, yemek yapabileceğini söylemeyi planladı.

İşin bu kadar önemli ve sıkışıkken, diyecekti, senin için yemek yapacak birine ihtiyacın var. O kişi ben olabilirim. Birtakım idealist nedenlerden dolayı onu içeri alacağına güvenemezdi. İnsanlar böyle değildi artık. Bir şeylere katkısı olmalıydı. Ne insanın yüreğini hoplatan biriydi ne de çekici bir adamdı artık, bunu anlamıştı. Daha önce böyle biri olduysa tabii.

Sonra Sara kapıyı açtı, Doppler'e baktı. Yavaşça başını salladı. Onu içeri almadı. Doppler, kapaklı yazı masasının üstüne sperm fışkırtmayacağını söylediyse de bunun bir faydası olmadı.

Ama hava çok soğuk, dedi.

Sara kısa bir süre ortalıktan kayboldu ve elinde bir kutu kibritle döndü. Kibriti ona verip kapıyı kapadı.

Şimdilerde böyle olmuştu işte. Norveç merhameti ve misafirperverliği iş ciddiye varınca bu kadarcıktı.

Hava acayip soğuktu ve kar yağışı iyice artmıştı. Doppler soğuğu iliklerine kadar hissetti. Tavşan beresi işe yarıyordu ama o da bedeninin yalnızca bir kısmını koruyordu. Karnı guruldadı. Mahallede dolandı. Bir evden diğerine neredeyse sürünerek gitti. Takılıp düştü ve ayakkabısının tekini kaybetti. Tam onu yerden almak üzereyken bir araba geldi, ayakkabının üzerinden geçti. Bir grup genç ona güldüler, ayakkabıyı birbirlerine attılar, sonunda da bir çalılığa fırlattılar. Eve gitmeye cesareti yoktu. Solveig onu evden atmış, gayet net konuşmuştu. Egil Hegel'den de dayak yerdi. Güçlü kuvvetli Egil Hegel'in, eski bir koşu ayakkabısıyla kafasına vuruşu gözünün önüne geldi. Öfff. Hayır, eve hiç mi hiç gidemezdi. Pencerelerin önünden geçip keyfi yerinde aile fertlerine baktı; onlar divanda oturmuş ısınırken şöminedeki odunlardan çıkan kıvılcımlar çocukların futbol ve kayak turnuvalarında kazandığı parlak kupalarda titreşen yansımalara yol açıyordu. Dev düz ekranlar, resim değiştiğinde odaları farklı renklerle aydınlatıyordu. Henüz yatmamış olan çocuklar, anne babalarının kucaklarında güven içerisinde oturuyorlardı. Köpekler, keyfi yerinde olan sahiplerinin ayakları dibinde pinekliyorlardı. Küçük salon masalarının üzerinde beyaz şarap bardakları, yemiş dolu küçük kaseler ve başka sağlıklı abur cubur vardı. Bazıları hâlâ eşofmanlıydılar ve yavaşça esneme hareketleri yapıyorladı; bir yandan da haberleri ya da birbirleriyle fazlasıyla kaynaştıklarından birinin ekibi terk etmesiyle her defasında fena halde canları sıkılan amatör aşçıbaşıların dizisini seyrediyorlardı. Doppler yalpalayarak yoluna devam etti. Ayakkabısız ayağı neredeyse morarmıştı. Sonunda yere çökmek zorunda kaldı. Onarım yapıldığı belli olan bir evin önündeki konteynerin yanında ılık bir köşeye sığındı. Konteynerin ucundan bir parça yalıtım malzemesi sarkıyordu; Doppler kendini mümkün olduğunca bununla sarıp sarmaladı. Ooh! Bir kibrit çok işine yarardı. Kutuyu açtı, yan yana dizili güzelim kibritlere baktı. Birini kutudan çıkardı: Fışşş! Sıcacık, pırıl pırıl yandı, küçük bir ışık gibi. Bu minnacık ışık onu içine çekiyordu sanki. Doppler birden güzel süslemeleri olan bir şöminenin önünde oturduğunu hayal etti. Ateş huzur içinde yanıyordu. Isınmak için kollarını uzattığı an kibrit söndü. Doppler şaşkın şaşkın ellerine baktı, kapkara olmuş kibrit çöpünü yere attı ve yeni bir tane yaktı. Ohh! Işığın konteynere düştüğü nokta birden saydamlaştı; Doppler, üstü pırıl pırıl beyaz bir örtü ve en şık yemek servisiyle kaplı masanın bulunduğu oturma odasını gördü; Solveig, en güzel giysisi üzerinde, her türlü lezzetli malzemeyle doldurulmuş ve kızartılmış bir kazla içeri girdi. Çocuklar güzel güzel yerlerinde oturmuş Doppler'e bakıyorlardı. Gel hadi, dedi Nora ve gülümsedi. Sana öyle davrandığımız için çok üzgünüz, seni çok özledik. Tam o sırada kibrit söndü. Önünde sadece çelik bir konteyner vardı.

Bir kibrit daha yaktı. Yine masada oturuyordu, etrafını saran ailesi her dediğine gülüyor, onun harika bir adam ve baba olduğunu düşünüyordu. Doppler, Egil Hegel hakkında bir espri patlattı, gülmekten kırıldılar. Özellikle Solveig gülmeyi kesemedi bir türlü; sevgililerin aşklarının derinliğinde kaybolduklarında baktıkları gibi baktı Doppler'e.

Bir kibrit daha yaktı. Solveig gelip kucağına oturdu, çocuklar, gözyaşları içinde onlara bakıp eski güven duygusunun geri geldiğini küçük kalplerinde hissederlerken, Solveig Doppler'i sevgiye boğdu. Kutudaki bütün kibritleri yaktı Doppler. Ohhh, ne güzel yandılar. Alev içini ısıttı, onu keyiflendirdi. Şimdi Solveig oda oda dolanıp dans ediyordu; sonra ailecek, bir sıra halinde mutlu bir şekilde hoplayarak odadan odaya dans ettiler. Tavşan başını uzatıp baktı, Doppler onu yerden alıp omuzuna oturttu. Sadece tavşanların yapabileceği şekilde, mutlu ve sersemce gülümsedi. Her yanı kahkahalar sarmış, her şey anlam kazanmıştı

Ne soğuk ne açlık ne de endişe kalmıştı ortada.

Sabahın ayazında konteynerin bir köşesinde kirli, eski bir yalıtım malzemesine sarınmış bir adam oturuyordu. Yanakları pespembe olmuştu ve dudaklarında bir tebessüm vardı. En erkenci sabahçılar, emekliliklerine az kalmış olanlar ve diğerlerinden önce işe gitmeye bayılanlar durdular ve onun öldüğünü sandılar. Öfff, çok acıklı, dediler birbirlerine. Bu modern çağda, bizim mahallemizde böyle şeylerin olabileceğini bir düşünün hele.

Sonra içlerinden biri Doppler'in hâlâ nefes aldığını fark etti. Birileri polisi ve ambulansı aradı. Yalıtım malzemesi hayatını kurtarmış olmalı, diye düşündüler. Zavallı, kendini ısıtmak istemiş, dediler birbirlerine.

Doppler'in gördüğü güzel şeylerden hiçbirinin haberi olmadı.

Ambulans gelmeden önce Romanlar sökün etti. Şehrin göçmen kuşlarıydı onlar; her gün sabahın köründe günün rızkını çıkarmak için şehrin merkezine göçerlerdi. Akşam olunca da muşambalarına, yün battaniyelerine ve yaktıkları ateşlerin etrafına çekilirlerdi. Romanlar soğuktan donmuş insanlarla başa çıkmaya alışkındılar. Doppler'i ayağa kaldırdılar. Kan dolaşımını hızlandırmak için vücudunu ovdular ve ona yün bir kazakla galeta verdiler. Mirela da aralarındaydı; Doppler'e arka çıktı. Bu adamın ona para ve süt verdiğini, hatta ve hatta onunla konuştuğunu söyledi. Herkesi etkiledi bu, Doppler'i de yanlarında götürdüler. Ona bir bardak, üstünde oturması için de köpükten bir minder verdiler. Majorstue Kavşağı'nda bir yeri ona tahsis ettiler. Doppler bütün gün orada oturdu. Birileri bardağına birkaç kuruş bıraktığında gülümsemeye çabaladı. Ahım şahım bir şey olmasa da birkaç kuruş birikiyordu; karanlık bastırınca Mirela gelip onu alıyor, birlikte ormana gidiyorlardı. Çorba, çay yapılıyor ve ateşin etrafında oturuluyordu.

Doppler ateşin başında uyuyakalınca Mirela onun üstünü birkaç kat yün battaniyeyle örtüyordu.

Birkaç hafta bu şekilde geçiverdi. Doppler her sabah onlarla birlikte şehre indi. Sabit yerlerine geldiklerinde yere çöküverenlere iyi şanslar dileniyordu. Bu arada diğerleri şehrin başka bölgelerinde, başka caddelerindeki kendi yerlerine doğru yollarına devam ediyordu. Geceleri tekrar buluşulup paralar sayılıyor, sonra da paylaşılıyordu. Doppler de payına düşeni alıyordu.

Egil Hegel bir gün koşa koşa işine giderken, Doppler'in önünden geçti. Her şey çok ani oldu. Doppler, Egil Hegel'in onu tanıyıp tanımadığından pek emin değildi ancak ertesi gün Egil Hegel yeniden önünden geçti. Tek bir söz bile etmeden Doppler'e beş yüz kron verdi ve hızla yoluna devam etti. Bu büyük meblağ Doppler'in Romanlar arasındaki itibarını arttırdı, çorbasına fazladan bir parça et konuldu. Egil Hegel önünden koşarak geçmeye, küçük meblağlar bırakmaya devam etti. Sonra birden gelmez oldu. Artık işe başka bir yoldan gidiyor herhalde, diye düşündü Doppler. Oslo'da bir sürü yol var. Binlercesi.

Roman bir adam ateşin başına gelip Doppler'in yanına oturdu. Neredeyse hiç İngilizce konuşamıyordu ama bir sıkıntısı olduğu belliydi. Doppler, bir sıkıntı olmasının hiçbir mahsuru yok, dedi. Şöyle bir içini boşalt hele. Ben de kızgınım, dedi; ikimiz de kızgınız. Ancak adam sakinleşmiyordu. Doppler'in onunla birlikte kampın dışına gelmesini istiyordu, bir şeyler olacaktı ve bunlar şiddet içerecek gibiydi. Doppler adamın tavrından pek hoşlanmadı. Adam Doppler'i çekiştirdi ama o direndi. Sonra suratına bir yumruk yedi. Ve bir tane daha. Yüzü gözü kanamaya başladı. İmdadına Mirela yetişti ancak bu, adamı daha da sinirlendirdi. Sıra Mirela'ya gelmişti. Adam ona avaz avaz bağrındı. Adam, Mirela'ya Doppler'in anlamadığı birtakım küfürler savurdu. Birkaç kişi daha araya girmeye kalkıştı ama adam kudurmuştu. Sonunda bir grup insanın onu yere yatırması gerekti. Ona sert bir şeyler içirip çadırına taşıdılar. Daha sonra, Doppler tam uyumak üzereyken Mirela onu sarsıp uyandırdı. Onu kampın dışına sürükledi, bir sandviç paketi verdi ve gitmesi gerektiğini işaret etti parmağıyla. *Danger*, dedi birkaç kez. *Jaloux*, da dedi. Doppler anlamaya çalıştı. Mirela kendini ve o kudurmuş adamın çadırını işaret etti, kendi yanağını okşadı. Norveçli adamın Romanların kadınlarıyla birlikte kaçmasından korkulduğunu anladı Doppler sonunda. Hayır, dedi, böyle bir düşüncem yok. Mirela onu öpüp gitmesi için itti. *Go*! dedi. *Goodbye and good luck.*

O gün Doppler, Majostue Kavşağı'ndaki her zamanki yerinde oturmaya çalıştı ancak Romanlar onu kovaladı. Kendine başka bir yer buldu ama yine kovalandı. Karanlık bastırdığında ne parası ne yiyeceği ne de uyuyacak bir yeri vardı.

Sensei Arntzen'in Tåsen'daki apartman dairesine gitti ancak kapıyı açan olmadı. Bir komşu Sensei'nin apandistini aldırmak için hastaneye yattığını söyledi. Apartman toplantılarından birinde Sensei, herkesi apandistini aldırmaya teşvik etmişti; böylelikle yıkım geldiğinde, dedi komşu, site sakinleri olarak daha güçlü bir donanıma sahip olacağız – çünkü Sağlık Bakanlığı nakavt durumdayken kimse apandistinde iltihap olsun istemez, demişti Sensei. Fikri pek tutulmamıştı ancak en azından kendi apandistinin derhal alınması gerektiğine karar vermişti, sinirinden.

Doppler o gece, Selamet Ordusu'nun[19] barınağında, bir askeri yatakta uyudu. Yattığı yerden duvardaki kocaman haça baktı ve bu tahta parçasını kucak açmış bir şey olarak gördü. Sevgiydi, kabul görmekti bu; Selamet Ordusu'nun askerleri iyi ve dost canlısıydılar. Bunlardan biri gitar çaldı ve evsizleri biraz olsun neşelendirmeye gayret gösterdi. Sabahleyin Doppler ve diğer garibanlara sandviç ve sıcak kahve eşliğinde İsa peygamber üzerine biraz vaaz verildi; bu arada, anlatılanlara bakılırsa İsa da acayip bir tipmiş ha. Sonra yine gitar çalındı, birileri şarkı söyledi, her şey oldukça keyifliydi. Ancak sonra yine sokağa çıkmaları gerekti. Doppler, şehrin merkezinde dolanıp durdu. Akşam olmadan üşümüş ve yorgun düşmüştü bile. Bir duvarın dibine çöküp uyukladı. Birkaç kez bardağının şıkırdadığını duydu; hemen bozuk paraları alıp cebine koydu. Günün ortasında bir ara bir kız çetesi şapkasına taktı. Kürk kullanmamalısın, dediler. Bu yanlıştı. Hayvanlar için iyi değildi.

Doppler onları anlamıyormuş gibi davrandı.

Öğleden sonra birisi onu sarsarak uyandırdı. İşe giderken oradan geçen Sara'ydı bu. Doppler'i bu halde görünce şok geçirmiş ve belli ki rahatsız olmuştu. Sokakta oturmak. Hayır, böylesini ne görmüş ne duymuştu. Onların mahallesinde ikamet edip de bu kadar perişan görünen birini hiç görmediğini söyledi. Acıdı ve Doppler'i alıp eve götürdü.

Doppler, Sara'nın yanında huzuru buldu. Gündüzleri divanda yatıp edebiyat dizileri okuyabiliyordu. O sırada Sara ofisinde oturmuş, bakanın yani patronunun verdiği talimatla, dünyanın bu köşesindeki küresel ısınmanın olası pozitif yanlarıyla ilgili bir PowerPoint sunumu hazırlıyordu. Bu olayın o kadar da tehlikeli bir şey olmadığı kanısına varmıştı Doppler. Daha sıcak hava tropik meyveler ekebileceğimiz anlamına geliyordu. Hatta ve hatta ananas bile.

Sara, geceleri Doppler'i –Norveçlilerin İkinci Dünya Savaşı'nda kilo kaybedenlere yaptıkları gibi– tereyağ, içyağı, domuz yağı gibi

19 Selamet Ordusu (*Salvation Army*): Yarı askeri bir yapıya sahip Hıristiyan yardım kuruluşu (ç. n.).

yiyeceklerle besiye çekiyordu. Doppler, yavaş ama emin adımlarla kilo aldı, gücü kuvveti yerine geldi. Kendini iyi hissettiğinde Sensei Arntzen'i aradı. Sensei, körbağırsağından kurtulduğu için hiç olmadığı kadar iyimserdi, Doppler'in dostluğuna değer veriyordu. Doppler'in göz önüne alması gerektiğine inandığı farklı kıyamet senaryolarını konu alan dergiler ve kitaplarla Sara'nın evine geliyordu. Sensei'nin özellikle kafaya taktığı şey kutup kaymasıydı. Bu, daha önce de olmuştu, yeniden olacak, diye izah etti Sensei Arntzen. Düşüncesi bile, tekerlekli sandalye kırışıklıklarıyla dolu pantolonunun içinde titremesine yetiyordu. Olabilecek en berbat şey kutup kaymasıydı. Bir meteor anında öldürür. Yani bir bakıma endişelenecek bir şey yok. Ancak kutup kaymasıyla kutupların manyetik alanı değişir. Bu, en son yaklaşık yedi yüz bin yıl önce oldu; bazılarına göre, şimdi de olması çok yakın ihtimal. Dönüş ekseni değiştikçe Dünya sürekli değişen bir modeli takip ederek deforme olacaktır, diye anlattı sensei. Ayrıca dünyanın kabuğu sayısız yerden kırılacak ve magma bu çatlaklardan dışarı akacak. Depremler birkaç yüzyıl boyunca dünyanın yüzeyini sallayacak. Güneş acayip saatlerde doğup acayip saatlerde batacak. Nehirler günde iki kez tersine, iki kez düzüne akacak.

Sensei'ye göre bunlar her an olabilirdi. Felaketler insanın evden kovulmasını, kendini berbat hissetmesini falan takmaz, dedi. Binanın giriş kapısının dışında, merdivenlerin dibinde tekerlekli sandalyesinde oturuyordu. Orada hiç durmadan konuştu, ta ki Doppler, sensei hâlâ bir şeyler söylüyor olmasına rağmen kapıyı kapatma cesaretini bulana kadar. Sensei'nin bir arkadaşının evinde hazırlıkçı-yemeği kursu yapılacaktı. Doppler'in kapıyı kapatıp kendini divana atmadan önce duyduğu son şey şuydu: "Toplum yıkıldı diye karnımızı doyurmaktan vazgeçecek değiliz". Doppler'in bunları dinleyecek hali yoktu. Kendi kafasındaki kutup kayması ona yeter de artardı.

Ara sıra mutfak penceresinden mavi eve bakıyordu. Orada hareket ve gülen insanlar vardı. Yaşamları yeniden rayına oturmuştu. Her şeyin yerli yerinde olduğu bir mutluluk evinde yaşıyorlardı ve ne zaman ne yapacaklarını hep biliyorlardı. Okul, antreman ve idmanlar için zaman çizelgeleri buzdolabına meyve şeklindeki mıknatıslarla iliştirilmişti. Bazen Doppler onlarla selamlaşmak için elini kaldırıyordu, mevcudiyeti teyit edilsin ve onu görebilsinler diye. Bir defasında Egil Hegel de ona el salladı, ölçülü bir tebessümle. Muhtemelen sevimli bir adam bu, diye düşündü Doppler. Doppler'in olup olabileceğinden çok daha sevimli. Geniş, sevimli, istikrarlı. Egil Hegel dünyanın mirasını devralacak, diye düşündü.

Doğrusu da bu.

Sara, Doppler'i teselli etmeye, ayağa kalkmasını sağlamaya çabaladı. Ancak o kadar çok şey yerle bir olmuştu ki, zor bir görevdi bu. Onun iyi bir adam olduğunu, bir sürü iyi yönü olduğunu tekrar edip durdu, ancak şu sıralar, özgüveninin inişli çıkışlı olduğu zor bir dönem geçiriyordu. Bu herkesin başına gelebilir, dedi Sara, hatta ve hatta devlette çalışanların bile, bunları sürekli görüyorum, bazıları düşünme molası alıyor, birkaç hafta kafa dinliyorlar, divanda uzanıyorlar, çok normal bu. Mücadeleye devam etmelisin, yine atının terkisine atlamalısın, sağlam eğitim almış iyi bir adamsın, herkes ara sıra bocalar. Böyle şeyler söylüyordu Sara. Nasıl düştüğün değil, nasıl ayağa kalktığın önemli, dedi ayrıca. Doppler, bu yarı klişe, Angloamerikan, başöğretmen laflarını hazmedecek havada değildi ama yine de Sara'ya hak veriyordu. Şimdi teslim olursa önünde eylemsiz ve tepetaklak geçecek yıllar uzanıyordu. Upuzun yıllar.

Tatlı bir kadın olan Sara'ya, iyilikseverliği karşısında bir şey vermek istedi. En başta düşündüğü gibi ev işlerini yapmaya başladı. Zaten başka bir boka da yaradığım yok, diye düşündü. İş güç derken morali biraz düzelir gibi oldu. Boşanmanın ardından hiç açılmamış mutfak çekmecelerini düzenledi. Sara'nın elbiselerini yıkadı; az kullandıklarını ya da hiç kullanmadıklarını, ne yapacağına kendisi karar versin diye güzel bir öbek yapıp bıraktı. Bakır ve gümüşleri ovdu. Kullanma kılavuzlarını okuyup Sara'nın daha önce hiç aklının basmadığı televizyon dekoderi hakkında ona birtakım şeyler öğretti. Sara gidip alışveriş yapsın diye Doppler'e para verdi. Zamanla bu, günlük hayatına hoş bir değişiklik getirdi. Doppler dükkânda karşılaştığı insanlara selam veriyor, onlar da Doppler'i selamlıyorlardı. Bu bir sosyal alıştırmaydı ama aynı zamanda keyifliydi. Solveig'in ona uçak aldığında hissettiği *aupair* duygusu geri geldi. Doppler kendini yeni bir ülkede, arkadaşları ve alışkanlıklarından uzakta, yerini bulma konusunda bocalayan biri gibi hissetti. İşler ağırdı ancak işveren insaflıydı ve ona boş vakit bırakıyordu. O zaman istediğini yapabilirdi. Örneğin dışarıya çıkıp diğer aupair'lerle buluşabilir ya da akşam kursuna gidip Norveççe ya da başka bir şey öğrenebilirdi. Sembolik bir haftalık alıyordu ancak mesele para değildi. Önemli olan, diye düşündü, ona güvenli bir ortamda Norveç kültürünü ve dilini anlama imkânı sağlayan iyi bir bayana düşmüş olmasıydı. Norveç oldukça hoş bir ülkeye benziyordu sonuçta; keyfi yerinde olduğunda, buraya yerleşmeyi aklından geçirdiği bile oluyordu.

Akşam yemeklerini yaparken, yemek tarifleri kutusu çok işe yaradı. Altıncı kategoriye bir göz attı; *Tencere ve Kalıpta Yemekler.* Otuz üç numaralı kartı seçti: *Farklı Garnitürlü Köfteler*. Bu tam Sara'nın ağzına layıktı. Sara, bunun ona yetmişli yılları hatırlattığını söyledi. Aynı solgun renkler ve aynı cinsiyetsiz zevk. Doppler ayrıca 25. Kategoriyi denedi: *Başka Ülkelerden Yemekler,* kart numarası elli dört. *Budapeşte'den Yılanbalığı Yahnisi.* Sara ellerini çırptı. Yemek açısından basit biriydi ve memnun etmesi kolaydı. Yemeğin nostaljik görüntüsü ve kalitesi, lezzetinden daha önemliydi onun için.

Doppler, Sara'nın geribildirimleriyle coştu. Yemek yapmak eğlenceli bir işe dönüştü; Sara'yı etkilemek için daha fazla zahmete girdi. Sara, bir cumartesi akşamı, kız arkadaşıyla birlikte tiyatroya gitti. Eve çakır keyif ve kıkırdayarak döndüğünde Doppler ikinci kategoriden, *Heyecanlandıran Çorbalar*, kart kırk dokuz: *Sarımsak Çorbası* hazırlayarak ona sürpriz yaptı. *Sarımsak bizim mutfağımızda da kabul görmeye başladı,* diye yazıyordu kartın arkasında. *Dikkatlice kullanıldığında aromatik bir koku ve tat verir; herhangi bir tatsız yemeğe ekstra bir lezzet katar. Ayrıca sarımsağın soğuk algınlığını da engellediği söylenir – bu mümkündür.*

Sara doydu, mutlu oldu ve cilve yapmaya başladı. Divana geçtiler. Sara baldırının okşanmasını istedi. Doppler tereddüt etti. Kendini pek çok *aupair* gibi savunmasız hissetti. Hayır demesi zordu. Sara onu kapının önüne koyarsa, bir sonraki durak sokaklardı ve orada düşmanları vardı. Şimdi mesele adımlarını dikkatli atmaktı.

Sara, Doppler'in elini aldı ve gayet kararlı bir şekilde baldırından yukarıya yönlendirdi. Eteğinin altına ve gerisine işte. Doppler çelişik duygularla dolup taştığını hissetti. Sara'nın yumuşak ve çekici olduğu şüphe götürmezdi, ancak aralarındaki statü farkı çok büyüktü. *Aupair*'leri böyle durumlara düşürmek yanlıştı. Belki de yasadışı, diye düşündü Doppler. Mesela Sara sonradan pişmanlık duyacak olsa, genel doğru-yanlış anlayışı Doppler'i tacizci olarak gösterecekti. Dünya böyleydi. Hayır, en iyisi geri çekilmekti. Ama bu da o kadar kolay değildi, şimdi Sara orasını burasını mıncıklamaya başlamıştı. Mıncıklanmanın ne kadar harika bir şey olduğunu unutmuştu Doppler.

Ertesi sabah aynı yatakta uyandılar. Doppler, yattığı yerde her şeyin ne kadar güzel olacağının hayalini kuruyordu. Artık gerçekten buraya taşınabilir, statüsünü yükseltebilirdi. Sara'nın kocası olabilir, ortalığı derleyip toplayabilir, hatta belki yeniden bir işe bile girebilirdi. Her şeyi düşünmüştü. Belki küçük bir bisiklet tamirhanesi açabilirdi. İlk başlarda sadece o bölgede çalışacaktı, ancak ünü etrafa yayılınca bir sürü bayi açmak zorunda kalacaktı. Birkaç yıl sonra pazarın lideri bir spor mağazası zinciri, firmasını satın almak isteyecekti. O zaman hayır diyecekti. Birkaç yıl daha geçip de fiyat ikiye katlandığında belki evet diyebilirdi. Yattığı yerde hayaller kurarken Sara gözlerini açtı, ona döndü. Karanlık bakışı hiç hayra alamet değildi.

İşimiz bittiğinde gidip yatağında yatacaksın diye anlaşmamış mıydık?

Oh, dedi Doppler, senin için bir mahsuru yok diye düşünmüştüm.

Kendi yatağında yatmanı tercih ederim, dedi Sara.

Doppler başını salladı.

Bak, dedi Doppler ve elini tuttu. Hep burada kalsam, birlikte olsak, yani lafı dolandırmadan söyleyecek olursak, bir çift olsak aslında, ne dersin?

Sara elini çekip bir müddet düşündü. Sara'nın düşünme süresi, Doppler'in, cevabın istediği yönde olmayacağını anlamasına yetti. Sonunda Sara başını salladı. Bağlanmak konusunda gönülsüzüm. Bağlanmaktan asla hoşlanmadım. Hayatımda devamlı bir şeyler olmasını seven biriyim.

Ama bir şeyler oldu işte, dedi Doppler.

Ne oldu?

Olmasını sevdiğin şey.

Sanmıyorum. Bu başka bir şeydi.

Yani başka bir şeyin olmasını mı umuyorsun? İçinde benim olmadığım bir şeyin mi?

Evet, sanırım öyle.

Yani ben yeterince iyi değilim, öyle mi?

Hayır. Kesinlikle öyle değil. Ama sen tam da tipim değilsindir belki.

Değil miyim?

Hayır.

Belki de o benimdir diye düşünüyordum.

Bak, beni yanlış anlama, senden hoşlanmadığımı söylemiyorum. Sadece tipim değilsin.

Ama az bir paraya evi çekip çeviren, her istediğini yapabileceğin biri pratik bir şey değil mi?

Ben işi olan erkekleri tercih ediyorum.

Belki iş bulabilirim.

Belki iş bulabilecek erkeklerden de pek hoşlanmıyorum. İşi olan ve benden biraz daha fazla kazanan birini istiyorum. İstersen bana geri kafalı de.

Doppler, boş boş karşıya doğru bakarken bir yastık alıp onu karnına bastırdı, istismara uğramış insanların pikselli bir yüz ve çatallı bir sesle televizyon karşısında oturduğu gibi. Dibe vurmuş muydu? Pek çok şey buna delaletti. Böyle olmasını umuyordu. Daha fazla tepeüstü yuvarlanma durumu yaşamasa iyi olurdu artık.

Sara kalkıp koşu eşofmanını giydi. Bir mil ya da bir buçuk mil koşmak onu hep keyiflendirirdi. En azından bedeni işliyordu. Velhasıl bu çok önemli bir şey.

Affedersin ama, dedi Doppler, bana yine de yardım edebileceğini düşünüyorum. Ben öyle, hani derler ya, takılıp kaldım. Her şey sallantıda. Sallantıdayım. Belki de sadece böyle bir dönemden geçiyorum ama biraz uzamaya başladı bu ve korkuyorum. Benim neyim var? Bana anlatabilir misin? Ben neyim? Bana faydası olan nedir? Nasıl ilerleme kaydedeceğim?

Sara kâğıt kalem getirdi, Doppler'in iyi özelliklerinin bir listesini çıkardı. Doppler, önerdiği her şeyi yerin dibine soktu. Bir zamanlar gerçekten kazanan bir canlıydı ama artık böyle bir şey söz konusu değildi. İyimser değildi, ilanların hep öne sürdüğü gibi heyecan verici bir ekibe katılıp ülkenin en önemli görevlerini yerine getirmeye hiç mi hiç hevesi yoktu, bulaşıcı bir enerjisi de yoktu ve nadiren gülümsüyordu.

Sonunda ortaya kısacık bir liste çıktı.

Andreas Doppler'in iyi nitelikleri
– Boynuzluları seviyor.
– Ev toplamakta iyi.
– 1970'lerden kalma yemek tarifi kartlarından yemek yapmakta çok hünerli.
– Normalden büyük bir cinsel organı var.

Sara niteliklerin hepsinin iyi olduğunu düşünüyordu. Utanılacak bir şey yok, her şey yoluna girecek, dedi; ancak burada kalamazsın.

Kalamaz mıyım?

Hayır. Gitmelisin.

Gitmeli miyim?

Evet.

Doppler'in bundan dolayı ne kadar strese girdiğini gördü. Zavallı adamcağız ne yapacağını bilemez haldeydi. Ne parası, ne de onu seven bir ailesi vardı. Yazıktı adama. Ama bu Sara'nın derdi değildi. Sara'nın dünyada ters giden her şeyi halledecek hali yoktu.

Şimdi durumu özetleyeyim müsaadenle, dedi Doppler. Beni önce bir *aupair* olarak alıyorsun, arzularını tatmin ettikten sonra da kapı dışarı ediyorsun, öyle mi?

Sara ona baktı. İçimizde kalan ne çok şey var, dedi. Hepimizin içinde kalan çok, çok şey var.

Doppler buna katılıyordu ama meseleyle ne alakası vardı, anlayamadı. Onun anladığı, yolun sonuna gelmiş olduğuydu. Bütün olanlar uzun zaman evvel yapılan seçimlerin sonucuydu.

Daha akıllıca seçimler yapmalıydım, dedi.

Evet, dedi Sara.

Bu benim suçum.

Evet.

Doppler sessizce başını salladı.

Haydi, gitmeden önce sana bir iş düşünelim, dedi Sara.

Doppler yeniden başını salladı.

Ne geliyor aklına? Branş? Tarz?

Bedenimle çalışmayı düşünebilirim?

Beden işi mi?

Doppler başını salladı. Mahallesinde yaşayan pek çok kişi gibi Doppler de, beden işinin manastıra kapanmak gibi, temiz ve doğru bir iş olduğuna dair romantik görüşlere sahipti. Bedenen çalışmak insanın içini temizler, gerçekleri görmeni sağlar, alçakgönüllülük yaratır ve karakterini sağlamlaştırır, diye düşünüyordu.

Sara, beden işini listeye dördüncü madde olarak yazdı. Bu konuda ne yapabilirim, bir bakalım, dedi.

Beden İşiyle Geçen Yıllar

Kopenhag'da geçen yıllar öylesine sisler altındaydı ki, Doppler'in aklında bölük pörçük anılar kalmıştı. Bütünlüğü elden kaçırmıştı. Gerçekten neler olduğunu, kimlerle karşılaştığını, nerelerde kaldığını, neler yediğini, bir yerden başka bir yere nasıl gittiğini kavramaya çalıştığında, net olmayan resimler geliyordu gözünün önüne. Ne zaman ne oldu, bazıları önce miydi, sonra mı ya da başka şeylerle aynı zamanda mı oldular, hepsi son derece bulanıktı.

Bongo'yu gidip almıştı. Bunu hatırladı. Tarifler kutusunu, uyku tulumunu ve Sara'nın kızının adresini yanına almıştı. Sara'ya göre kızı, Doppler'in aşçılık yeteneğiyle ilgilenecek birini tanıyordu. Daha sonra gizlice mavi eve girdi ve çantasıyla kar ayakkabılarını aldı. Egil Hegel'in nefes alan, rüzgârdan-yağmurdan koruyan membran gezi ceketini de arakladı. Yaptığı hesaplara göre ceket, mesela Kongo Demokratik Cumhuriyeti'ndeki bir yıllık ortalama maaştan yalnızca dokuz yüz kron daha fazla tutuyordu. Tüm bunları hatırlıyordu.

Bongo'yu almaya geldiğinde, boynuzlu hayvan heveslisi genç bir kenara çekildi; yediği dayakla akıllanmıştı, Doppler'in hayvanını almasına müsaade etti. Dersini almış ve bir geyikle en yakın dostunun arasına asla girilmeyeceğini öğrenmişti.

Bongo götürüleceği için sevinçten çıldırdı. Sınırlı analitik yetenekleriyle, Doppler'i, ona soğuk ve mesafeli davranan kötü adamdan kurtaran biri olarak algıladı. İhanet ve kötü deneyimler bir çırpıda unutuldu, artık her şey mutluluktan ve kıpır kıpır duygulardan ibaretti. Bongo, Doppler sırtında, dağları bayırları aştı, bazen kıyıdan, bazen de içerlerden Värmlands ormanlarını geçerek güneye gitti. Ormanın zemininde sarmaş dolaş yatıp uyudular, gerçek dostların yaptığı gibi. Gücünün sınırı yoktu. Bongo efendisini nereye olursa olsun taşıyabilirdi; Doppler'in kalkışacağı her işte ona yardım edip destek olacağına yemin etmişti. Geyik ağzına yayılan gülümsemesi gece gündüz ışıldıyordu. Helsinborg'un biraz dışında Doppler, bir kayık çaldı ve Kattegat Denizi'ni, Bongo yanında mest olmuşçasına yüzerken geçti. Tuzlu su! Böyle bir şeyin varlığından bile haberi yoktu Bongo'nun. Dünya, diye düşündü Bongo; neleer neler var! Danimarka'nın yoğun tarım alanlarından geçmeye devam ettiler. Bongo bu dalgalı, açık arazinin ilginç ama stresli olduğunu düşündü. Arkasına saklanılabilecek hiçbir şey yoktu, kemirilecek çam dalları yoktu; aslına bakarsanız burası beş para etmez bir yerdi.

Gecenin karanlığında Kopenhag'a girdiler, Sara'nın kızının yanına yerleştiler. Kız umursamaz havalardaydı, Kopenhag'daki Norveçlilerin her zamanki hali işte. Bir bakıma bunlar diğer Norveçlilerin yapamadığını yapıp büyük şehrin nabzını tutmuş, Norveç'in derine inildiğinde ne kadar taşralı olduğunu anlamışlardı; görüp geçirmişler ve anlatmak istediklerinden fazlasına bulaşmışlardı. Yanınızda ister bir hayvan, ister bir geyik, ister bir misk geyiği, ister bir kunduz olsun kıllarını bile kıpırdatmazlar.

Sara'nın kızının adı Janne'ydi. Kızın ne iş yaptığı pek belli değil, diye düşündü Doppler.

Doppler, film setlerine yemek teslim eden bir firmada iş buldu. Danimarkalılar yaptıkları filmlerle övünürlerdi, olabildiğince çok film yapmayı da kafaya koymuşlardı. Her yanda film seti vardı, Doppler'in yemek tarifleri çabucak başarı kazandı. Çeşnili Sosis Yemekleri, *Muzlu Domuz Filetosu*, *Sahipsiz Kuşlar* hedefi on ikiden vurmuştu. Film sektöründeki moda düşkünü Danimarkalılar için, 70'li yıllara ait retro yemekler, tahmin edilebileceği gibi öğlen yemekleri için eğlenceliydi. Birkaç ay gibi kısa bir sürede Doppler terfi etti. Bir sürü yardımcıya ve ilgiye boğuldu. İnsanlar onu egzotik buluyorlardı. Bir geyikle yaşadığı dedikodusu ortalıkta gezinmeye başladı. Bunun nereden çıktığı pek bilinmiyordu, Doppler bir şey söylememişti, Bongo'yu havalandırmaya çıkardığında da çok dikkatli davranıyordu. Bongo'yu geceleri gezdiriyordu, Amager ya da durum acilse, Fæelledparken'de. Arada da Eremitagen'e kadar gidip çok yaşlı ağaçların altında koşuyorlardı. Karacalar daha önce hiç geyik görmediklerinden tedirgin oluyorlardı. Çoğu Danimarkalı gibi dışarıdan gelen dürtülere kuşkuyla yaklaşıyorlardı. Onlara göre Bongo, tıpkı onlar gibi geldiği yerde kalmalıydı. Geyik hikâyesini duyan çoğu insan bunun hoş bir şehir efsanesi olduğunu düşündü, doğru olduğuna inanmadı. Ama bunun pek önemi yoktu, çünkü zaten söylentiler Doppler'in önünde kapıların açılmasına yaramıştı. Yeni yeni film setleri durmadan onun yemeklerini istiyordu. Haftalık menüler hazırladı ve kaba işleri yapacak yardımcılar buldu. İyi paralar kazandı, şehirde hayvan kabul eden bir sitede daire aramaya başladı.

Bir sabah Doppler duşunu alırken Janne dalgınlıkla banyoya girdi. Elleriyle ağzını kapadı, penisinin korkunç büyük oluşu belli ki Janne'i şaşırtmıştı. Aman allahım, diye haykırdı, yüzü kızarmadan önce; özür dilerim, diye fısıldadı ve tekrar dışarı çıktı. Bu olaydan sonra Janne ona başka bir gözle bakmaya başladı; bir tür özrü olan insanlara gösterilen özenle, korku ve şefkat karışımı bir saygıyla doluydu davranışları.

Bongo ve Doppler, Frederiksberg'de, hem Norveçlileri hem de geyikleri seven, becerikli ve ileri düşünceli insanların yaşadığı eski bir apartmana taşındı. Kafası çalışan apartman yöneticisi, bir geyiğin binaya taşındığı haberini almaları durumunda basınla yürüteceği medya stratejisini hemen hazır etti. Olacağı bu, dedi. Bu güne kadar hiç kimse Kopenhag'da bir geyiği birkaç günden fazla gizlemeyi başaramamıştı.

Doppler Bongo'ya bir su yatağı aldı ve odasını taze otlarla doldurdu. Bir ucu insanların oturabileceği, diğer ucu bir geyiğin ayakta durabileceği yükseklikte bir masa yaptı. Daireye geyikler için bir tuvalet yerleştirdi ve Bongo'yu evcilleştirecek bir hayvan psikoloğu tuttu. Her şeyini ortaya koydu. Yatırım yapmaya uygun durumdaydı. İşi tıkırındaydı, daire aydınlık ve çok ferahtı, parkeler Danimarka malıydı, çevrede her türlü tesis mevcuttu. Sonunda Doppler'in işleri yoluna girmişti. Kendine geldiğini hissetti. Her şey olabilirdi. Bu büyük şehirde, bir yerlerde, benimle bir aile kurmayı düşünebilecek bir kadın vardır belki de, diye hayal etti.

Bir gün Doppler, önceden sanayi bölgesi olan, şimdilerde gençlerin ve gündemi belirleyenlerin boy gösterdiği bir yerdeki film setine yemek teslim etti. Elinde, *Kuzu ve Domuz Etinden Yemekler* kategorisinden otuz dokuz numaralı yemek, dik merdivenleri tırmanırken sigara içen Janne'ye rastladı: Üzerinde sabahlığından başka bir giysi yoktu göründüğü kadarıyla. Janne, Doppler'e sarıldı ve patronuna seslendi; hafif kilolu, pas kırmızısı balıkçı yaka kazağı olan Slav görünüşlü bir adamdı patron. Otuzlu yaşlarında olabilir, diye düşündü Doppler. Janne adamı "Алексей" olarak tanıştırdı; birkaç hafta önce öğlen yemeğinde sözünü ettiği Norveçlinin Doppler olduğunu anlattı, o, durmuş onları dinlerken. Sonra iki nokta arasındaki mesafeyi göstermek ister gibi kollarını açtı. Алексей öğlen yemeğinde ne konuşulduğunu hatırlamak için birkaç dakika düşündü. Hatırladığında, keyifli ve sıcak bir şekilde gülümsedi.

Evet, evet, hadi ya, dedi güçlü bir Rus aksanıyla. Ve şimdi gökten zembille inmiş gibi tam karşımda duruyorsun!

Doppler, pek bir şey anlamadan başını salladı ve gülmeye çalıştı. Neler olup bittiğini anlamak için Janne'nin gözlerini aradı ancak Janne sigarasıyla meşguldu ve hiçbir şey demedi.

Алексей Doppler'i kuvvetlice kucakladı ve Norveçlileri sevdiğini söyledi. Almanlara esir düştüğümüzde bize iyi davrandınız, dedi. Yiyecek ve su verdiniz. Dostluk göstermenin ölüm anlamına geldiği günlerde bize dostça davrandınız. Bunu asla unutmayacağız.

Norveç, dedi Алексей birkaç kez. Norveç!

Doppler biraz olayın dışında kaldı. Ne Rus savaş esirlerine ekmek ve su verdiği bir zamanı ne de büyüklerinin ona böyle bir şey yaptıklarını anlattığını hatırlamıyordu.

Lütfen pantolonunu indirir misin, dedi Алексей.

Doppler, Rus'un söylediğini yapması gerektiği anlamında başını sallayan Janne'ye baktı.

Pantolonunu biraz indir, diye tekrar etti Алексей, indir ki organını görebileyim. Janne ondan çok bahsetti, benim de bir bakmam lazım.

Doppler başını salladı.

Belki de sen vermesi zor olanlardansın, diye devam etti Rus. Bu hoşuma gider. Öylece sırtüstü uzanmış yatanlardan gına geldi, değil mi Janne?

Doppler Алексей'in neden bahsettiğini anlamıyordu ama başını salladı.

İndir şunu, dostum! Sesi bu kez daha tiz çıktı.

Yap işte, dedi Janne. Алексей biraz kaba biri gibi görünebilir ama kuzu gibi uysaldır.

Алексей gülümsedi.

Yani belki kuzu gibi değildir ama uysaldır.

Evet, öyleyimdir, dedi Алексей. Bana güven. Ben Molokanım.

Doppler sorgulayan bir şekilde, bunun doğru olduğunu başıyla onaylayan Janne'ye baktı.

Алексей bir Molokandır, diye o da teyit etti.

Doppler bunun ne demek olduğunu bilmiyordu ancak olumlu bir şey olabileceği intibasını edindi, neredeyse Molokan olmadığına üzülecekti.

Алексей, başıyla Doppler'in kasıklarını işaret etti, parmaklarını şıklattı. Doğal bir otoritesi vardı, insanda güven uyandıran biriydi. Hakkını vermeli. Doppler hem pantolonunu hem de boxer şortunu dizlerine indiren Janne'ye bakarken, eli kolu *Yazarın Pirzolaları*'yla dolu ayakta dikiliyordu. Алексей onu bir müddet inceledi ve cep telefonuyla resmini çekti. Sonra da Janne'ye bakıp başını salladı. Janne, Doppler'in pantolonunu yukarı çekti.

Benimle çalışmaya başlarsan, bugün kazandığının beş katını öderim, dedi Алексей.

Ne yapmak için, diye sordu Doppler.

Şunu kullanman için, dedi Алексей ve çüküne işaret etti.

Bilmiyorum, dedi Doppler.

Düzüşmekten hoşlanmaz mısın?

Doppler başını salladı. Ama benim çok fazla bir tecrübem yok, dedi.

Tecrübe, dedi Алексей, sadece İskandinavların kafaya taktığı bir bok. Kapa çeneni be adam, burada düzüşülecek! Eski maaşının on mislini veririm. Ya da hadi boşver, on beş misli diyelim.

Bugün kazandığımın on beş misli fazlası mı?

Sıçmışım, on beş misli lan.

Peki o zaman, dedi Doppler, neye evet dediğinin tam bir resmi kafasında canlanmadan. Senin için bu kadar önemliyse.

Алексей gülümsedi ve kocaman elini uzattı. Doppler, elini sıkmak için yemeği merdivenlere bırakmak zorunda kaldı. Düzüşeceksin, dedi Алексей. Sabahtan akşama kadar sağı solu düzeceksin. Düzüş kralı olacaksın. Siktir lan! Seni Kopenhag'ın düzüş kralı ilan ediyorum!

Doppler sözcüğü bir tarttı. Düzüş kralı. Kulağa hiç de fena gelmiyordu. Bir kıvraklık ve enerji yüklüydü. Bu dünyada düzüş kralı olmaya hayır diyecek pek fazla adam çıkmaz, diye düşündü. Bazen önüne gelen şansı tepmemek lazım, diye de düşündü. Bunu ya bir yerlerde okumuş ya da bir filmde falan duymuştu. Şansı değerlendirmezsen senden bir bok olmaz.

Tam bu sıralarda Kopenhag günleriyle ilgili belirsizlikler ortaya çıkmaya başladı. Olaylar yeniden anlatıldığında daha az tutarlı oldu. Doppler daha sonra olanları, insandan insana, bir günden diğerine farklı farklı anlattı. Алексей Molokandı. Bu doğruydu. Ailesi, Kafkas bölgesindeki kadim bir tarikata mensuptu. Bu tarikat çok eski göçebelik zamanlarında et ve sütle beslenirdi. Kilise yılın neredeyse iki yüz günü, çok sıkı kurallar gereği oruç tutup süt içmelerini yasakladığında, on birinci yüzyılda bir zaman, Rus Ortodoks kilisesinden ayrıldılar, bu emre kesinlikle uymadılar. Alkolü ağızlarına sürmüyorlardı ama süt içmeye devam ettiler, diye anlattı Алексей gururla. Molokanlar, diye açıkladı Алексей, Rusça "süt içen" anlamına gelir. Doppler'in içini o an bir özdeşleşme ve sempati dalgası sardı. *Ich bin ein Molokaner*, diye bağırdı keyifle. Алексей bundan hoşlandı ve birçok kez yürekten kucaklaştılar. İkisi de ekşi ayrana bayıldıklarını keşfettiler, Алексей köpüklü ayranın Danimarka'daki benzerinden bir kutu Ymer'i her sabah Doppler'e getirmeyi alışkanlık edindi. Bu, büyük bir törenle açılırdı ve ikisi de aynı kutudan içerdi, kardeş gibi. Daha sonra da Doppler, Алексей'in güzel spor arabasında film stüdyosuna götürülür, makyajı yapılır, giydirilir ve film çekimine başlanırdı.

Алексей Danimarkalı porno yapımcıları arasında yıllardır bir örümcek olmuştu. En kral fikri, insani yüzü olan bir pornografi yapmaktı. Алексей halkın çoğuna –onlara böyle diyordu– hitap etmek istiyordu. Ona göre halk bayağılık ve tuhaf uydurmasyonlar olmaksızın eski moda birleşme görmek istiyordu. Ona göre halk basitti; iyi bir hikâye istiyorlardı, memeler, kıçlar, büyük çükler görmek ve kendilerini o durumda hayal etmek istiyorlardı. Başka bir şey değil yani. Doppler, onun için mükemmeldi. Halktan biri. Her açıdan ortalama biri; muhteşem bir organa sahip, sıkıcı bir İskandinav. Doppler, zevkin ulaşılabilir bir mesafede olduğunu herkesin hissetmesini sağlayacaktı. Verilen mesaj, bir modele benzemek zorunda olmadığınızdı. Adam orta yaşlı bir babanın bedenine sahipse yeter de artardı. Bu mesajı satması da kolaydı. Алексей evini terk etmek üzere olan çocuklu yalnız annelerin Doppler'i görmelerini istiyordu, yirmi yıldır evli olup birbirini seven ancak yine de ara sıra başka şeyler hayal eden çiftlerin Doppler'i görmesini istiyordu. Hâlâ arzularının yanıp tutuştuğunu hisseden ancak bu durumla nasıl başa çıkacaklarını bilemeyen yaşlı kadınların Doppler'i gökten inmiş biri gibi yaşamalarını istiyordu.

Doppler –gayet basit– Алексей'in Danimarka'ya bir armağanıydı. Алексей *sizlere Düzüş Kralını sunar,* diye yazıyordu web sitesinde. *Peki neden sizlere Düzüş Kralını sunuyorum? Evet, çünkü Danimarka'yı ve hepinizi seviyorum, çünkü ben son derece samimi bir şekilde sizlerin en iyisini hak ettiğini düşünüyorum. Yıllar önce Danimarka'ya babamın eski Lada'sından başka bir şeyim olmadan, ellerim bomboş geldiğimde beni bağrınıza bastınız. Bana etinizi sütünüzü verdiniz ki, büyüyüp semireyim. Şimdi artık ülkeniz benim ülkem. Sizlere bir şeyler vermek için yanıp tutuşuyorum. Ben Алексей o yüzden size, bende olanın en iyisini sunuyorum. Size Düzüş Kralı'nı veriyorum. Onu alın ve düzüşün! Düzüş! Düzüş! Düzüş!* (beş adet gülen yüz emojisi).

Bongo arka planda, açık havada otlarken, Doppler'in gülümseyen çıplak bir fotoğrafı vardı metnin altında. *Geyiği olan adam*, diye yazıyordu. Fotoğraf, grafik olarak geyiğin Bongo olduğunu, aynı zamanda Doppler'in çükünü de akla getirmek üzere tasarlanmıştı, çünkü fotoğrafta Doppler'in kafasında bir geyik boynuzu çiziliydi.

Алексей mühim bir işini asla başkasına bırakmazdı. Bütün süreci kendisi yönetiyordu ve Danimarka porno işinde kimsenin olmadığı kadar hırslıydı. Çok sayıda fotoğraf ve filmin bulunduğu internet sitesindeki binlerce üyesine satış yapmak yetmiyordu ona; her bir üyesine mümkün olan en iyi deneyimi yaşatmak istiyordu. Herkes porno yapabilir, derdi sık sık, ancak halkın bağrından kopup gelen kaliteli pornoyu sadece Алексей yapar. Metne büyük önem verirdi. Metin yazarı olarak onu şekillendiren önemli yıllarını, Danimarka Film Okulu'nun porno film bölümünde geçirmişti ve pek az insanda bulunan bir özdisipline sahipti. Geceler boyu oturup süt içmiş, yazmış, yazmış ve içmişti. Gündüzleri reji çalışmış; kurgu ve seslendirme yapmış, aynı zamanda müzik bestelemiş, satış ve dağıtıma yönelik tasarım işiyle ilgilenmişti. Molokanlar her işin altından kalkan insanlardı. Hep de böyle olmuşlardı, Doppler'in edindiği intiba buydu. İnsan alkolden uzak durup sadece süt içtiğinde hem vakti hem yaratıcılığı özgürleşiyordu. Алексей'in çalışma azminin eşi benzeri yoktu. Haftada beş altı film senaryosu yazıyordu. Gerçeklikle oynamayı seviyordu. Halkın sahici Doppler'e çok yakın olduğunu hissedeceği bir Doppler karakteri yarattı. İlk filmlerde Doppler bu yüzden, dar görüşlü memleketinde barınamayan, özgürce yaşayabilmek için daha esnek olan Danimarka'ya taşınan bir Norveçli portresi olarak sunulmuştu. Aynı zamanda bazı sorunları vardı. Bunlardan biri geyiğiyle birlikte yaşayacak bir yer bulamamasıydı. Kapı kapı dolaşıp insanlara kibarca, ona geceyi geçirebileceği bir oda verip veremeyeceklerini soruyordu. Pek çok kişi kapıyı suratına kapattı ancak onu içeri alanlar (bunlar hep bekâr ya da kocaları seyahate çıkmış kadınlar oluyorlardı) ona acıyıp süt veriyorlar ve divanda uyumasına müsaade ediyorlardı. Film şöyle gelişiyordu: Giriş oldukça kapsamlı ve çok gerçekçiydi. Алексей, Doppler ve söz konusu kadının göçmenlik, sanat, hayvanların iyiliği, vergi sistemi ya da Danimarkalıların aklını meşgul ettiğini düşündüğü başka konuları tartıştığı uzun diyaloglar yazıyordu. Bir noktada hikâye yön değiştiriyordu, daha çok kadın yönünden ya da Doppler açısından; örneğin bir bardak süt Doppler'in kucağına dökülüyor, sonra pantolonun çıkartılması, yıkanması ve kurutulması gerekiyordu. Böyle bir durum da beden temasını mümkün kılıyordu. Алексей, Doppler'in ilkten seksi reddetmesinin çok önemli olduğunu düşünüyordu.

Neden olduğunu açıklayamam ancak bunun doğru olmadığını hissediyorum, repliği Doppler'in çoğunlukla şu ya da bu şekilde söylemesi gereken replikti. Kadın bunun aptalca olduğunu düşünüyor, ancak onun kararına saygı gösterip pes ediyordu. İstemiyorsa istemiyordu. Ancak sonra, geceleyin, yine de yatak odasından süzülüp geliyor ve Doppler'e zorla sahip oluyordu. Алексей, Danimarkalıların bunun bir biçimde çok daha heyecanlı olduğunu düşündüklerinden emindi. Sonra da filmin daha alışılagelmiş öğeleri sıralanıyordu. Farklı pozisyonlar, daha fazlası için standartlaşmış haykırıp inlemeler, yüze, göğüslere, baldırlara fışkırtma. Kadın oyuncularla Doppler'in arası her zaman iyiydi.

Çekimden sonra bazen dışarı çıkıp yemek yedikleri, iki tek attıkları olurdu.

Bu şekilde birkaç ay geçtikten sonra Doppler, bir sürü yeni dost edinmişti. İnsanları evine suareye davet etmeye başladı. Bu akşamlar oldukça beğeni topladı, porno piyasası dışında da. Doppler'in anakronik yemekleriyle (*Farklı Garnitürlü Köfteler*, *Heyecanlandıran Yahni*) ilgili söylentiler yayılmıştı, hem tiyatro hem edebiyat hem de müzik çevresinden insanlar akın akın geliyorlardı. Doppler ve Bongo'nun salonu çok heyecanlı, ahlakçılıktan uzak ve tam gaz eğlencenin olduğu bir yer olarak ün kazandı. Алексей evine gittikten sonra –yazmak için hep erkenden giderdi– ortalıkta her çeşidinden madde kaynardı ve Doppler hiçbir isteği ikiletmezdi. Ertesi gün iş yapabilmek için de yeni kimyasallar ve uyarıcılar gerekirdi. Sonraları Doppler, sürekli sisler içerisinde ortalıkta dolanmaya başladı. Алексей bunu fark etmedi. Molokanlar hakkında pek çok olumlu laf edebilirsiniz ancak başkalarının kanına ne karıştığına pek dikkat ettikleri söylenemez. Süt içiciler her işin altından kalkan insanlardır ama aynı zamanda biraz saftiriktirler.

Rol aldığı filmlerden biri olan *Çember*'de Doppler, zararlılarla mücadele eden bir işçiyi canlandırıyordu. Güncel bir kitabı tartışmak üzere toplanmış bir okuma grubundan kadınların bulunduğu dairenin kapısını çaldı. Kadınlar onu içeri alıp gözleme ve süt ikram ettiler. Doppler'e, edebiyatın ve edebiyat eleştirmenlerinin doğası ve amaçları hakkındaki görüşlerini sordular. Алексей, edebiyatın doğası tartışmasını zararlılarla mücadele eden basit bir işçinin bakış açısından esaslı bir şekilde kaleme alabilmek için ağır bir çalışma yaptığını düşünüyordu. Konuşmaların açıkça marksist sloganlar taşıyan bir yanı vardı, aynı zamanda o kadar ustaca hazırlanmışlardı ki, bu konuya hiç kafa yormamışlar bile konuşmalardan bir anlam çıkarabilirdi.

Ancak sonra, marksist diyalektiğin orta yerinde, ne yazık ki dairenin merkezi ısıtmasına bir haller oldu ve kısa süre sonra da ortalık çok sıcakladı. Zararlılarla mücadele işçisi ve kadınlar dışarı çıkmayı denedilerse de kapının kilidi hiç olmayacak biçimde bozuldu. Bu yüzden elbiseler çıkartıldı; durum çiftleşme, kendinden geçme ve keyiflenme yönünde gelişti.

Çember'den özellikle bir sahne çok ünlendi. Bu sahnede Doppler evsahibi kadınla yatarken diğer kadınlar, ağızların ve cinsel organların birbirine değdiği kesintisiz bir dizi oluşturdular. Kadınların eşzamanlı olarak orgazma ulaşmalarından kısa bir süre sonra içeriye üniversitede profesör olan –bu rolü Алексей oynuyordu– bir adam girdi; mükemmel bir Fibonacci dizisinin[20] ve altın oran canlandırılmasının dünyada ilk kez bir porno filmde ortaya çıktığını ileri sürdü. Doppler, daha önce prova etmişler gibi, aniden oval bir biçimde sıralanmış, gülümseyen kadınların kıçlarına doğru fışkırtırken, profesör bunu söylüyordu.

---

20 Her sayının kendinden öncekiyle toplanması sonucu oluşan bir sayı dizisidir. Bu şekilde devam eden bu dizide sayılar birbirleriyle oranlandığında altın oran ortaya çıkar (ç. n.).

İlk dönemin en popüler film olan *Damızlık Oğlan*'da, Doppler ve Bongo, bütün erkeklerin öldüğü kıyamet sonrası Kopenhag'ın eteklerindeki çalılık bir bölgede, muşamba altında yaşıyorlardı. Kadınlar döllenmek için Doppler'e geliyorlardı. Doppler ödeme olarak bir kâse inek sütü istiyordu. Süt en cazip ödeme aracı olmuştu ve bazı kadınlar bu pahalı para biriminden bir kâse bulabilmek için tehlikeli işlere kalkışıyordu. Doppler hepsiyle yattı, hatta bazen birkaçıyla aynı anda, yanaklarından süt akarken yattı. Dünyadaki insanların yeniden döllenmesinde anahtar kişiydi o ne de olsa. Bu film özellikle, süt bulamadığı için sıradaki diğer kadınlar tarafından sürekli dışlanan genç bir kadını –Janne oynuyordu bu rolü– konu alan, beğenilen bir aşk hikâyesiydi. Doppler merhamet edip onunla yattı, otuz üç farklı pozisyonun denendiği uzun bir çiftleşmeydi; bu esnada kadın ezbere bildiği şiirleri okuyordu. Kütüphane yanmadan önce –tabii ki kütüphanecilik yapmıştı– edebiyatı her şeyden çok seviyordu; bunlar, ayrıntılarla bezenmiş, debdebeli geri dönüşlerle anlatılıyordu. Beden ve sözcüklerden oluşan bu bileşim artık asla âşık olmayacağını düşünen Doppler'in canlandırdığı karakteri aşkla yeniden tanıştırıyordu. Kadın muşambanın altına taşındı ve şakır şakır yağmur yağdığı, şimşeklerin çakıp göklerin gürlediği bir gece çocuğunu doğurdu. Porno film eleştirmenleri ikiye ayrılmıştı. Bazıları filmleri çok karmaşık buluyor ve Алексей'in özenti olduğunu, lafı dolandırdığını savunuyordu. Bazıları ise filmleri cesur ve yenilikçi buluyorlardı. Doppler'in ortaya çıkmasından sonraki ilk mesleki organizasyonda, Алексей'in filmleri ortalığı kasıp kavurdu ve *En İyi Film*, *En İyi Senaryo* ve *En İyi Prodüksiyon Tasarımı* ödüllerini topladı. Doppler de *Umut Veren Yeni Yetenek* ve *Yılın Çükü* kategorilerinde ödüller aldı.

Doppler paylaşılamıyordu. Baltık ülkelerinin ve Almanya'nın en iddialı porno oyuncuları karşısında oynamak için geldiler. Şöhretler onunla baş başa kalabilmek için para ödüyordu. Sarayda gösteri yapması için Kraliçe'den, üst düzey bir ziyaret için de Meclis Başkanı'ndan bir çağrı aldı. Gazetelerin pek çoğu, geyiğinin sırtında buralara gelip pornografiye insani bir yüz kazandıran ve –bir gazetecinin çok isabetli bir şekilde yazdığı gibi– Danimarka pornosunu kıçından vuran bu egzotik Norveçliyle evinde röportajlar yaptı. Doppler ve Bongo topluma mal olmuşlardı; artık sokaklarda rahat rahat dolaşamıyor, Eremitagen'de gecenin bir vakti kaçamak yapamıyorlardı.

Алексей hem Doppler hem de Bongo için yardımcılar tutmuştu. Bongo ve Doppler şimdi Langelinie'deki mimari şaheserlerden biri olan yeni bir binanın en üst katında kalıyorlardı. Terasta hem insanlar hem de hayvanlar için akıntıya karşı yüzülen bir yüzme havuzu, ikisini birden taşıyacak, yelken bezinden özel olarak yapılmış bir hamak vardı. Doppler'in ihtiyacını karşılayacak, enerji dengesini en yüksek düzeye çıkaracak özel bir diyet hazırlanmıştı. Süt, kurutulmuş et ve çavdar ekmeğinden oluşan diyeti sıkı bir şekilde takip etmek zorundaydı. Uzun istirahatlar da gerekiyordu.

Doppler giderek ipin ucunu kaçırdı. Kişisel yardımcısı, Алексей'in arkasından iş çevirerek Doppler'e sakinleştirici haplar temin etti. Aldığı ilaçların dozu, hem hapların tesiri altında olduğu etrafındakilerce anlaşılmasın hem de bedenindeki ve zihnindeki gerilim gevşesin diye, işini bilen doktorlar tarafından ayarlanıyordu.

Doppler dostunu hayalkırıklığına uğratmak istemiyordu ancak onda bir Molokanın içsel gücü yoktu. Алексей'in istediği herkesle yattı, repliklerini söyledi ve yapması gerekeni yaptı. Önceden sadece internette gördüğü bedenler bütün gün etrafındaydılar ve bir yıl kadar sonra artık işin zevki kaçmıştı. Kıçların fotoğraflarının, gerçek kıçlardan bir anlamda daha iyi olduğunu bir kenara yazdı ayık olduğu bir vakit, ama sonra bunu unuttu. Tekrar ve tekrar.

Çektiklerini unutmasını kolaylaştıran tek şey hesabının kabarmasıydı. Aylık kazancı Egil Hegel'inkinden çok çok fazlaydı. Her ay Solveig ve çocuklara yüklü miktarda para yolluyordu. Bunu yapması için bir sebep yoktu ama bu ona iyi geliyordu. Mavi evdeki aile zaten her şeye sahipti ancak yine de katkıda bulunmak iyi, diye düşündü Doppler, o geri döndükten sonra birlikte geçirdikleri keyifli haftaların karşılığını veriyordu, işler sarpa sarmadan önceki haftaların. Ayrıca sürüden ayrılmasını, ormana taşınmasını ve bu yüzden onların gözünde kafayı sıyırmasını telafi etmek istiyordu. İstediği vakit para kazanabildiğini onlara göstermek de iyi geliyordu.

Ama paralar bedavadan kazanılmıyordu. Porno hayatı Doppler'in daha önce bilmediği yalnız bir boşluğu da beraberinde getirdi. İşten sonra Bongo ile birlikte sokaklarda yavaş yavaş yürüdü. Sanki rüzgâr her zaman karşıdan esiyordu. Vesterbro Meydanı'nda Fransız sosisi yiyip Jolly Cola içtiler. İkisi de tek laf etmedi ama Doppler Bongo'nun onu suçladığını biliyordu. Büyük bir hayvan tarafından suçlanmak tatsız bir şey, diye düşündü. Ayrıca Bongo'nun bir şey söylememesi meselenin üstüne tüy dikiyordu. Bu sessiz sitem ciddiye bindi. Birileri sözcükler kullandığında, aslında meselenin ardında yatana ulaşmak çok daha kolay, diye düşündü Doppler ve bunu da aklının bir köşesine not etmeye karar verdi. Sözcükler, diye not aldı, iyi bir şey.

Doppler, meseleyi Алексей'e açtığında, hissettiği yalnız boşluğun maalesef bir meslek hastalığı olduğunu açıkladı Алексей. Bu, meslekte böyle hissetmek kesinlikle anormal bir şey değildi. Bu şundan kaynaklanıyor, dedi Anehceh: İnsan başkalarıyla tekrar tekrar işin içine duygularını katmadan yattığında, beyinde bir şeyler oluyor. Bu *şey*, işin içine bir de para girince iyice güçleniyor. Ne kadar çok para, o kadar yalnız boşluk duygusu. Bu, sanayinin tamamı için bir sorun, dedi Алексей. Gerçek duyguları işin içine katmadan büyük paraların kazanıldığı başka meslek gruplarında da aynı eğilimler görülüyor, dedi. Emlakçılar ve reklamcılar asırlardır yalnızlık, boşluk ve sinir bozukluğundan muzdaripler. Bu duyguyla baş etmenin tek yolu, dedi Алексей, birbirimize sahip çıkmamız. İşte tam da bu yüzden –kendi deyimiyle– düzüş grubu ile akşam yemekleri, bir araya gelmeler, takım ruhu oluşturmak için bu kadar ısrarlıydı. Birlikte düzüşenler ayrıca hep beraber yemek yemeli, sohbet etmeli ve gülmeliydi, yoksa işler kötüye giderdi. Ayrıca geyiklerin özellikle çok bilmiş ve vırvırcı olabileceklerini de söyledi. Diğer hayvanlardan daha fazla. Rusya'da da öyle. Molokanlar her zaman geyiklerden uzak durdular. Her zaman.

Doppler, uyumadan önce evi arıyordu, çünkü Solveig'in sesini duymaya ihtiyaç duyuyordu. Kim olduğunu bir şekilde bildiği zamanlardan onu tanıyan birileriyle konuşmaya ihtiyacı vardı. Genel olarak Solveig onunla görüşmek istemiyordu. Ancak Egil Hegel bu görevi üstlendi. Dinledi, vakti ve sabrı boldu, tehlikeyi gördü. Doppler'in kiminle nasıl yattığı hakkındaki, giderek daha da bölük pörçükleşen monologlarını dinledi. Porno hayatını heyecan verici buluyor ve her detayı duymak istiyordu. Hattın öbür ucunda notlar tutup müstehcen çizimler yapıyormuş gibi geliyordu Doppler'e bazen. Çok pisliksin Egil Hegel, deyiveriyordu Doppler gecenin geç saatlerinde. O zaman Egil Hegel bir güzel gülüyordu. Doppler ayrıca Sensei Arntzen'in sürekli gönderdiği kitaplardan da bahsediyordu. Dünyanın sonunun geldiği, insanoğlunun eşi benzeri olmayan bir yok edici güç olduğu, herkesin herkese karşı mücadele etmesine ramak kaldığı üzerine kitaplar. Böyle şeyler işte.

Hazır mısın Egil Hegel, diye soruyordu sıkça. Hayır, diye cevap veriyordu Egil Hegel. Ya sen? Doppler bilmiyordu. Böyle bir şeye kendini hiç mi hiç hazır hissetmiyordu. Konuşmalar genelde Egil Hegel'in Doppler'e artık gidip yatmasını söylemesiyle son buluyordu. Yarın yeni bir gün, diyordu Egil Hegel. Ama Doppler bundan asla emin olamıyordu.

Dopplerin kralların şehrine gelmeden önceki yaşamı karman çormandı, şimdiki ise tam bir kaosa dönüşmüşü. Eğriyi doğruyu bilemiyor, önemliyi önemsizden ayıramıyordu. Bu gün yaşadığı bir şey, ertesi gün yaşadığından kopuk oluyordu. Hiçbir şey birbiriyle bağlantılı değildi artık. Doppler'in Yangstze Nehri'nde yeni yeni barajlar inşa ediliyordu, bunlar akışı engelliyordu; her şey durmuştu, önceden serbest hareket eden bilgi, şimdi kilit altındaydı ve başka bir bilgiyle bağlantılı görünmüyordu. Şu ya da bu düşünce, bazen eski bir balık geçidinden tırmanmaya çalışan somon gibi debeleniyordu ancak tepeye ulaşamadan unutulup gidiyordu. Bu böyle devam edemezdi. Bedeni şikâyet etmek zorunda kaldı, bedenlerin her zaman yaptığı gibi, ancak Doppler bunu hiç mi hiç dikkate almıyordu. Bir şey yokmuş gibi davranıyor, hayatına eskisi gibi devam ediyordu. Sonunda bedeni daha yüksek sesle şikâyet etti, 580 terahertz'in üzerine çıkan spektrumdaki renkleri görme yeteneğini kaybetti. Her şey mor ve mavi arasındaki nüanslara dönüştü. Mavi bir pus içerisinde dolanıyordu artık; Bongo maviydi, kıçlar maviydi, tüm siktiri boktan Kopenhag maviydi ya. Ve kukular, apartman yüksekliğindeydi.

Bir doktor ona şöyle dedi: *Önüne geleni düzersen olacağı budur.*

Ne yapabilirdi ki? İşi buydu yani.

Her şey üst üste geldi. Ağlama krizleri, sıcak basmalar, soğuk ürpertiler, düzensiz kalp ritmi, Tanrı'ya inanma arzusu, ereksiyon problemleri.

Sonunda Алексей bir şeylerin yanlış gittiğini anladı. Yıldızını çevresinden korumaya başladı. İnsanların istediği gibi gelip gitmesi son buldu ve filmlerdeki düzüşmelerin sayısı azaldı. Ama olan olmuştu. Doppler kimsenin ona ulaşamadığı bir noktaya yavaş yavaş geldi. Katatonik oldu, tuhaf pozisyonlarda saatler boyu donakaldı. Böyle bir durumda pornografi oyuncusu olarak artık işe yaramaz olursun. Bu meslek ruhsuz bir şekilde, ağzı açık, sessizce oturmayı seksi bulmaz, bunu satması zordur, diye açıkladı Алексей. Ama bir faydası olmadı. Olan olmuştu.

Bongo olanları üzgün bakışlarla izledi. Bunun çok talihsiz bir durum olduğunu gördü. Bir şeylerin yanlış gittiğini çok önceden hissetmişti. Ama uyaramazdı ki. Ah! Nasıl da üzgündü. Efendisinin, kendinden geriye kalanı da kaybetmek üzere olduğunu anlıyordu ama elinden ne gelirdi ki? Boynuzlu hayvanların lisanı yok. Bir fikre tutunup onu sözlü olarak ifade edemezler. Boynuzlu hayvanlar ve insanlar arasındaki en büyük fark budur işte.

Doppler'in iyice karanlıklara karışmadan önce rol aldığı film, *Muzlu Molokanlar*'dı. Bu film, Алексей'in esin perilerinin geldiği ve keyifli olduğu nadir birkaç gece boyunca yazdığı siyasi bir komediydi. Doppler'in canlandırdığı karakter, 1700'lü yıllarda, Küba'daki bir plantasyon sahibine satılan, tutsak düşmüş bir seyyah Molokan tüccardı. Burada Doppler, ayaklarında prangalar ve sandaletlerle dolaşıyor, muz plantasyonunda çalışıyordu ve işçileri sendikaya üye olmaları için örgütlemeye çalıştığından plantasyon sahibinin biseksüel duluyla papaz oluyordu. Uzun bir Marksist ve Leninist girişten sonra mehtapsız bir gecede dul kadın –bu rolü Janne oynuyordu– sendika eylemcisini muz bıçağıyla öldürmek için gizlice dışarı çıktı. Beklenildiği üzere bir ölüm kalım mücadelesi yaşandı, doruk noktası ise muz deposundaki erotik bir havai fişeği andıran sahneydi. Ayrıca seyircinin arzularını coşturmak için işin içine kapitalizmin işgücü karşısındaki tavrı, üretim araçları, eşcinsel hareket ve sınıf hareketleri üzerine mesajlar katılmıştı.

Bu Алексей'in görüp göreceği en büyük başarı oldu.

Prömiyerden birkaç gün sonra, Doppler hiç uyumadan geçen berbat bir gecenin sabahında, salonunda 50 yaşlarında bir kadının durmakta olduğunu gördü. Saçında mavi meçler bulunan kadın kendini Luna Ash olarak tanıttı. Dancasında biraz Amerikan aksanı vardı. *Muzlu Molokan'ı* seyrettiğini söyledi. Doppler'in önemli bir sıkıntısı olduğunu fark etmişti. Hemen Алексей ile irtibata geçip hizmetlerini sunmuştu. Filmde, dedi, görmesi gerekenleri bilenler için çok açık olan şey, Doppler'in aura'sının vücudundan 120–150 santimetre uzaklaşmış olmasıydı. Cinsel organı etrafındaki aura ise neredeyse yarım metre yer değiştirmişti. Ve burada bir hata var, dedi Luna Ash. Bu gerçekten, ama gerçekten çok yanlış ve tehlike geliyorum, diyor.

Luna Ash şöyle dedi: Büyürken pek azımız bedenini gerçekten dinlemeyi ve onun ince deneyimlerini ciddiye almayı öğrenir. Aura ve sınır koyma hakkında bir şey öğrenmeyiz. Kalbin ve ruhun bize neler anlatmaya çalıştıklarını dinlemekle ilgili hiçbir şey bilmeyiz. Aura, sıcaklık ve ışık yayan bir enerji alanıdır. Bu bizim kabuğumuzdur. Bizi korur, Naboo Savaşı'nda Gunganları koruyan enerji kalkanı gibi, dedi Luna Ash. Ancak auran çok dışarıya doğru çıkmışsa onda delik açılması kolaylaşır ve başkalarının enerjisi içeri girip zarar verir. Senin aura ortalığa dağılmış, dedi. Hiç böylesini görmemiştim. Sen korkunç bir örneksin. Kendine hiç mi hiç bakmamışsın. Çok ayıp. Auranı bağrına basıp orada tutmayı öğrenmek zorundasın. O zaman enerjinin içinde güvende olursun, etrafındaki insanların negatifliğinin sana bulaşmasını engellersin. Auranı istediğinde açıp kapatabilmelisin. Aura kontrolü Andreas, dedi Luna Ash; bütün mesele bundan ibaret. Luna Ash, Doppler'in parmaklarını okşadı, onun –hatırladığı kadarıyla– bildiği en sıcak elle.

Sana bir resim sunayım, dedi. Kendini bir elma olarak gör.

Ne demek istiyorsun?

Sen bir elmasın. Pek çok kişi senden bir diş elma koparırsa, ne olur sanıyorsun?

Sadece koçanı kalır geriye, değil mi?

Kesinlikle. Sen mükemmel, kırmızı, pırıl pırıl bir elmasın.

Doppler başını salladı.

Söyle bakalım, dedi.

Neyi söyleyeyim?

Bir elma olduğunu.

Ben bir elmayım.

Evet yaaa! Tekrar!

Ben bir elmayım.

Aynen öyle!

Luna Ash bir eliyle Doppler'in aurasını diğer eliyle de cinsel organını tutup parçaları bir araya getirdi, sonra da onları bedeninden doğru uzaklıktaki yerlerine yerleştirdi. Klik sesleri öyle yüksek çıktı ki, hamaktaki Bongo dönüp baktı, neler olup bittiğini merak etti.

Oldu işte, dedi Luna Ash.

Doppler gözlerini açtı ve aylardır ilk defa renk yelpazesinin tümünü gördü.

Dünya renkliydi. Dünya kırmızı, yeşildi. Dünya KuTuSu YaMaLıM'dı.[21]

Bunun için sana borcum nedir, diye sordu Doppler.

Hayatını doğru yaşamayı borçlusun bana, dedi Luna Ash.

Bu zor olacak.

Ne olduğunu hatırlarsan, olmaz. Bana bir hatırlat bakalım, neydi?

Elma.

Duyamadım?

Ben bir elmayım!

Öyle valla!

---

21 Gökkuşağındaki renklerin sıralamasını hatırlamak için tekerleme (ç. n.).

Bildiğimiz Dünyanın Sonu

Danimarka gemisinin güvertesinde yan yana duran Doppler ve Bongo, karanlıklara gömülü Oslo'nun giderek yakınlaşmasını seyrediyorlardı. Kış ortasıydı ve epey bir eksi derecedeydi hava. İnsanın içine işleyen bir rüzgâr, yün içlik giymeyecek kadar aptal olanları mahvediyordu. Doppler'in gözleri doldu. Hayatta kalmıştı. Kendine saygısı pek yerine gelmiş sayılmazdı ancak en azından eve dönüyordu işte. Önünde uzanan onun kentiydi. Kim olduğunu tam ve kesin olarak bilemiyordu ama buranın kendi şehri olduğunu biliyordu; tepelerin yamaçlarında gördüğü ormanın, ormanı olduğunu ve Kopenhag'taki yorucu düzüşme yıllarının tamamen bittiğini biliyordu.

Aura dersini almıştı. Köpek gibi söz dinliyor ve güzel güzel yerinde duruyordu. Başka bir şeye cesareti yoktu. Danimarka gemisiyle gelen daha ürkek bir aura insanın aklına gelmiyordu. Doppler ve Bongo'nun arasında nakit para dolu bir çanta duruyordu. Molokanların çalışanlarının sorunlarını keşfetme konusunda pek başarılı oldukları söylenemez ancak borçlarını öderler. Haklarını vermek lazım. Doppler bunu da aklının bir köşesine not etti. Porno sanayinde yeniden çalışacak olursa – böyle bir şeyi asla yapmamaya karar vermişti ama olur da çalışırsa, bu bir Molokanla olmalıydı.

Gemideki vedalaşma Алексей'e bayağı dokunmuştu. Verimli işbirlikleri için teşekkür etti. Bu işbirliği her ikisi içinde Алексей'in asla hayal edemeyeceği biçimde gelişip palazlanmıştı. Biz birbirimizi dölledik, dedi, birbirimizin beynini sikip sanat yaptık adamım. Siktiğimin sanatını yaptık!

İşin Doppler'de doğurduğu talihsiz zihinsel kaos için özür diledi ve Doppler'in ona insan olmak üzerine çok şey öğrettiğini belirtti. Sanatçı olmak dert, dedi Алексей. Kendi içinde sağlam duran birine benziyordun, ama sonra auran aldı başını gitti. Kes sesini adam. Sen yalnızca küçük bir elmaydın aslında.

Алексей gemi yolculuğunun parasını ödedi ve Commodore sınıfında bir kabinde seyahat etmelerini sağladı ki, Doppler ve Bongo geniş bir yatakta yatıp sallantıyı zayıf bir nabız gibi hissetsinler ve balıkların her zamanki gibi büyük bir tebessümle içinde yüzdüğü ve insanları kendi hallerine bıraktıkları karanlık kış denizine bakabilsinler.

Luna Ash, Doppler'in, Bongo'nun sırtında eve gitmesini tavsiye etmemişti. Auranın sallantıdan yerinden oynayabileceğini düşünüyordu. Ama eve dönmesi şarttı. Doppler, Kopenhag'ta bir gün daha geçirme fikrine dayanamıyordu. Rüzgâr, sosisler, düzüş canına yetmişti.

Kopenhag, bıraktığı izleri taşımadan pek az kişinin terk edebileceği kentlere örnekti. Kentler, diye düşündü Doppler. Yerin dibine batsınlar. İstediklerini aldıktan sonra bizi bok çukuruna atıyorlar. Keyiflerine göre davranıyorlar, bir kral havasındalar. Ama birkaç yüzyıl içerisinde –Doppler kendi kendine güldü– orman, şehirlere karşı zaferi kazanacak. Orman tepelerden doğru geliyor, asfaltı ve yüzeyleri çatlatıyor. Ha ha! İşte o zaman görecek Kopenhag patron kimmiş. Doppler korkulukları öyle sıkı kavramıştı ki parmak düğümleri kızardı.

Sonra Bongo'ya dönüp onu, kendilerini bekleyen rezilliklere hazırlamaya başladı. Seni karantinaya alacaklar, diye anlattı. Belki de sınırdışı edilecek hayvanlar için hazırlanmış bir kamp olur son durağın. Şansımıza Norveç ve Danimarka arasında boynuzlu hayvan iadesi anlaşması bulunmamakta. Bu, bir kurtuluş olabilir. Yine de yabancı cinslerden nefret eden ve onları doğadaki çeşitliliğe en büyük tehdit olarak gören yetkililer, seni salmadan önce milliyetinden emin olmak isteyeceklerdir. Sana destek olacağım, dedi. Mektuplar yazacağım, kapıları çalacağım ve gerekirse açlık grevi yapacağım. Bunu başaracağız Bongo. Her zaman birlikte olacağız. Büyük gemi limana yanaşırken Doppler kolunu arkadaşının sırtına attı.

Kıyıya yaklaştıklarından sokakların boş olduğunu görüyorlardı. O alışılmış sabah trafiği yoktu. Kent sessizliğe bürünmüştü. Belediye binasında hiç ışık yoktu, deniz kenarında sıralanmış finans kurumlarında da. Normalde yolcuları ışıltılarıyla karşılayan milyonlarca pencerenin hiçbirinde ışık yoktu. İçinde ateş yaktıkları bir benzin varilinin etrafında ısınan bir grup gariban yabancıdan başka, limanda kimsecikler yoktu. Diğer ışıklar ise yalnızca geçip giden az sayıda araçtan geliyordu. Pasaport ve gümrük kontrolü barakalarında personel yoktu. Doppler ve Bongo öylece geçip gittiler. Onları Sensei Arntzen karşıladı. Ailesinin asırlardır sahip olduğunu söylediği dev bir kurt kürküne sarınmıştı. Limana gelirken tekerlekli sandalyesinin elektriği bittiğinden genç bir Roman'a onu itmesi için birkaç kuruş vermek zorunda kalmıştı.

Sensei Arntzen kıpır kıpır, parıldayan gözlerle gökyüzüne doğru baktı. Başladı, dedi. En nihayet başladı.

Güneş fırtınası, diye açıkladı Sensei, Bongo yokuş yukarı onu çekerken. Uyarılar vardı ama erken ve beklenenden daha güçlü geldi. Hep demiştim, dedi sensei. Ama sence kimse bir zahmet dinledi mi? Önünden geçtikleri her bacadan duman tütüyordu. Şöminesi olmayan binalarda insanlar ya avlularında ya da dışarıda, kaldırımlarda ateş yakıyorlardı. Bugün millet soğuktan kırılıyor, dedi Sensei. Bu önlenebilirdi. Burada yıllarca broşür dağıttım, kurslar verdim, saklanabilecek yiyecek nasıl yapılır öğrettim, alternatif enerji kaynakları üzerine konuştum, formunu korumaktan, kör bağırsağı aldırmaktan ve ilkyardım öğrenmekten bahsettim. Ama beni dinlediler mi? Hayır, salakların işleri başından aşmıştı. Kafalarını gazetelere gömmüş, faizler çıkacak mı inecek mi ona bakıyorlardı; faydasız nesneler ve ürünler aldılar, ıvır zıvır aldılar; Noel için ortalığı süsleyecekler ya.

Gülesim geliyor, dedi Sensei Arntzen. Bırak donsunlar.

Doppler, arayı düzeltmek ve kısa süre içinde ikinci defa birkaç yıl daha ortalıktan kaybolduğu için özür dilemek amacıyla mavi eve gitti. Ailenin bunun kötü bir alışkanlığın başlangıcı olduğunu düşünmesinden korkuyordu. Ama şimdi aklı başına geldiği için kendini savunacaktı. Bir daha asla ortadan kaybolmayacak, kendine bir iş bulacak, yakınlarda bir yerde oturacak ve çocukları iki haftada bir çarşambaları ve her hafta sonu alacaktı. Onlara ekmek yapacağını söyleyecekti, sağlıklı yemekler yapacaktı, kıyafetler dikecekti, sinemaya gidip eğlenceli filmler seyredeceklerdi ve onları bir daha asla ne yolda bırakacak ne de hayal kırıklığına uğratacaktı. Ancak çok geçti artık. Film kariyeri hakkındaki dedikodular ondan önce ulaşmıştı buralara. Solveig çocukların bu kadar alçalmış olan babalarıyla bir ilişkisi olmasını istemiyordu. Kapıyı açtığında üzerinde kaz tüyü bir ceket, sıcak tutan keçe patikler ve beresi vardı. Salondaki şömine belli ki bütün evi ısıtmıyordu. Doppler'in içeri girmesine izin yoktu, verandada durmak zorundaydı.

Ama biraz katı davranıyorsun diye düşünüyorum, dedi, her şeye rağmen sanatsal, oldukça tutkulu filmlerdi.

Ahlaksızlıktı, dedi Solveig. Her önüne gelenle yatmak yanlıştır ayrıca. Özellikle para karşılığı. Bunu anlamıyor musun?

Doppler utanarak başını salladı. Birazcık kendimi dağıtmışım, dedi. Herkes dağıtabilir.

Arkadan Egil Hegel geçti, başparmağını havaya kaldırmıştı. Belli ki bu işe karışmaması tembihlenmişti. Solveig bundan sonra herkes için en iyisinin Doppler'in kendi başına kalması olduğunu söyledi. Çocukların keyfi yerindeydi, başka çocuklar gibi. Bjørnstjerne şakır şakır konuşuyordu. Gregus Portekizce öğrenmişti, Rio de Janeiro'daki bir özel okula stajyer olarak gidecekti. Nora doktor olmak üzereydi, normal süreden birkaç yıl önce.

Ara sıra benden söz ettikleri oluyor mu, diye sordu Doppler.

Hayır.

Solveig Doppler'e Bjørnstjerne'nin yaptığı iki çizim, vergi dairesinden bir mektup ve bir paket After Eight verdi. Doppler beş yıldır vergi ödemiyordu, diye yazıyordu. Vergi dairesi, Doppler'in vergisini tahminen belirlemekten başka bir yol bulamamıştı. Söz konusu miktar o kadar büyüktü ki, bu bir piyango ikramiyesi olsaydı gazetelere haber olurdu.

Çek git buradan, yolun açık yolsun, dedi Solveig kapıyı kaparken.

Doppler kilitli kapıya epeyce bir süre öylece bakakaldı. Solveig, diye düşündü etkilenmiş bir halde. Doğa tarafından büyük bir özenle yaratılmış, iş bitirici bir kadındır. Solveig yaradanın yarattıklarının baştacıdır.

Doppler ve Bongo, bir müddet Sensei Arnzten'in evinde kaldılar. Sobayı iyice yakıp ısıyı makul düzeyde tutuyorlardı. Sensei'nin evinde, şişede ev yapımı kapuska, her türlü sebze turşusu, şişede sosis, yüzlerce kilo pirinç ve kuskus vardı. Dairenin iki odası gıda malzemesiyle doluydu. Büyük küvetin içinde beş yüz litrelik bir su torbası bulunmaktaydı. Sensei Arntzen'in keyfi hiç bu kadar yerinde olmamıştı. Pek çok Norveçliden dört beş yıl daha fazla yaşayacağının hesabını yaparak eğleniyordu. Her odada silah bulunduruyordu, böylelikle yiyeceğini çalmaya gelenleri öldürebilirdi. Engelliler uzun vadeli krizleri asla iyi atlatamamışlardır, dedi. Genellikle ilk yok olan, onlar olur. Ama Sensei Arntzen değil. O, kentteki son engelli olacaktı, belki de ülkedeki. Elektrik kesildiğinde kullanmak üzere elle çalışan bir tekerlekli sandalyesi vardı. Oturma yerinin altına bir kama monte edilmişti, böylelikle kendisine saldıracak olanları bıçaklayabilecekti. Doppler'e bu işin nasıl olacağını gösterdi. Tam gırtlağından bıçaklamak en uygunu olur, diye düşünüyordu. Bıçak, gırtlak çıkıntısının iki üç santim altından yatay olarak kullanılacak. Bu insanların akıllarını başına getirir, dedi Sensei Arntzen.

Doppler, onun fark etmediğini düşündüğü zamanlarda, Sensei'nin Bongo'ya gönderdiği bakışlarından hoşlanmıyordu. Ona göre Bongo, bir arkadaş değildi; el altında bulunması fena olmayan bir et parçasıydı.

Üç gün sonra elektrik geldi. Toplumun direği olan kurumlar işlerine bıraktıkları yerden devam ettiler. Radyo, televizyon yayınları ve internet geri geldi, işler her zamanki gibi işledi. Ölüler ve yaralılar sayıldı. Düşünülenden daha azdı sayı. Hükümet bir değerlendirme grubu oluşturdu. En kısa sürede, meselenin özüne inilmeliydi. Olağanüstü hal sonrasında, konuyu farklı düşünmemiz gerekiyor, denildi. Gazeteler gıda güvenliği ve alternatif enerji hakkında makalelerle doluydu. İnsanların ödü patlamıştı. Satılığa çıkarılmış küçük çiftlikler, birkaç gün içerisinde inanılmaz fiyatlara alıcı buldu. Ulaştırma Bakanı şapkasını alıp gitti. Yerine yenisi geldi. Böyle bir şey bir daha asla olmayacaktı.

Elektrik geldiğinde Sensei Arntzen'in keyfi kaçıverdi. Hayalkırıklığına uğraşmıştı ama bunu itiraf edecek kadar da alçak gönüllüydü. Bunun beklediği yol ayrımı olduğunu sanmıştı, ama sadece bir tadımlık, bir uyarı olduğu ortaya çıktı. Kaçınılmaz çöküş hâlâ kaçınılmazdı. Ancak bu olay tabii ki pek çok kişiyi uyandırmıştı ki, bu da iyi bir şeydi çünkü ne kimsenin acı çekmesini ne de ölmesini istiyordu. Kesinlikle, asla. Yaşam, zengin ve önemli herkes için, dedi Sensei Arntzen. Her türlü yaşama saygısı vardı ama özellikle hazırlıklı olan yaşamlara. Onun derdi kafasızlarlaydı. Anlamsız kendini beğenmişlikleydi. Küçücük bir güneş fırtınası, milleti, nasıl yaşadığı ve ne türden senaryoların onları beklediği konusunda düşünmeye sevk edebiliyorsa, bunun faydası olmuştu. Bu, bir şekilde umut da veriyordu. Hayatta kalabilenleri toparlamak ileride daha kolaylaşacaktı.

Kalın kafalılar, yazdı Sensei Arntzen dünyanın sonu bloguna. *Üşüdünüz mü? Neredeyse ölecek miydiniz? Dolapta yeterince yiyeceğiniz var mıydı? Belki şimdi neden bahsettiğimi anlamışsınızdır. Bu sadece başlangıçtı. Yeni güneş fırtınaları yolda. Hayatta kalma kursu bu pazar saat 09.00'da Tåsen okulunun jimnastik salonunda yapılacaktır. Kurs ücreti: 11.000.-*

On bir bin kron mu, dedi Doppler kulaklarına inanamayarak.

Evet, ne sanmıştın? Öyle bedavadan hayatta kalmak yok. Ben de yaşayacağım, dedi Sensei ve sırıttı.

Vergi dairesine de elektrik gelmişti. Kışın sonlarına doğru Doppler, geyiğinin üstünde çıkageldi, ikram edilen kahveyi içip meseleyi halletti. Vergi memuru makul bir adamdı, görünüşe bakılırsa. Doppler ona *Muzlu Molokan*'ı gösterdi, süreç ve tutku hakkında biraz konuştu, son yılların nasıl kafa karışıklığıyla geçtiğinden bahsetti. Vergi memuru, parasını aldığı müddetçe çantadaki o kadar paranın nasıl kazanıldığını ve ülkeye nasıl sokulduğunu görmezden gelecekti. Toplantı yüzünden Doppler'in içini bir iyimserlik duygusu kapladı. Sistemler belli ki iyice katılaşmamıştı hâlâ. Bir parça anlayışa yer vardı galiba. Bu hoşuna gitti. Doppler her zaman için anlayıştan yanaydı. Vergi memuru, bilgisayar sistemine girip Doppler'in dosyasını düzeltti, Doppler artık para kazanmayı bıraktığını anlattı; vergi memuru bunu da yazdı ki, gelecek seneye vergi beyannamesi ona göre hazırlansın. Vergi memurlarının korkunç kuralcı olduklarını sanırdım bir de, dedi veda ederken. Memur gülümseyip başını salladı, belli ki bu önyargıyla karşılaşmaya alışkındı. Hiç de öyle değil, dedi, bizler sorunları çözmeye odaklı, esnek insanlarız; milletin bize duyduğu güvensizlik bizi yıpratıyor. Ama aynı zamanda sistemin başarısı bizden korkulmasında yatıyor, o yüzden bunu başkalarına söyleme.

Doppler hafiflemiş bir şekilde sokağa çıktı. Hafiflemiş ve özgür hissediyordu kendini. Gerçekten özgür. Borcu yoktu, işi yoktu, yükümlülükleri yoktu. Sadece kendisi vardı. İyisiyle kötüsüyle. Ve güzel bir geyiği. Vergi dairesinin bisiklet parkına bağladığı Bongo'yu çözdü ve orada durup üst katlara baktı. Her yerde toplantıların yapıldığını varsayıyordu, bu toplantılar ki hem araştırmalar hem de deneyimler sonucu yalnızca yersiz olmakla kalmıyor, doğrudan verimi de baltalıyordu. Bongo'ya tırmanırken yüzüne bir gülümseme yayıldı. Artık bu hayattan elini eteğini çekiyordu.

Adam ve geyiği kuzeye doğru yürüyorlardı. Dağın yamacındaki yolu takip ediyorlardı. Adamın ailesiyle son bir kez vedalaşmak için mavi evin önünden geçtiler ama oradan kovuldular. Aile eşyalarının yakılmasından korkuyor gibiydi. Ne geyiği ne de orman kaçkını bir adamı etraflarında istiyorlardı. Adam ve geyik insanlara hâlâ yakındı; durup dönecek olsalar, iyi düşünülmüş sistemlerin onlardan bağımsız olarak gayet güzel işlediğine delalet olan şehrin ışıklarını görüp seslerini duyabilirlerdi. Çamların altında ilerlediler, yamacın yukarısına doğru yola devam ettiler, içlere doğru uzanan bir düzlüğe geldiler, sayısız patikadan birine saptılar. Ara sıra adam arazide su var mı, burası kuytu bir yer mi, diye bakıyordu. Belli ki memnun kalmamıştı, geyiğini alıp yoluna devam etti. Tepeler aştı, bataklıklar geçti. Zaman zaman durup keşif yapıyor, sonra yoluna devam ediyordu. Peksimetle karnını doyurdu, suyunu da dereden içti. Sonra su kıyısında sık bir yabanmersini çalılığına geldiler, burada dört taş duvar hâlâ kısmen dikili duruyordu. Tavan çoktan çökmüştü. Eski çağlardan bir insan barınağı olabilirdi pekâlâ, diye düşündü adam; ormanlar boş vakit geçirme ve nabız saatleriyle antrenman yapma alanlarına dönüşmeden önceki bir zamandan, bir diğer garibanın yalnızlığıyla burada baş başa kalıp toprağı işlediği bir zamandan. Adam araziyi ölçtü biçti. Duvarlardan düşmüş taşlar etrafa dağılmıştı, ortalıkta bol miktarda ağaç vardı, küçük bir dere göle akıyordu. Hâlâ her tarafta küçük kar öbekleri vardı ama adam bunun iyi bir şey olduğunu, bol yemiş olacağını düşündü; burada patates yetiştirilebilirdi, belki gölde balık da vardı, hatta karda bazı yerlerde büyük kuş izlerine rastlanıyordu. Burası tam kalınacak yerdi. Birkaç gün boyunca etrafta dolandı, araziyi inceledi ama her gece dört duvarının arasına geri döndü. Dallar kesti ve basit bir çatı yaptı. Kendini tuhaf bir biçimde evinde hissediyordu.

Günler iş güç arasında geçiyordu. Taş taşıdı, duvarları ördü, yosunla yalıtımını yaptı. Ağaçlar kesip çatı kurdu. Balık tuttu, kunduz kapanları hazırladı ve geyiğine istediği gibi gelip gidebileceğini söyledi. İnsan yaşamını sürdürmek istiyorsa, buyursun kalsındı ama sulandırılmamış bir geyik hayatının nelerden ibaret olduğunu keşfetmeye ihtiyacı varsa kendi yolunu bulması gerekecekti. Benim nerede olduğumu biliyorsun, dedi adam, ne zaman istersen gelebilirsin, benim evim senin sayılır, şimdi ve ebediyen. Geyik küçük gezintilere çıktı ama geceleri hep geri geldi. Gece gelmediğinde, ertesi gün geldi. En güzelinden bir yeniyetmelik, diye düşündü adam. Yakınlık ve uzaklık, güvenlik ve özgürlük, her şey aynı anda. Avladıklarını kilometrelerce aşağıda kalan şehre taşıdı. Çağın modasına ayak uydurup kısa mesafeden gelen, sürdürülebilir gıda pazarlayan bir lokantaya küçük kemirgenler, kuşlar, büyük kuşlar satıyordu.

Tanıdığınız bir kadın yardımcı var mı benim için, diye sordu adam. Kunduz kapanlarıyla balık oltalarını temizlerken bu düşünceler dolanıyordu aklında sık sık. Bunlar engellenemiyordu. Lokanta sahibi, bir bakarım, dedi; daha fazlasına söz veremem. Yaz geldi geçti. Her yerde yemişler ve taze bitkiler büyüdü. Adam bunların hepsine baktı. Dört duvar bir eve dönüşmüştü. Evde çekmeceler ve dolap vardı. Dolapların içinde kapaklı kutular vardı. Bunlar doğanın ürünleriyle doldular. Duvara pencere de açılmıştı. Adam içeride gündüz ışığıyla oturabiliyordu, kitap okuması gerekiyorsa okuyabiliyordu. Geyik bir odun sobasını sırtında taşımıştı. Anadan doğma bir hamaldı. Ormandaki yük gemisiydi o.

Bir koşucu durup eve doğru esneme hareketleri yaptı.

İyi günler, dedi, ormana iyi insanların teşrif ettiklerini görüyorum.

Koşucular artık soru sorup tatlı tatlı sohbet etmek istiyorlardı.

Tanıdığınız bir kadın yardımcı var mı benim için, diye sordu adam.

Kadın yardımcı mı? Hayır ama bir bakarım, dedi koşucu.

Adam teşekkür etti.

Pencereli ve sobalı bir evim olduğunu söylemeyi unutma, diye ekledi; av aletleri ve geyiği var ama bir hanımı yok, de. Kışın kesme tahtası, kap kacak ve çatal kaşık bıçak yaptı ardıç ağacından; Husfliden[22]'e sattı. Şehre inmişken fırsattan yararlanıp hanım sorusunu dikkatlice sorduğu bir ilan astı. Süpermarketin önünde,

22 Geleneksel el işi ürünler satan bir mağaza (ç. n.).

Roman kadını Mirela oturuyordu her zamanki yerinde, bardağıyla. Doppler yine görüştüklerine sevindiğini söyledi ve ona birkaç kron verdi. Mirela başıyla selamını aldı. Doppler bir şeyler daha söylemek istiyordu ama cesaret edemedi. Dükkânda, depozitolu şişe otomatının yanındaki lavaboda ellerini yıkamış ve kendini aynada görünce ödü patlamıştı. Çok bakımsız ve vahşi duruyordu. İnsanın sarılmak isteyeceği birine benzemiyordu. En iyisi yalnız kalmaya devam etmek, diye düşündü. Zaten bu gayet güzel becerdiği bir şeydi artık.

Geyiğine ot aldı ve otu eve taşıdı. İnsan yiyeceği ve şeker aldı, ormanda şeker harika oluyordu. Kütüphaneden kart çıkartmıştı, bir adamın hayatı ve sorunları hakkında bir kitap ödünç aldı, küçücük evinde yatıp kitabı okudu. Romanlara çok az vakit ayırmışım, diye düşündü. Şimdi hepsini okuyacaktı.

Bir gün kürkleriyle şehre inmeden önce, kendine bir güzel çekidüzen verdi. Dükkânın önünde durdu ve Mirela'nın yanına çöktü. Haftalar ve aylar boyu ne diyeceğini, nasıl olacağını düşünmüştü ama şimdi hepsi aklından uçup gitmişti. Geveleyip duruyordu. Mirela ağır elini onun elinin üzerine koydu ve adam kendini toparladı.

Sana pek fazla bir şey sunamam, dedi. Ama yine hiç yoktan iyidir.

Mirela kahverengi gözleriyle adama baktı ama hiçbir şey söylemedi. Ne diyordum. Ha, evet. Benim bir evim var. Bir geyiğim var. Şişede yabanmersini reçellerim, patateslerim var ve kunduz kuyruğunu herkesten iyi yaparım. Bir sürü şeyim var işte ve hepsi de iyi şeyler. Ama seni uyarmalıyım, dedi adam ve kadının gözlerinin içine baktı; bir defasında hiçbir uyarıda bulunmadan ailemi terk edip gittim. Aslında bunu iki defa yaptım. Ailem beni hiç affetmedi, bunu anlıyorum.

Mirela başını salladı.

Bir de internette bulunan tüm kıçları gördüm. Bundan gurur duymuyorum. Öyle sanma sakın. Öyle bir dönem yaşadım işte. Kadınları nesneleştirdim. Ama bunu da geride bıraktım. Ayrıca Kopenhag'da oyunculuk yaptım. Bir Molokan tarafından işe alındım. Onun gösterdiği herkesle yattım ve bundan da gurur duymuyorum. Aynen böyle. Söylüyorum yani. Böylelikle aramızda gizli saklı olmasın. Başka bir şey var mı? Biraz düşündü. Evet, bir defasında Sara'nın kapaklı yazı masasına boşaldım. Bunun, insanın iştahını kaçıran bir şey olduğunu biliyorum, bundan ilk uzak duracak kişi benim. Ama en azından ortalığı temizledim. Bundan emin olabilirsin.

Adam, onu bırakıp gitmeden önce, ormandaki minicik evin resmini çizdiği bir kâğıda iki yüz kron sarıp Mirela'ya verdi. Şu ve şu yoldan gidecek, patikayı şuradan ve şuradan takip edeceksin, bataklığın başındaki büyük çamın oradan sağa sapacaksın.

Sonraki bahar kar erkenden kalktı. Çiftleşme ritüeli tam duvarının ardında oluyordu. Adam ve geyik pencerenin önünde oturup her şeyi gördüler. Geyik biraz daha kaldı ve sonra dışarı çıktı. Belki aklında bir şeyler vardı. Adam günün geri kalanını pencere önünde geçirdi. Düşüncelere dalma, kafa patlama vaktiydi orman için. Neredeydi, kimdi? Her zamanki gibi ya çok az cevabı vardı ya da hiç. Bir şey bilmediği bir gerçekti, kimsenin de bir bildiği yoktu ve tam da bu cahilliği sevmeyi öğrenmesi gerekiyordu, ne kadar ıstıraplı olursa olsun. Ayrıca huzuru vardı. Vardı.

Bir dakika ya, ağaçların arasında hareket eden bir şey mi vardı? Bir hareket gördüğünü düşündü. Bir tane daha. Belki de görünmek istemeyen birinin pek de emin olmayan hareketler dizisi. Uzunca bir süre bu insana baktı. Bir kadın. Kadın, bir ağacın arkasından çıkıp yerden alınmaya hazır, düşmüş bir elma gibi durana kadar ona baktı. Kadın görülmek istiyor, diye düşündü. Bu yüzden buraya gelmişti. Oydu. Kadın yardımcı. Gelmişti. Sonunda gelmişti. İncinmekten bıkmıştı belli ki ve insanların arasında daha fazla kaybedecek bir şeyi kalmamıştı.

Dışarı çıkıp onu karşıladı

İçeri gir ve ayaklarını uzat, dedi.

İçeri girdiler, onun azığını yediler, adamın suyunu içtiler. Sonra da Mirela'nın yanında naylon torba içinde getirdiği kahveyi pişirdiler. Yatmadan önce kahve içip keyif yaptılar. Geceleyin adam yattı, kadına susamıştı, ona sahip oldu.

Sabahleyin kadın gitmedi, bütün gün gitmedi, bir sürü iş yaptı; balık tuttu, yemek pişirdi. Kadın bir daha asla gitmedi. Kadının adı Mirela'ydı. Adamın adı Doppler.

İnsanların arasına karışıp yaşamışlardı. Ülkeleri ve şehirleri dolduran milyonlarcasının, yüz binlercesinin arasına karışıp yaşamışlardı. Bu fikri anlamaya çalışmışlardı, mümkün olduğunca insanların arasına karışmaya çalışmışlardı. Dansa katılmışlardı, her şeye katılmışlardı. Şimdi ise işin ucunu birlikte bırakmışlardı, çemberin dışına çıkmışlardı.

İnsanların arasına karışmıyorlardı artık. Yalnızca ikisi vardı. Artık güneş fırtınası çıkabilirdi.

Kaynaklar ve Teşekkür

Bir roman yazarken irili ufaklı yüzlerce kaynağa başvurulur. Bunlardan pek çoğunu yazar o kadar benimser ki, kaynakların hepsini kendi kendine uydurduğuna inanır. Ancak böyle bir duruma çok nadir rastlanır.

Doğrudan arakladıklarımı düşündüklerimin bazıları şu kaynaklardan:

Lofotpyramiden.com (kutup kayması üzerine bilgi)

miljodirektoratet.no. (ne olduğunu hatırlamıyorum ama bir şeyler işte...)

Birtakım yayınlardan çeşitli makaleler, ama özellikle *New Scientist* ve *Weekendavisen*'den.

Märtha Louise ve Elisabeth Samnøy'un *Medium* dergisinde yayımlanan söyleşileri. (Aura'yı yerine oturttu ve koruyucu meleğiyle karşılaştı!)

29 Nisan 2015 tarihli *Aftenposten* gazetesinden bir makale: "5 bin yılın en düşük faizi" (Roar Østgårdshjelten)

Kitaplar:

Preppers Long-Term Survival Guide

The Prepper's Complete Book of Disaster Readiness

How to Survive the End of the World as We Know It

The Survival Medicine Handbook

Podcast:

prepperbroadcating.com

Teşekkür:

Elma metaforu için Vilje Kathrine Hagen ve annesine teşekkürler. Bir görüşme sırasında lafı geçti ve ben de çalıverdim. Böyle biri olup çıktım işte.